소뵈르 박사의 상담 일지

─햄스터와 저주 인형

소뵈르 박사의 상담 일지

— 햄스터와 저주 인형

마리 오드 뮈라이유 지음
윤예니 옮김

어디로 가는지 모르겠거든 어디서 왔는지 돌아보라.

아프리카 속담

2015년 1월 19~25일 주간

대기실 문이 슬그머니 열렸다. 미리 이야기를 듣지 못한 사람이라면 소뵈르*의 등장에 흠칫 놀랐을 것이다.

"뒤티외 부인?"

뒤티외 부인은 눈을 크게 뜨고 마르고는 눈을 내리깔았다.

"예약하셨지요? 소뵈르 생티브라고 합니다. 저쪽으로 가시죠."

소뵈르는 복도 맞은편에 자리한 진료실을 가리켜 보이더니 한옆으로 비켜섰다. 몸에 붙는 청바지를 입은 호리호리한 체격의 사십 대 여성, 뒤티외 부인이 가죽 재킷의 허리끈을 조이며 그 앞을 지났다. 패딩 점퍼로 몸을 덮은, 혹은 몸을 감춘 열네 살 마르고는 목도리와 긴 머리카락을 흩날리며 뒤를 따랐다.

소뵈르는 신체가 보내는 모든 신호를 포착하곤 했다. 특히 첫 번째 상담과 같이 중요한 순간에는 더욱 주의 깊게. 마르고 모녀가 그의 영역으로 발을 들이기까지 고작 몇 걸음에서 한 명으로부터는 적개심, 다른 한 명으로부터는 경계심이 느껴졌다.

---

* 소뵈르Sauveur는 주인공 이름이면서 '구원자'라는 보통명사이기도 하다. 이를 이용한 오해나 말장난이 자주 등장한다.

"어디 앉아요?"

마르고가 건방진 말투로 물었다.

"어디든지…… 내 의자만 빼고."

소뵈르의 목소리는 "Unforgettable, that's what you are(잊을 수 없는 사람, 바로 당신이죠)……" 하고 노래하는 냇 킹 콜처럼 부드러웠다. 뒤티외 부인은 소파 한끝에 엉덩이를 내려놓더니 등을 꼿꼿이 세우고, 딱 붙인 허벅지에 손을 올려놓았다. 마르고는 백팩을 내려놓고 한쪽 팔은 허공에, 목도리는 바닥에 끌리게 둔 채 반대편 끝에 털썩 주저앉았다. 두 사람 모두 190센티미터 장신에 노타이 정장 차림의 느긋해 보이는 흑인 임상심리전문가를 기대하지 않은 눈치였다.

"닥터시라고요?"

뒤티외 부인이 놀란 듯, 악의 없이 물었다.

"심리학 박사입니다."

푸, 마르고가 바람 빠지는 풍선 소리를 냈다. 사실 더워 죽을 지경이었다. 패딩 점퍼 목 부분 끝이 자꾸 뺨을 파고들었지만, 무슨 일이 있어도 갑옷을 벗을 생각은 없었다.

"진료실이 좀 많이 덥지?"

공감을 표한 소뵈르가 말을 이었다.

"왜 여기 왔는지 말해 줄래? 엄마는 '학교 문제'라고 하시던데."

마르고가 소리를 빽 질렀다.

"아, 전 오기 싫었다고요! 저기, 저쪽이……."

'저기, 저쪽'은 분명 어머니를 가리키는 말이었다. 그때 뒤티외 부인이 끼어들었다.

"오해는 없으셨으면 좋겠어요. 저도 정말 오고 싶지 않았답니다."

"그렇다면 두 분 다 본인의 의지와 무관하게 오셨다는 말씀이군요."

소뵈르가 정리하듯 말하더니 한마디 덧붙였다.

"유감입니다."

순간 정적이 흘렀다. 마르고는 짜증 가득한 눈으로 천장을 바라보았다.

"보건교사의 권유였어요. 상도즈 선생님 말이에요."

뒤티외 부인이 말을 꺼내기 무섭게 마르고가 들릴 듯 말 듯 중얼거렸다.

"파시스트."

"마르고네 반 아이들을 보셨나 봐요. 다른 반 아이들도 전부 다요."

부인은 딸 쪽을 힐끔거리며 화를 돋우지 않을 만한 말을 골랐다.

"학생들에게 소매를 걷어 보라고 하신 모양이에요. 확인을 하려던 거겠죠. 여자애들이…… 아니, 그냥 애들이라고 하는 편이 맞겠네요. 남자애들한테도 해당되는 일이니까요. 수는 적지만……."

"뭘 안다고."

다시 작은 목소리가 들렸다.

"유행 같은 거죠. 전에는 타투나 피어싱이었다면 지금은……."

"헛소리!"

소파 한끝에서 불평이 들려왔다.

상담 예약을 한 이유를 털어놓으려던 뒤티외 부인이 갑자기 입을 다물었다. 소뵈르가 격려하듯 말했다.

"'커팅' 말씀이신가요?"

'자해'라는 용어가 음산하게 들린다는 생각에 영어 단어를 사용한 것이었다.

"상도즈 선생님은 그렇게 부르지 않으셨지만, 선생님이 더 잘 아시겠죠."

뒤티외 부인이 중얼거렸다.

소뵈르는 마르고를 향해 팔걸이의자를 돌렸다.

"너희 반에도 해당되는 학생들이 있었고?"

마르고가 뻐기듯이 가슴을 펴며 대답했다.

"저까지 네 명이요."

소뵈르는 다시 부인 쪽으로 의자를 돌렸다.

"알고 계셨습니까?"

마르고가 비웃는 소리가 들렸다.

"짐작하시는 대로, 몰랐어요. 항상 긴소매만 입거든요. 손등까지 덮이는……."

뒤티외 부인은 말을 하는 내내 손목에 찬 팔찌를 돌렸다. 소뵈르는 팔찌가 포크로 맞춤 제작한 것을 알아차리고는 말했다.

"독창적이네요."

소뵈르는 원래 칭찬할 기회를 놓치는 법이 없었다.

"네? 아, 이거요? 감사합니다."

뒤티외 부인이 조금 혼란스러운 듯이 더듬거렸다.

"액세서리를 만들어요. 그냥 취미 삼아 하는 일이지만…… 가끔 친구들한테 팔기도 해요."

휴우, 마르고가 한숨을 내쉬었다. 지금 누구 때문에 온 건데 저런담? 마음을 완전히 닫아 버린 얼굴이라, 소뵈르는 당장 전략을 바꾸지 않으면 (굴 손질용) 칼을 써서 꽁꽁 닫힌 입을 벌려야 할지도 모르겠다고 생각하고 뒤티외 부인에게 물었다.

"잠시 대기실에 가 계시면 어떨까요?"

"벌써요? 이제 막 왔는데요!"

"우선 마르고가 조금 편하게…… 자기 생각을 말할 수 있게 하려는 겁니다."

뒤티외 부인은 망설였다. 딸을 이 남자와 둬도 괜찮을까? 무슨 일이 일어날 줄 알고?

"십오 분이면 충분합니다. 대기실에 잡지가 비치돼 있어요. 보노보 특집 기사가 실린 『내셔널 지오그래픽』도 있습니다."

뒤티외 부인은 이 남자가 자신을 배려하는 걸까 아니면 조롱하는 걸까 의문을 품었다.

진료실 문이 닫히자, 소뵈르는 천천히 자리로 돌아와 책상 위에 놓인 다이어리를 뒤적였다. 그런 다음 의자에 다시 앉으며 물었다.

"그러니까, 여기 와 봤자 별 소용 없다, 이 얘기지?"

"와야 했어요. 보건 선생님이 엄마한테 절 심리상담소에 데려가라고 했거든요. 안 그럼 3월에 로마에 못 가요."

"수학여행?"

"라틴어 수업 듣는 애들만요. 그러니까, 그 애들…… 여자애들요."

"너랑, 또 세 명?"

"더 있어요."

갑자기 또 다른 마르고가 패딩 점퍼를 뚫고 나오더니 간청하듯 말했다.

"제발 확인서 한 장만 써 주세요. 한 문장이면 돼요. '마르고는 미치지 않았습니다' 아니면 '미치긴 했지만 치료 중입니다'도 괜찮고요."

그러더니 애원하듯 두 손을 모았다.

"확인서가 없으면 여행을 못 가요. 그건 너무하잖아요. 전 열 살 때부

11

터 네로 팬이었단 말이에요!"

소뵈르가 고개를 끄덕였다. 사실 그는 고집이 있고, 유머 감각과 어휘력을 갖춘 청소년들을 좋아했다.

"커팅 할 때 어떤 도구를 쓰지? 보통 칼? 커터 칼?"

'구아슈가 좋으세요, 수채 물감이 좋으세요?' 하고 묻듯이 예사로운 말투였다.

마르고가 다시 패딩 점퍼 속으로 움츠러들었다.

"변태처럼 떠보지 마세요."

그러더니 확인서를 받을 기회를 망칠까 두려운지 만회를 시도했다.

"그런 뜻은 아니었어요."

"아니, 말 잘 했어. 그냥 호기심에 물어본 거야."

소뵈르가 마치 방금 떠오른 생각에 놀란 것처럼 미소를 지었다.

"분명 내 조상 중에 자해를 하던 사람들이 있었을 거야. 우리한테서 좋은 건 꼭 다 훔쳐 가거든. 블루스, 랩, 타투, 피어싱, 커팅, 이게 다 우리가 시작한 거잖니."

그러더니 눈을 굴리며 덧붙였다.

"검둥이들 말이야."

마르고가 의도적으로 그가 흑인이라는 생각을 하지 않으려고 하다가 오히려 그 생각에 사로잡힐까 봐 시도한 농담이었다. 마르고는 웃음으로 볼이 부풀어 오르는데도 다시 푸, 소리를 내는 데 그쳤다. 소뵈르가 물었다.

"보건 선생님은 이 문제를 어떻게 생각하시지?"

"나쁜 거다, 우리가 스스로를 아프게 한다, 우리 상태가 좋지 않다, 셋 중 하나겠죠. 아니면 셋 다? 모르겠어요."

마르고는 하려는 말을 끄집어내기라도 하듯이 왼쪽 소매를 연신 끌어내렸다.

"써 주실 거예요? 확인서요."

"여행이 3월이라고 했지? 아직 시간이 좀 있네."

"무슨 시간이요? 제 머리를 분석하려는 건 아니죠? 그러려고 온 거 아니라고요."

마르고의 상태가 좋지 않은 걸까? 만약 그렇다면 어느 정도일까? 팔뚝, 어쩌면 허벅지 안쪽에도 남아 있을 흔적들이 답을 해 줄 것이다. 크기, 숫자, 깊이…… 단순한 모방 현상이나 또래 집단의 소속 표식일 수도 있지만, 자기 파괴의 증거일 수도 있었다. 자해를 실행에 옮긴 내담자는 처음이었지만, 소뵈르는 마르고에게 말한 것보다 더 많은 사실을 알고 있었다. 이 '유행'은 청소년 가운데 5~10%에 해당되는데, 그중 대다수는 13~15세 여학생이었다. 하지만 이마저도 은밀히 이루어지는 행위였기 때문에 어디까지나 추정치에 불과했다.

"별거 아닌 일로 왜 이리 난리인가 싶어?"

"당연하죠! 진짜 문제는 따로 있는데."

"예를 들면?"

마르고는 어깨를 한 번 으쓱해 보이는 것으로 질문을 무시하려 했지만 소뵈르가 다시 물었다.

"진짜 문제라면 어떤 게 있을까?"

"뭐, 예를 들자면, 전 엄마랑 살기 싫어요. 이런 게 진짜 문제죠."

실마리를 잡았다는 느낌이 왔다. 소뵈르는 맞은편 벽에 걸린 커다란 원형 시계를 흘긋 바라보았다. 10분 안에 어떻게든 실을 실패에 감아야 했다.

"부모님이 헤어지신 지 오래됐니?"

"제가 열 살 때 아빠가 엄마를 떠났어요."

이 말과 함께 마르고는 비난은 사양한다는 듯이 한 손을 들어 올렸다.

"전 원망하지 않아요. 아빠는 엄마를 더 이상 견딜 수 없었던 거예요. 엄마가 아빠를 망치고 있었거든요."

"엄마가 아빠를 망치고 있었다고?"

"네, 아빠랑 얘기한 적이 있어요."

아버지가 저에게 속내를 털어놓은 것이 마냥 자랑스러운 눈치였다.

"우울증 환자랑 사는 게 어떤지 아시는지 모르겠네요."

"우울증?"

놀라운 얘기였다. 뒤티외 부인에게서 우울 증상이 전혀 포착되지 않았기 때문이다. 마르고를 자극하기에 충분한 반응이었다. 마르고에 따르면 부인은 우울하고, 다른 사람까지 우울하게 만들고, 불안하고, 짜증나는 사람이었다.

"엄마의 감시 없이는 집에서 한 발짝도 못 나가요. 친구를 만나러 갈 때는 문자로 'ㄷ'이라고 보내야 해요. 도착했다는 말이죠. 친구랑 헤어질 때는 'ㅊ'이고요."

"치운다고? 뭘?"

아이의 말을 따라잡지 못한 소뵈르가 물었다.

"'ㅊ' 말이에요. 출발한다고요!"

"네 얘기에서 알 수 있는 사실은 엄마가 네 안전을 걱정한다는 거지. 네 입장에서 귀찮은 일이라는 건 알겠는데, 엄마 입장에서는 잘하는 일이라고 생각하실 거야."

"그런 말밖에 못 해요? 심리학 공부가 다 무슨 소용이에요?"

"아이고, 이거 게임 난도를 높여야겠구나."

소뵈르가 한 방을 먹고도 의연하게 반응하자, 마르고는 이 페어플레이에 오히려 당황했다. 담임 선생님에게 이런 말투로 대들었다가는 당장 알림장을 가져오라는 말이나 들었을 텐데. 그때 소뵈르가 물었다.

"아빠하고는 어떠니?"

"우리 아빠라고요!"

소뵈르가 부녀 관계를 부정한 것도 아닌데 마르고는 사납게 쏘아붙였다.

"격주로 아빠 집에 가요."

마르고와 같은 성을 가진 카레 씨는 집행관이었다. 딸의 말에 따르면 '돈방석에 앉은' 사람으로, 비싼 브랜드 옷을 사 주고, 유일하게 자신을 이해해 주는 존재였다. 한 가지 문제가 있다면, 웬 '루저 같은 여자'와 재혼을 했다는 것이다.

"루저란 말이지."

소뵈르가 마르고의 말을 따라 했다.

"그래도 아빠가 아주 귀여운 이복동생을 낳아 줬어요. 남동생이에요."

"아빠가 이복동생을 낳아 줬다."

"이제 세 살이에요. 절 '라고'라고 부르는데……. 그런데 원래 그렇게 다른 사람 말을 따라 하세요?"

"내가 잘 이해했는지 확인하는 거란다."

"심리학의 정점이네요."

마르고가 이죽거리더니 다시 말했다.

"엄마 얘기도 듣고 싶으세요? 하죠, 뭐. 엄마는 사랑에 있는 직업계 고등학교 프랑스어 교사예요. 학생들은 엄마 말을 안 듣고, 핌키 같은 싸

구려 옷 가게 점원이 되고 싶어 하죠. 엄마는 매일 저녁 집에 들어올 때마다 직업을 바꿔야겠다고 말해요. 최악이 뭔지 아세요? 열한 살짜리 여동생이 있는데, 일본 만화를 읽기 시작한 뒤로 자기가 양성애자래요."

"상담 약속을 잡은 건 엄마였지. 아빠도 알고 계실까?"

"설마 아빠한테 말하려는 건 아니죠? 아빠는 아무것도 몰라요. 아무것도!"

마르고는 '아무것도'를 강조하면서 오른쪽 검지로 왼쪽 손목을 긋는 시늉을 했다.

"동생이 아무 말이나 지껄여 대는 바람에 아빠는 이미 골치를 썩고 있어요. 엄마는 돈이나 뜯어내려고 하고요. 아빠를 그냥 좀 내버려두자고요! 저도 사람들이 절 좀 그냥 내버려뒀으면 좋겠어요. 써 주실 거죠? 확인서 말이에요. 혹시…… 안 써 주실 거예요?"

소뵈르는 그 어느 때보다 감미로운 목소리로 대답했다.

"상도즈 선생님과 아는 사이란다. 짧게 써 줄게."

"뭐라고 쓰실 건데요?"

"수학여행을 금할 만한 징후는 보이지 않는다."

대화의 끝을 장식할 법한 문장이었지만 마르고는 전혀 안심한 눈치가 아니었다. 몸을 앞으로 내민 채 여전히 긴장한 모습이었다.

"그래도 진짜 문제에 대해 말할 수 있도록 상담을 몇 번 더 받는 게 좋을 것 같구나. 나한테 받아도 좋고, 다른 상담사를 만나 봐도 좋고."

들릴 듯 말 듯 작은 '네' 소리가 마르고의 입술 밖으로 겨우 빠져나왔다. 그러더니 곧 질문이 이어졌다.

"저쪽은 언제 다시 들어와요?"

"모셔 올까?"

마르고는 대답 대신 소뵈르와 눈을 똑바로 마주치더니 패딩 점퍼와 스웨트 셔츠의 왼쪽 소매를 걷어 올렸다. 아직 아물지 않은 상처가 옷감에 쓸리자 통증에 얼굴이 찌푸려졌다. 그 바람에 상처 하나가 벌어져 피가 나기 시작했다.

깊게 베인 상처 여러 개가 손목부터 팔오금까지를 뒤덮고 있었다. 소뵈르는 거북한 기색을 숨기며 크리넥스 상자를 건넸다. 마르고는 화장지로 상처를 가볍게 누르며 비웃듯이 말했다.

"엄마는 겁을 잔뜩 먹고 주방 칼을 다 숨겼어요."

"나라도 그랬을 거야. 커터 칼로 하니?"

"네. 처음에는 컴퍼스로 했어요. 5학년 때였죠. 팔에 선을 그렸어요. 친구와 경쟁을 했거든요. 피가 나게 하려고요. 그리고 서로 피를 섞자고 했죠. 피를 나눈 의자매 말이에요."

마르고는 마치 어린 시절의 소중한 추억을 떠올리는 것처럼 미소를 지었다.

"그 친구는 지금도 만나니?"

"아니요, 죽었어요."

소뵈르의 표정을 본 마르고가 다시 이죽거렸다.

"아, 농담이에요. 이사 갔어요. 그래도 연락은 계속해요. 걔가 유튜브에 영상도 올렸어요. 화면에 걔가 잡히는데, 아, 사실 팔만 보이지만요, 면도날로 하트 모양을 새긴 다음에 피부를 벗겨 내요. 적어도 일 센티미터쯤 될 거예요. 피가 많이 나죠. 그런 다음에는 세면대에 피로 '러브 LOVE'라고 써요. 조회수가 벌써 5만이 넘었어요! 배경음악으로 〈허트 Hurt〉를 넣었더라고요."

말하는 동안 내내 또렷한 눈빛을 보니 마르고가 친구만큼 멀리 가지는 않았다는 판단이 들었다. 하지만 그 자해 영상에 상당히 충격을 받은 모양새였다. 마르고가 노래를 흥얼거렸다. "Would you tell me I was wrong? Would you help me understand?(내가 틀렸다고 말해 줄래요? 나를 이해시켜 줄래요?)"

"이 노래 아세요? 선생님 나이에 들을 만한 노래는 아니겠지만, 크리스티나 아길레라라고, 이름은 들어 보셨죠?"

"'나를 이해시켜 줄래요?'라는 질문에 답을 하자면, 그래, 네가 이해하도록 도울 수 있어. 임상심리전문가가 하는 일이지. 네가 힘들어하고 있고, 그런 지 벌써 꽤 됐고, 네가 하는 말이 절대 새어 나갈 틈이 없는 장소에서 이 문제를 얘기하는 게 도움이 될 거라 생각한다."

마르고가 입술을 바르르 떨었다. 당장이라도 소리를 지르거나 비밀을 털어놓을 것 같던 아이는 그저 상처를 덮은 화장지 위로 다시 소매를 내릴 뿐이었다. 소뵈르는 잠시 아무 말 없이 기다린 뒤『내셔널 지오그래픽』에 실린 「보노보의 정치적 교미 행위」라는 기사를 읽고 있던 뒤티외 부인을 찾으러 갔다. 부인이 딸 옆에 다시 앉자 소뵈르가 말했다.

"마르고는 수학여행을 갈 겁니다. 하지만 자기 문제들에 대해 얘기할 수 있으면 도움이 되겠지요……. 월요일 오후 여섯 시 어떠십니까?"

"보건 선생님에게 제출할 확인서 한 장만 써 주시면 아무 문제도 없을 텐데요……."

"엄마가 닥터야?"

마르고가 끼어들었지만 뒤티외 부인에게는 핑계가 있었다.

"어쨌든 월요일마다 시간을 내기는 어려워요. 딸이 하나 더 있거든요. 마르고 동생 블랑딘이 집에서 기다리는데, 혼자 오래 있게 되면 불안해해요."

"마르고 혼자 오면 되겠군요."

소뵈르의 지적에 뒤티외 부인은 다른 핑계를 댔다.

"집이 좀 멀어요."

"테러 집단에 끌려가는 일이라도 있을까 봐? 'ㄷ'이랑 'ㅊ' 하면 되잖아!"

폭발 직전인 마르고가 소리를 질렀다.

뒤티외 부인은 소뵈르가 이 꼴을 보고 무슨 생각을 할지 파악하려는 듯이 시선을 돌렸다. 가느다랗게 손질한 콧수염과 턱수염에 둘러싸인 입술에 보일 듯 말 듯 미소가 그려져 있었다. 모녀간의 작은 소동이 끝났다는 판단을 내린 소뵈르가 '좋습니다' 하고 중얼거리고는 책상에 앉아 상단에 상담소 주소가 적힌 편지지를 꺼내 조용히 적어 내려갔다. 그런 다음 봉인한 봉투를 뒤티외 부인에게 건넸다.

"상도즈 선생님께 드리면 됩니다."

"상담료가 얼마죠?"

"사십오 유로입니다."

"비급여겠죠?"

"비급여입니다."

마르고는 어머니의 행동에 창피해하며 한숨을 쉬었다. 소뵈르가 모녀를 출입문까지 배웅하며 말했다.

"다음 월요일 오후 여섯 시에 시간을 비워 놓겠습니다. 두 분이 충분히 이야기를 나눈 다음 결정해서 알려 주시면 됩니다."

두 사람이 층계참까지 갔을 때 뒤티외 부인이 딸에게 슬쩍 묻는 소리가 들렸다.

"아빠한테 말할 거니? 다음 월요일은 아빠 집에 있잖아."

마르고가 대답 대신 어깨를 으쓱하는데 문이 닫혔다. 두 사람을 다시 보게 될까? 모를 일이었다. 어쨌든 아이의 상태가 좋지 않아 보였다. 소뵈르는 하늘을 향해 팔을 뻗으며 끙, 하고 앓는 소리를 내고는 복도를 걸어 닫힌 문 앞에 이르렀다. 직장 생활과 사생활의 경계가 되는 문이었다.

*

*　　*

　베란다로 이어지는 환하고 포근한 주방, 오래되고 커다란 나무 식탁에 혼혈 남자아이가 앉아 있었다. 책가방에 있던 물건 절반을 쏟아 놓은 채 숙제를 하고 있는 모양새였다. 소뵈르가 방금 배웅한 '자해인'에게 그렇게 정신이 팔리지만 않았더라도 아이가 숨을 할딱거리며 손을 떨고 있다는 사실을 알아차렸을 것이다. 소뵈르는 곱슬곱슬한 작은 머리에 손을 얹으며 말했다.

　"오늘도 숙제가 많은 모양이네. 저녁으로 케첩 바른 핫도그 어때?"

　"좋아! 그런데 있잖아…… 아빠 컴퓨터 좀 써도 돼? 검색할 게 있어서."

　"뭐에 대해서?"

　"피부에 대해서."

　소뵈르가 미간을 찡그렸다. 피부라고? 이게 무슨 소리지?

　"그게, 왜냐하면, 폴 있잖아, 아빠도 알지? 내 친구 폴, 걔가 쉬는 시간에 넘어져서 양손이 다 까졌어. 그래서 선생님이 상처가 어떻게…… 어떻게 아무는지 찾아보라고 하셨어."

　직업이 직업이다 보니 소뵈르는 우연의 일치를 믿지 않았다. 하지만 피부를 긋는 마르고와 살갗이 벗겨진 폴 사이를 연관 지을 이유가 없었으므로 말없이 놀랐다.

　"써도 돼?"

20

라자르가 다시 물었다.

"좋아. 그런데 혼자 할 수 있지? 아빠는 누굴 또 좀 봐야 하거든. 오래 걸리지는 않을 거야. 그런 다음에 핫도그를 먹자. 알겠지?"

실망할 줄 알았던 라자르가 고개를 끄덕였다. 결국 소뵈르는 한숨을 쉬며 물러섰다.

"참, 아빠! 노란색이고 무서운 게 뭐게?"

이미 문고리에 손을 올린 소뵈르가 항의했다.

"아빠 시간 없다니까."

"정답! 총을 든 병아리야."

"아주 재미있구나. 이따가 보자. 시간이 다 됐거든."

소뵈르는 장단을 맞춰 준 다음 성큼성큼 걸어 대기실에 도착했다.

"푸파르 부인? 가뱅은 늦습니까?"

"오기 싫대요. 내키지 않을 때는 못 말리는 거 아시잖아요……."

기모케 고등학교 1학년 가뱅 푸파르는 주치의의 권유로 소뵈르를 찾아왔다. 수면제에도 듣지 않는 지독한 불면증을 앓고 있었기 때문이다. 가뱅의 어머니가 자꾸 주의를 흩뜨린 탓에, 두 번의 상담으로도 아이를 파악하기가 쉽지 않았다. 이 월요일 저녁, 푸파르 부인은 의자에 딱 붙어앉아 불안한 눈으로 상담사를 바라보았다. 단단히 팔짱을 낀 두 팔은 뱀의 꼬리처럼 꿈틀거렸다.

"진료실로 오시겠습니까?"

소뵈르가 발라드 가수 같은 감미로운 목소리를 유지하려 애쓰며 물었다.

어찌 된 영문인지, 소뵈르는 푸파르 부인이 진료실 소파에 앉자마자 안젤리나 졸리가 나오는 영화 속에 던져졌다. 언니가 빌려줘서 봤다는 영화는, 3년 전 푸파르 부인이 우울증 때문에 휴직한 때("기억하시지요, 선생님? 저번에 말씀드렸잖아요.") 겪은 일을 고스란히 그리고 있었다. 부인이 〈체인질링〉에 나오는 모든 사건을 질리도록 떠들어 대는 동안, 소뵈르는 하마터면 부인에게 질문을 던질 뻔했다. "노란색이고 무서운 게 뭘까요?"

"그래서, 경찰관이 실종된 아들을 데려왔는데, 그 여자는, 그러니까 안젤리나 졸리 말이지요, 아, 당연히 영화 속 이름은 그게 아니지만요, 어쨌든 그 여자가 보니까 자기 아들이 아닌 거예요. 닮기는 했어도 아들은 아니었지요. 그래서 그 사실을 경찰에게 말하는데, 경찰은 믿지 않아요. 아무도 믿으려 하지 않아요."

"음, 음."

소뵈르는 냉장고에 케첩이 남아 있던가 생각하며 중얼거렸다. 그때 푸파르 부인이 팔을 비틀어 꼬며 의기양양하게 선언했다.

"그리고 이건 제 얘기랍니다. 선생님. 제가 병을 앓을 때 언니가 가뱅을 돌봐 줬는데······."

"우울증 말씀이신가요?"

소뵈르가 정확한 병명을 이끌어 냈다.

"맞아요, 우울증이요. 한 달 동안 요양원에 있다가 나오니까 언니가 가뱅을 데려왔는데, 가뱅이 아니었어요. 많이 닮긴 했지만요. 그래도 가뱅이 아니에요."

소뵈르는 순간 찬물 한 동이를 뒤집어쓴 것 같았다. 깨어나!

"그러니까, 부인의 언니가 가뱅을 다시 데려왔을 때, 가뱅이 부인의 아들이 아니라는 느낌을 받으셨다고요?"

"당연하지요. 제 아들이 아니니까요. 다른 아이와 바꿔치기한 거예요."

"아."

"제 얘기를 영화로 만든 거예요. 도대체 어떻게 알았는지 모르겠네요."

그렇다. 푸파르 부인은 미쳐 가는 중이었다. 어떻게 해야 부인이 플뢰리 병원 정신응급의료센터로 가는 일을 막을 수 있을까? 무엇보다, 라자르는 몇 시에 핫도그를 먹을 수 있을까?

위층에서는 라자르가 아빠의 컴퓨터 앞에 앉아 있었다. 마우스에 손을 대는 순간, 쉬는 시간에 폴이 한 농담이 떠올랐다. "코끼리한테는 왜 컴퓨터가 없을까?" 핫도그를 먹을 때 아빠한테 문제를 내야지. 그 전에 조사할 것이 있었다. 자애, 맞춤법이 이게 아닌 것 같은데? 구글의 도움을 받아 맞춤법 문제를 극복하고 들어간 인터넷 게시판에서는 *Sadness45*와 *사는게지겨워*가 토론 중이었다.

> Sadness45: 난 2년 전부터 자해 중. 커터 칼로 시작해서 지금은 면도칼로 해. 팔에 난 자국을 누가 볼까 무서워. 이젠 너무 많아서 숨길 수도 없어!!!

> **사는게지겨워**: 난 십대에 피부 긋기를 시작했어. 부모님이 너무 짜증났고 날 조금도 이해하지 못했거든. 피부를 그으면 내가 아닌 느낌, 보이지 않는 힘이 내 생각을 장악하는 것 같은 느낌이 들었어.

"라자르!"

계단 아래에서 목소리가 들려왔다.

"아빠?"

아이가 펄쩍 뛰며 모니터를 껐다.

"환자를 응급실에 데려가야 해. 이십 분쯤 걸릴 거야. 혼자 있을 수 있지?"

"그럼, 아빠."

대답과 함께 모니터가 다시 켜졌다.

소뵈르의 귀가를 알리는 문소리가 났을 때, 라자르는 이미 면도칼로 등에 상처를 내 피부가 부풀어 오르게 해서 악어 비늘 모양 흉터를 만드는 뉴기니 남자들에서부터 나뭇가지로 코를 꿰는 파푸아의 바루야 부족 어린이들까지 섭렵한 상태였다.

소뵈르 부자는 저녁 아홉 시에야 저녁을 먹었다. 아빠가 코끼리 수수께끼의 정답(코끼리에게 컴퓨터가 없는 이유는 마우스, 그러니까 쥐를 무서워하기 때문이다)을 이미 알고 있었기 때문에 라자르는 기린 수수께끼를 냈다.

"기린의 목은 왜 길까?"

"높이 달린 나뭇잎을 먹으려고?"

"아니야. 발냄새가 나서 그래."

"그럼 라자르가 눈을 제대로 못 뜨는 이유는? 모르겠어? 눈꺼풀이 무겁기 때문이지. 잘 시간이야, 아들!"

"알았어, 아빠!"

라자르는 아빠를 무척 사랑했다. 게다가, 아이에게는 아빠뿐이었다. 아, 폴, 단짝인 폴도 있지.

"아빠, 친구가 한 명만 있으면 문제가 돼?"

소뵈르가 불을 끄기 직전, 라자르가 물었다.

"친구 한 명? 충분하지!"

*

*　*

임상심리전문가인 아빠가 아침 일찍 진료를 시작하기 때문에 라자르는 바퀴 달린 책가방을 끌고 혼자 등교했다. 화요일 아침, 뒤마예 선생님이 담임을 맡은 루이기유 초등학교 3학년 학생들은 1월 7일에서 9일까지 일어난 테러 사건들* 때문에 긴장한 상태였다. 희생된 기자들을 추도하며 레퓌블리크 광장 마리안** 동상 발치에 꽃이나 연필을 두고 온 아이들도 있었다.

"그림을 그리면 죽을 수도 있다던데, 정말일까?"

폴의 걱정에 오세안이 대꾸했다.

"하지만 그건 놀리기 위한 그림이었잖아. 선생님, 놀리면 안 되지요?"

"난 유대인이야. 유대인이라는 이유만으로 죽이는 나쁜 사람들이 있다고."

노암이 선언했다.

"히틀러랑 나치잖아."

"아니야, 아랍인들이야."

"난 아랍인이야!"

누르가 항의했다.

3학년 담임 뒤마예 선생님은 아이들의 질문에 거짓 없이 대답하려고 애쓰면서도 무력함을 느꼈다. 어서 미국인들이 하는 말처럼 "평상시와 다를 바 없는" 상태로 돌아갔으면 하는 마음뿐이었다.

"자, 다들 어서 자리에 앉아요! 잔, 앞을 봐야지. 마티스, 할 말이 있으

---

* 2015년 1월 7일 파리 도심에 위치한 풍자 주간지 『샤를리 에브도』 사무실 총격 테러를 시작으로 일드프랑스 지역에서 사흘간 여러 차례 테러 사건이 발생했다.
** 프랑스를 의인화한 인물로, 프랑스 혁명의 정신인 자유, 평등, 박애를 상징한다

면 손을 들렴. 이제 칠판에 오늘의 속담을 적을게요."

1월 20일 화요일이라고 적힌 날짜 아래, 뒤마예 선생님은 '약속한 것은 반드시 해야 한다'라고 적었다.

"이 말이 무슨 뜻인지 아는 사람? 그래, 마티스?"

"아빠 집에 필통을 두고 왔어요."

"지금 그 얘기를 하는 시간이 아니잖니! 그래, 오세안?"

"엄마 집에 수학 교과서를 두고 왔어요."

뒤마예 선생님은 평정을 잃지 않고 손을 든 학생을 찾아 교실을 둘러보았다. 누르는 허공을 보며 졸고 있었고, 노암은 오세안의 책상 밑에서 굴러온 막대풀을 줍고 있었다. 폴은 플라스틱 자를 스웨터에 문질러 책상에 널브러진 종잇조각을 들어 올리는 법을 라자르에게 선보이는 중이었다.

"폴, 그 자 선생님한테 가져와!"

뒤마예 선생님은 결국 체념하고 '약속한 것을 지켜야 할 의무가 있다'고 설명했다.

아이들이 속담을 베껴 쓰느라 교실이 조용해졌다. 한 문장을 쓰는 데 '인간과 시민의 권리 선언*' 전문을 쓰는 것만큼이나 오랜 시간이 걸렸다.

"자, 마침내 다 썼으면, 이제 프랑스어 연습 공책을 꺼내세요. 조용! 어제 다 함께 읽은 이야기, 기억하지요?"

말을 마친 뒤마예 선생님은 프랑스어라고는 한 마디도 모르는 한국 꼬마 스물여섯 명 앞에 서 있는 듯한, 매우 혼란스러운 느낌에 사로잡혔다. 선생님이 (살짝) 짜증을 내며 말했다.

"뇌를 집에 두고 온 건 아니겠지요? 늑대 이야기 말이에요!"

---

* 1789년 프랑스 혁명 당시 국민 의회가 발표한 인권 선언문을 말한다.

"아아아아, 맞다!"

스물여섯 명의 3학년 학생들이 입을 모았다. 몇몇은 보라는 듯 이마를 치기까지 했다.

아이들은 『늑대는 정말 멍청해』라는 제목의 이야기를 마음에 들어 했다. 안타깝게도 이제 42페이지 이해력 연습 문제 3번을 풀 차례였다.

"뭐로 써요?"

필통을 두고 온 마티스가 당황했다.

"혀로 쓰면 되겠구나. 오늘 아침 네 혀가 아주 잘 돌아가는 것 같으니까."

농담은 대성공을 거뒀다. 3학년 꼬마들은 농담을 좋아했다. 라자르는 세 가지 문제를 보며 한숨을 쉬었다.

1. 글의 제목이 우리에게 알려 주는 것은 무엇인가요?

2. 이 이야기가 무서운가요?

3. 무서운 늑대 이야기를 또 알고 있나요?

단순한 게 매력인 폴은 이렇게 답했다.

1. 늑대는 멍청하다 2. 아니요 3. 예.

그런 다음 짝에게 나무 자로도 종잇조각을 들어 올릴 수 있다며 시범을 보이려 했다. 하지만 라자르의 자가 말을 듣지 않자, 시범 대신 앞자리에 앉은 노암의 등에 밀어 넣었다.

"선생님, 폴이 제 등에 자를 넣어요!"

뒤마예 선생님은 암산 천재에 자칭 꼴통인 폴에게 약한 편이었지만, 같은 말썽을 반복한 이상 부모님에게 전하는 메시지를 적기 위해 알림장을 가져오라고 하는 수밖에 없었다. 아직 중학생의 자기 방어 기술을 습득하지 못한 폴은 "왜 저한테만 그러세요!" 하고 외치는 대신, 책상 아래로 몸을 숙여 서랍에서 사방이 접힌 알림장을 끄집어내더니 아무렇지도 않게 교탁에 올려놓았다.

"학기 초부터 이게 도대체 몇 번째인 줄 아니?"

뒤마예 선생님이 화가 난 척하며 물었다.

"여섯 번이요."

죄인이 태연하게 대답했다.

뒤마예 선생님은 일곱 번째 메시지를 적기 시작했다. 폴은 수업 중에 장난칠 궁리뿐입니다.

쉬는 시간 전 마지막 10분은 난장판이었다. 창밖에 눈이 내리고 있었다. 전율이 교실을 휩쓸었다. 눈, 눈이라니!

"좋아요, 나갑시다."

뒤마예 선생님이 한숨을 쉬었다. (그럼에도 불구하고 끈기를 잃지 않고 복도에서 아이들에게 말했다.)

"누르, 점퍼 잠가야지. 오세안, 모자 쓰고. 폴, 장갑 없니?"

"없어요, 엄마."

폴이 잔망스레 대답했다.

폴은 제 짝과 어깨를 맞댄 채 멀어졌다. 키도 같고, 몸무게도 같고, 걸음걸이마저 같은 둘을 보며 멍청한 아이들 몇몇은 둘이 사귀냐며 놀려 댔다.

쉬는 시간이 끝나자 꽁꽁 언 손에 빨간 코로 덜덜 떨며 교실로 돌아온 아이들의 몸에서 눈 녹은 물이 방울방울 떨어졌다. 아이들은 졸음을 부르는 따스함이 가득한 교실로 돌아와 내심 기쁜 눈치였다.

"이제 기하학 연습을 할 차례예요."

웅성거리는 소리 위로 목소리를 높여 선생님이 말했다.

"오세안, 기사를 다 썼으면 컴퓨터에다 타이핑하렴."

3학년 학생들은 두 달에 한 번 학급 신문을 펴내 각자 한 부씩 집으로 가져가곤 했다. 오세안은 테러 사건에 대해 기사를 쓰고 싶어 했고, 선생님은 "안 될 게 뭐람?" 하고 생각했다. 아이는 이목을 끌기에 좋은 헤드라인을 골랐다. "펜이 무기보다 강하다". 다음에 이어지는 내용은 사실에 근거한 것이었다. "사망자 12명 가운데 2명이 경찰관이며, 부상자 46명 가운데 4명이 위독하다." 오세안의 결론은 이러했다. "사람들을 죽이는 것은 옳지 않다. 비록 그 사람이 뭔가를 했다 해도."

"'그 사람' 뒤에 '들'을 붙이렴."

어깨 너머로 들여다보던 뒤마예 선생님이 이렇게 조언했다.

"라자르, 무슨 일이니?"

"저도 기사 써도 돼요?"

"어떤 주제로?"

"비자살성 자해요."

"뭐라고?"

"자해……."

"안 되겠구나. 자리가 없어."

선생님이 말을 끊었다.

지난번에는 학교공포증에 대한 기사를 쓰고 싶다고 하더니……. 대놓고 말할 수는 없었지만 선생님은 임상심리전문가의 아들이면 정신적으로 혼란스러울 수밖에 없을 거라고 생각했다.

"기하학 연습을 해 보자."

원에 대한 수업이었다. "지름 오 센티미터로 원을 그리고……." 라자르는 문제를 읽으면서 컴퍼스 끝으로 집게손가락 끝을 찌르고, 조금, 조금 더, 조금 더 깊이 밀어 넣었다. 팔에 피로 선을 그려 넣는 마르고를 떠올렸다. 뒤마예 선생님은 아이가 표정을 굳히자 문제를 풀기 싫어 그런다고 생각했다.

"라자르, 집중해야지!"

선생님은 아직까지 한 번도 보지 못한 라자르의 아버지에게 메모를 써 보낼까 생각했다. 학기 초 학부모 회의에도 참석하지 않은 사람이었다. 언젠가는 한번 소환해야 할 텐데, 무슨 이유를 댄단 말인가? 아드님이 임상심리전문가를 만나 볼 필요가 있다고?

작은 고민부터 기하학 문제까지, 훈화부터 프랑스어 수업까지 다 지나 수업을 마칠 시간이 되었다. 3학년 어린이들은 팔짱을 끼고 공책을 내려다보면서 집에 가서 외워야 할 시를 읽었다.

> 나의 공책에
> 나의 책상 위에 나무 위에
> 모래 위에 눈 위에
> 나는 너의 이름을 쓴다

1월 테러 사건 이후 학생들이 한 질문에 대한 선생님의 답이었다.

그 한마디 말의 힘으로

나는 생을 다시 시작한다

나는 태어났다

너를 알기 위해

너의 이름을 부르기 위해

자유여*

학교 앞 보행로에서는 로슈토 부인이 팽오쇼콜라를 들고 아들을 기다리고 있었다. 폴은 평소와 같이 라자르 생티브와 어깨를 맞대고 나왔다. 폴은 집에서도 항상 이 아이 이야기만 했다. 라자르가 이렇게 말했어, 라자르가 저렇게 말했어. 폴이 빵을 가져가더니 가차 없이 비틀어 반으로 잘라 당연한 듯이 한 조각을 친구에게 건넸다.

"안녕, 라자르. 오늘은 어땠니?"

순식간에 일어난 일에 불만을 감추며 로슈토 부인이 물었다.

"우으으……."

물론 입에 빵을 한가득 문 채 말을 할 수는 없는 법이지만, 적어도 미소는 지어 보일 수 있지 않을까? 아이는 바퀴 달린 커다란 가방을 끌며 멀어져 갔다. 임상심리전문가의 아들은 귀여운 아이는 아니로군.

라자르는 마음이 급했다. 화요일은 학교공포증을 앓는 엘라의 날이었다. 이 이상한 병에 대한 정보를 얻는 일은 쉽지 않았다. 처음에 구글 검색창에 '하교공부중'이라고 입력했기 때문이다. 이제 라자르는 중학생인 엘라가 학교에 가기 위해 갖은 노력을 했지만, 갑작스러운 복통이나 구

---

* 폴 엘뤼아르의 시 「자유」 일부

토 증세 때문에 학교 문턱을 넘지 못하는 때가 있다는 사실을 알고 있었다. 가장 최근 상담 때 엘라는 더 이상 학교를 빠지지 않겠다고 약속했었다. 약속을 지켰을까? 엘라의 엄마가 만족했을까? 꼭 드라마 다음 편을 기다리는 기분이었다.

*

*   *

라자르는 뮈를랭가 12번지에 자리한 커다란 주택에 살았다. 하지만 환자 전용 문인 정문을 통해 집에 들어가는 일은 없었다. 집 모퉁이를 돌아 푸앵소 골목길을 따라가면 작은 정원으로 통하는 철문이 나왔다. 그 문으로 들어가 오른쪽으로 야자나무 한 그루와 연장을 넣어 두는 작은 창고, 왼쪽으로 밧줄 매듭으로 고정한 그네가 달린 녹슨 쇠 지지대가 있는 정원을 가로질렀다. 몇 걸음 더 가면 물 부족으로 죽어 가는 녹색 식물 셋이 놓인 베란다가 나왔다. 베란다는 난방이 잘 된 주방으로 통했다. 라자르는 주방에 책가방을 내려놓고 장갑 낀 손을 아노락 주머니에 넣은 채, 자신의 세계와 아버지의 세계 사이의 경계를 넘었다.

금지된 영역을 처음으로 탐험한 것은 한 달 전, 12월 어느 저녁의 일이다. 시간이 멈춰 버린 것만 같은 주방에서 나가 복도를 따라 조금 걸어 볼 생각이었다. 그때 왼쪽 세탁실 쪽으로 작은 틈새가 눈에 띄었다. 그날 틈새를 발견한 것은 어떤 문에서 빛이 새어나오고 있었기 때문이다. 살금살금 다가가 보니, 반대편 커튼에 숨겨져 있던 문이 진료실로 통했다. 제대로 닫히지 않아, 그 틈새로 빛뿐만 아니라 소리도 새어 나왔다. 라자르는 문틀 바로 맞은편 타일 바닥에 앉아 임상심리전문가 생티브 씨의 경이롭고 두려운 세계를 발견했다. 화요일, 어린 소년은 지금까지 익숙해진 대로, 도둑처럼 조심스럽게 마법의 문을 살짝 열었다.

"그래, 일주일 동안 어떻게 지냈니?"

라자르가 어둠 속에서 미소 지었다. 상담 시간에 딱 맞춰 도착했다. 아이는 중학교 2학년, 열두 살 난 엘라 퀴펜스를 한 번도 본 적은 없지만, 엄마처럼 금발에 옅은 색 눈을 가졌을 거라고 상상했다. 사실 엘라에게 조금 반한 상태였다.

"어제까지는 잘 버텼어요. 그런데 어제…… 처음에는 갈 생각이었어요. 좀 메스껍기는 했지만요. 게다가 아빠가 차로 데려다준 다음에 지켜보고 있었거든요."

"차에서 기다리셨니?"

"네, 제가 학교에 들어갈 때까지요……. 하지만 교실에 들어가진 않았어요. 토하고 싶었거든요. 그래서 화장실에 갔어요."

"화장실에 갔구나."

"네. 그런데 곧 종이 울려서, 그냥 화장실에 있었어요."

엘라는 소뵈르의 눈을 피했다. 실망한 기색을 읽을까 봐 두려운 모양이었다. 눈썹과 입술선이 뚜렷한 얼굴은 갈색 단발과 검은 테 안경 덕에 더 영리해 보였다.

"하루 종일 화장실에 있었니?"

엘라가 살짝 웃었다.

"아니요! 벗어나는 데 성공했어요."

"벗어나다니, 무엇에서?"

엘라가 또 웃었다. 곤란할수록 더 웃었다.

"체육 시간에서요."

"그런 다음 집에 갔니?"

엘라가 한숨을 쉬었다. 그렇다, 병증이 도진 것이다. 다시 한번 부모님을 실망시켰다. 교무주임이 부모님이 일하는 시간에 휴대전화로 전화를 걸었다. "엘라는 어디로 갔지요?" 별일도 아닌데 소란을 피운 것이다.

"집에 혼자 있으면 주로 뭘 하지?"

소뵈르가 물었다.

"뭐, 이불 밑으로 기어들어 가서 만화책을 보기도 하고, 주방에서 먹을 걸 가져오기도 해요."

"그거 꽤 괜찮은 일과로구나. 좀 지루할 때는 없고?"

"그럴 때도 있어요. 그럴 땐 티브이를 봐요. 이야기를 지어낼 때도 있고요."

"어떤 이야기지?"

"글쎄요……. 잘 모르겠어요."

창백한 피부가 장밋빛으로 물들었다.

"주말은 잘 보냈어? 언니가 귀찮게 하진 않았고?"

소뵈르가 다시 질문을 던졌다.

엘라에게는 열일곱 살 난 자드라는 언니가 있었는데, 질투가 심한 것 같았다.

"언니는 제가 뭘 해도 엄마가 그냥 둔다고 해요. 학교공포증 같은 건 없다고도 하고요. 일요일에는 막 성질을 부렸어요. 제가 자기 옷장을 뒤졌대요."

"뒤졌니?"

"아, 아니요!"

엘라는 잠깐 망설이나 싶더니 딱 잘라 대답했다.

"혹시 아주 조금 뒤져 본 건 아니고?"

소뵈르가 은근히 묻자, 엘라는 반박하지 않고 웃기만 했다.

"말씀드릴 게 있는데, 다른 사람한테는 말하시면 안 돼요."

"네 허락 없이 어떤 말도 이 방을 새어 나가지 않는단다, 엘라."

엘라가 입을 열었다. 하지만 아무 소리도 나오지 않자 스스로도 놀란 것 같았다. 진료실에 침묵이 내려앉았다. 1분이 지났을 때 소뵈르가 제안했다.

"종이에 써 볼까?"

엘라는 서둘러 백팩에서 펜과 수첩을 꺼내 종이 한 장을 찢었다. 몇 마디를 휘갈겨 쓴 뒤, 종이를 구겨 삼키기라도 할 듯이 입 가까이로 가져갔다가 소뵈르에게 건넸다. 소뵈르는 종이를 펼쳐서 읽었다. "일요일에 생리를 시작했어요." 메스껍고, 화장실에 틀어박혀 있고, 체육 시간을 거부한 이유가 모두 초경 때문이었던 것이다.

"언젠가는 닥칠 일이었지……."

"맞아요."

"어땠어?"

"끔찍했어요."

흐느낌을 참는 듯 숨소리가 무거웠다.

"엄마는 뭐라고 하셨지?"

"아무 말도요."

"아무 말도?"

"제가 아무것도 말하지 않았거든요."

"그래서 언니 물건을 뒤졌구나? 필요한 물건을 찾으려고?"

엘라는 입술이 아프도록 꽉 문 채 고개를 저었다. 더 이상 말하고 싶지 않은 듯했다.

"같은 반 친구한테 말해 보지 그랬니?"

소뵈르가 기어코 다시 묻자 엘라가 소리쳤다.

"싫어요!"

"페이스북으로 사촌한테 말해 보는 건?"

"싫다니까요. 도대체 왜 얘기를 해야 하죠?"

"네 또래 아이들이 어떻게 하는지 알아보려면. 조언을 들을 수도 있잖
니. 생리 때문에 힘들 수도 있으니, 안 그래?"

"싫어요."

"뭐가 싫은데?"

"생리 얘기는 하기 싫어요."

"그래, 그럼 무슨 얘기를 하고 싶지?"

다시 침묵이 내려앉았다. 1분, 또 2분이 지났다.

"집에 갈래요."

엘라가 소지품을 정리하는 척하며 중얼거렸다.

"조금 있어 봐. 십 분 정도 더 참아 줄 수 있지? 내가 형편없는 상담사
라서 생리를 막아 줄 수는 없지만……."

엘라가 웃더니 몰래 눈물을 닦아 냈다.

"선생님 잘못이 아니잖아요."

"내 책임도 조금 있지. 네가 얘기하고 싶지 않은 이유를 파악할 수는
있었잖아. 초경을 하게 되면 다들 만족할 거라고 생각했으니, 내가 멍청
했지. 딸이 없다 보니 일이 어떻게 돌아가는지 잘 모르겠구나."

소뵈르가 서툴게 변명하는 동안 긴장이 풀린 엘라의 입가에 미소가
떠올랐다.

"애초에 전 가슴이 나오고 털이 나는 것도 다 싫었다고요. 역겨워요."

엘라가 마치 가르치듯이 말했다.

"역겹다."

소뵈르가 엘라의 말을 반복했다.

"전 그냥 이대로 있고 싶었어요."

"여자아이로 말이지."

"네. 아니, 사실은……."

엘라가 말을 멈췄다.

"사실은? 말을 끝까지 해 봐, 엘라. 전부 말해도 돼. 별일 없을 거야. 그래서, 사실은?"

"아니에요. 그냥 멍청한 얘기예요……. 어차피 불가능한 일이거든요."

"뭐가 불가능하지?"

"여자아이가 아니게 되는 거요."

"여자아이가 아니었으면 한다는 거로구나."

"남자아이가 되는 게 낫지 않아요?"

엘라는 확인을 기다리듯이 소뵈르를 바라보았다.

"남자아이가 되는 게 낫다고 생각해?"

"상상 속에서 전 남자아이가 돼요."

분홍빛 갓을 씌운 작은 램프가 은은하게 빛을 밝히듯이, 창백한 피부에 다시 핏기가 돌았다. 엘라는 달뜬 목소리로 말을 이었다.

"잠들기 전이면 저만의 세계로 떠나곤 해요. 엘라가 아니라 엘리오트가 되지요. 초능력이 있어서, 사람들의 심장 속으로 들어가서 못되게 굴면 심장을 터뜨릴 수 있어요. 그러니까, 저를 괴롭힌다거나 하면요. 저한테 반한 여자애가 있는데, 왕의 딸이에요. 하지만 아주 어두운 지하실에서 몰래 만날 수밖에 없어요. 그 애 오빠가 저한테서 초능력을 빼앗으려고 하거든요……."

그러다 문득 환상에서 깨어나 소뵈르, 즉 어른과 마주하고 있다는 사실을 깨달았다.

"그냥 상상이에요."

엘라가 자조 섞인 웃음을 지으며 말했다.

"아주 아름다운데? 그런 상상을 할 수 있다니, 정말 운이 좋구나. 상상력은 경이로워. 우리 내면 깊은 곳에 있는 것을 표현해 주지."

소뵈르의 부드러운 목소리에 엘라는 자기도 모르게 눈물을 흘렸다.

"우리 모두는 분신과 함께 살아간단다. 또 다른 세계에 있는 우리라는 분신이지. 그래서 책을 읽고, 영화관에 가고, 비디오게임을 하고, 거기 나오는 등장인물들과 스스로를 동일시하고, 인터넷을 통해 가상 세계로 떠나는 거야. 네가 엘라가 아니라 엘리오트 왕자가 되는, 너만의 왕국 말이야."

"왕자가 아니라 기사예요. 기사 엘리오트요."

엘라가 코를 훌쩍이며 정정했다.

소뵈르가 화장지를 건네자 엘라는 기계적으로 코를 풀었다.

"어쨌든 제 세계에서 빠져나와서 학교에 가야 하잖아요."

"그건 그렇지."

소뵈르가 수긍했다.

"그렇지만 가기 싫어요."

"용기가 많이 필요하지. 백팩에 기사를 넣어서 데리고 가야겠구나."

소뵈르는 딱히 동의를 기대하지 않고 미소를 지어 보였다.

"노력해 볼게요."

엘라가 한숨을 크게 내쉬며 대답했다.

두 사람은 잠시 생각에 잠긴 채 침묵했다.

"왜 어른들은 선생님 같지 않죠?"

엘라가 불쑥 큰 소리로 물었다.

"어른들은 진짜 엘라를 보지 못하니까. 너는 어때? 너는 어른들을 있는 그대로 보니?"

엘라가 항변했다.

"보는 건 잘 모르겠고, 듣긴 하죠! 게다가 어른들이 하는 말은 재미가 없잖아요!"

"어떤 재미없는 말을 하는데?"

"글쎄요, 아빠는 맨날 이런 말이나 해요. '정말 실망스럽다, 엘라. 언니처럼 열심히 공부해야지. 네 언니는 학교공포증이 없잖니. 게다가 그 공포증이니 뭐니, 다 헛소리야. 임상심리전문가라는 것들은 죄다 멍청한 자식들이고…….' 아, 죄송해요, 아빠가 좀 그래요."

소뵈르가 대놓고 웃음을 터뜨렸다.

"괜찮아. 임상심리전문가를 미심쩍어하는 사람들이 많긴 하지……. 엄마는 어떠시니? 엄마도 너한테 실망했다고 하셔?"

답을 찾는 듯 한동안 말이 없던 엘라의 얼굴에 미소가 번졌다.

"아니요. 그런 말 안 해요."

"엄마는 너를 걱정하지만 실망하지는 않으실 거야. 네가 행복하기를 바라신단다. 첫 상담 때 그렇게 말씀하셨어."

소뵈르가 확실하게 말했다.

복도에 있던 라자르는 곧 상담이 끝날 것이며 문을 닫아야 할 때라는 것을 깨달았다. 엘라가 불러일으킨 감정들로 가득한 마음을 안고 주방으로 돌아온 아이는 낡은 나무 식탁에 가방을 비우고 필통에서 형광펜 몇 개를 꺼냈다. 소뵈르가 돌아오자 라자르는 또 실없는 농담을 던졌다.

"있잖아, 아빠, 쥐는 쥐인데 고양이를 안 무서워하는 쥐는 뭐게?"

소뵈르가 어리둥절한 얼굴을 했다.

"박쥐!"

하루 종일 하도 많은 이야기를 들은 탓에, 소뵈르는 몇 초 뒤에야 반응했다.

"아, 재밌네! 햄 피자?"

"좋아!"

저녁을 먹으면서 라자르가 선생님이 알려 준 시, '나의 공책에, 나의 책상 위에, 나무 위에'를 낭송했다. 소뵈르는 아들의 나이 때 생트안 초등학교에서 배운 시를 떠올려 보았다.

"'나는 바람을 사랑하는 섬에서 태어났지, 공기에서 설탕과 바닐라 냄새가 나는 곳, 태양…… 어…… 열대의 태양…… 카리브해의 따뜻하고 푸른 물결…… 어쩌고저쩌고……' 기억이 잘 안 나네."

바로 그곳, 생트안의 바닷가 묘지에 누워 있는 이자벨 생티브의 그림자가 두 사람 위로 드리웠다.

"엄마가 죽었을 때 내가 몇 살이었다고 했지?"

식탁 정리를 돕던 라자르가 물었다.

"두 살 반."

"키가 얼마나 됐어? 보여 줘."

소뵈르가 허벅지 중간까지 손을 뻗었다.

"하나도 안 크네."

스스로가 안쓰럽다는 듯이 라자르가 말했다.

"나 울었어?"

이자벨은 마르티니크의 한 길모퉁이에서 교통사고로 사망했다.

"굉장히 얌전했지, 굉장히 용감했고."

"그렇게 어렸는데도?"

"그렇게 어렸는데도."

"내 눈은 엄마 눈을 닮았고?"

"네 눈은 엄마 눈을 닮았지. 자, 잘 시간이야!"

소뵈르가 아들의 말을 끊었다. 눈물 닦을 휴지는 환자들을 위해 남겨 두고 싶었다.

소뵈르는 침대에 누워 〈르몽드〉를 훑어보았다. 환자들과 아들 사이에서 고립된 생활을 하다 보니 이렇게라도 매일 사회와 접촉할 필요가 있었다. 특히나 교육과 과학 발전 관련 기사에 관심이 많았다. 그날 저녁, 신문을 뒤적이던 소뵈르는 엘라에 대해 생각했다. 다음 화요일에 부모님과 함께 방문할 것을 권하자 엘라는 "말은 꺼내 볼게요. 그렇지만 아빠가 올 일은 없을 거예요." 하고 대답했다. 상의를 걸치지 않고 맨발로 침대 머리판에 기대 생각에 빠져 있던 소뵈르의 눈에 특이한 헤드라인이 들어왔다. "트랜스섹슈얼에게 선택할 시간을". 엘라와 그 분신, 기사 엘리오트와의 상담을 떠올리며, 소뵈르가 기사를 읽기 시작했다. 트랜스젠더 청소년들의 목소리를 담은 기사였다. "'여기 위쪽이 부풀기 시작했어요.' 닐스(신분증상 엘사)가 가슴을 흘깃 내려다보며 말했다. 반감 어린 표정이 이 낯선 감각에 대한 불쾌감을 드러냈다. 반면 레일라(출생 시 케빈)는 가슴이 커지는 것을 느끼고 싶었다. 하지만 절망스럽게도 가슴이 아닌 가느다란 솜털이 입술 위로 자라나기 시작했다." 소뵈르는 눈을 감고 초경을 고백하던 엘라의 찌푸린 얼굴을 떠올렸다. 만일 엘라가 미국에 살았다면 '젠더 비순응 아동', 그러니까 태어날 때 부여된 젠더를 따르지 않는 아동이라고 불리었을까? 기사는 프랑스가 이러한 논의에 뒤처져 있으며, 이 아이들에게 효과도 없는 심리 치료 외에 다른 대안을 제공하지 않고 있다고 결론지었다.

"아빠?"

생각에 깊이 빠져 있던 소뵈르가 펄쩍 뛰었다.

"이제 그만, 농담 시간은 지났어!"

"아니, 그게 아니라, 폴이 내일 자기 집에 초대하고 싶대."

라자르가 침대에 기어올라 전화번호가 적힌 종잇조각을 내밀었다. 소뵈르가 해독을 시도했다.

"02 38…… 이건 뭐라고 쓴 거지? 폴의 성인가?"

"로슈토. 폴네 엄마 번호야. 친절한 아줌마야."

라자르가 격려를 보내고 있다는 것이 느껴졌다. 아빠가 모르는 부인에게 부탁을 하려니 내키지 않아 한다는 것을 짐작한 것 같았다.

"벌써 아홉 시야. 전화하기에 좀 늦었잖아."

소뵈르가 전화번호를 누르며 한숨을 내쉬었다.

사실 로슈토 부인에게 전화를 걸기에 좋은 타이밍이 아니었다. 버베나 민트 허브차를 마시며 잠자리에 들 준비를 하는데 전남편이 전화를 해 새 파트너의 임신 소식을 알린 것이다. 이미 두 아이가 자기 집에 머무는 주에 제대로 돌보지도 못하는 주제에 셋째를 낳겠다니! 로슈토 부인이야말로 셋째를 낳아 다시 한번 품 안에 아기를 안아 보고 싶었다. 그런데 이제 그 멍청한 스물다섯 살짜리가 부푼 배를 자랑하며 돌아다니겠지! 게다가 이름은 또 어떻고? 팽프르넬! 어떻게 사람 이름이 팽프르넬일 수가 있지? 그때 전화가 울렸다.

"로슈토 부인? 늦은 시간에 죄송합니다. 소뵈르 생티브라고 합니다."

"소뵈르? 구원자라고요?"

깜짝 놀란 로슈토 부인은 혹시 그런 종류의 누군가가 침실에 나타났는지 확인하듯 주변을 둘러보았다.

"라자르의 아빠…… 아드님 친구의 아빠입니다. 폴…… 로슈토 부인 맞으신가요?"

"네, 네, 죄송해요, 제가 정신이 좀 없었어요. 라자르, 네…… 무슨 문제라도 있나요?"

로슈토 부인이 실언을 만회하듯 재빨리 말했다.

소뵈르는 폴이 다음 날 초대에 대해 어머니에게 아무 말도 하지 않았음을 알게 되어 더욱 당황했다. 다행히 유머 감각과 인간미를 되찾은 로슈토 부인이 웃음을 터뜨렸다.

"오, 그것 참, 정말 폴다운 일이지요! 제가 자기 머릿속에 있는 줄 안다니까요. 내일 오후에 라자르가 오면 좋겠네요. 오후 세 시 괜찮으세요? 이른 오후에는 치과 교정 전문의와 예약이 돼 있어서요."

소뵈르는 매력적인 목소리를 남용해 가며 양해와 감사의 말을 거듭했다. 안녕히 계세요, 다시 한번 감사드립니다, 정말 친절하시군요, 아, 아닙니다, 그럼요, 저로서도 반가운 일이지요. 휴! 소뵈르는 안도의 한숨과 함께, 로슈토 부인은 의문과 함께 전화를 끊었다. 옅은 금빛 피부에 커다랗고 연한 잿빛 눈동자를 가진 라자르는 잘생긴 아이였다. 그렇다면 아빠도 혼혈이려나? 벨벳 같은 목소리의 주인공은 백인일까, 흑인일까? 아마도 흑인이겠지. 그렇다면 진짜 흑인일까, 아니면 카페오레 색 흑인일까? 그런데 도대체 왜 이런 질문들을 하고 있는 거지?

"엄마, 나 좀 봐, 엄마!"

알리스가 노크도 없이 불쑥 침실에 들어왔다. 엄마가 예고 없이 자기 방에 들어가면 소리를 질러 대는 주제에.

"내 반스 말이야."

부모가 헤어진 뒤로 알리스의 정신은 온통 신발, 가방, 휴대전화에 팔려 있었다. 부모를 파산시키려고 작정이라도 한 모양이다.

"엄마가 너무 비싸다고 했잖아. 그런데 아빠가 절반을 부담하겠대."

"말은 잘하지. 엄마한테 먼저 내라고 하고 절대 안 내놓을걸."

"엄마가 말을 듣게 하면 되잖아."

"충고 고맙다. 어쨌든, 네 아빠는 지금 그거 말고도 돈 쓸 일이 많아. 팽프르넬이 임신했거든."

"뭐? 그 멍청한 뚱보가? 그럼 이제 다시는 아빠 집에 갈 일 없을 거야."

"알리스, 넌 이제 겨우 열세 살이야. 원하는 대로 다 할 수 없는 나이지."

"우리 가족은 다 미쳤어. 하긴 가족도 아니지! 열여덟 살만 돼 봐, 바로 떠날 거야."

격분한 알리스가 제 방으로 달려가더니 쾅! 하고 때려 부술 듯 문을 닫았다. 아기 때는 참 귀여웠는데, 하고 로슈토 부인이 생각했다.

"누나 왜 저래, 엄마?"

열린 문틈으로 폴이 물었다.

"늘 그렇지, 뭐. 항상 자기가 세상에서 제일 불행하다고 생각하잖니. 그런데 너, 라자르를 초대했으면 말을 해야지. 라자르 아빠 전화를 받고 엄마만 바보가 됐잖아. 네 친구가 겉보기보다 좀 더 예의가 바른 아이였으면 좋겠구나……."

필요한 정보를 입수한 폴이 조심스럽게 후퇴했다.

*
*　　*

　다음 날 오후, 니콜이 뮈를랭가로 라자르를 데리러 왔다. 1년 동안 라자르의 보모였던 니콜은 지금도 오후 수업이 없는 수요일이면 소뵈르 부자에게 종종 도움을 주곤 했다. '경험 많은 보모가 돌볼 아이를 찾습니다'라고 내건 광고를 본 소뵈르가 세 살 난 아들을 데리고 집에 찾아왔을 때, 니콜은 썩 내키지 않았다. 그날 저녁 남편에게 말했듯이 '유색인종에 딱히 끌리지 않았기' 때문이다. 흑인은 악취를 풍긴다는 편견이 있었다. 그런데 라자르가 아침마다 아빠의 품에 꼭 안겨 올 때면 애프터셰이브 냄새 말고 다른 냄새는 나지 않았다. 한편으로는 흑인 꼬마 때문에 다른 부모들이 떠나지 않을까 하는 걱정도 있었다. 하지만 터무니없는 기우였다. 다른 엄마들이 라자르에게 홀딱 반한 것이다. 결국 니콜은 라자르가 '다른 녀석과 별 차이가 없다'는 사실을 인정하게 되었다. 게다가 다른 아이의 보육비보다 20%를 더 뜯어내기도 했고.

　"세상에, 바깥 날씨가 정말 춥구나. 아프리카 너희 집이 훨씬 낫겠어."

　니콜이 주방에 들어서며 말했다.

　"전 아프리카 사람이 아니에요."

　폴에게 줄 그림을 그리던 라자르가 태연하게 대답했다.

　"내가 잘못 알고 있나? 넌 흑인이잖아."

　"맞아요. 그런데 전 마르티니크에서 태어났어요."

　"그래서? 거긴 태양이 없어?"

　니콜은 항상 남의 말을 꺾어 누르는 버릇이 있었다. 말을 마친 니콜이 크레용 사이로 커다란 검은색 상자를 떨어뜨렸다.

"이게 뭐예요?"

뚜껑에 페인트로 그려진 흰색 십자가를 본 라자르가 놀라 물었다.

"아유, 손에 다 묻었네. 정원 철문 앞에 있더라. 거기에 걸려서 넘어질 뻔했어."

니콜이 투덜대며 대답했다.

검은색 페인트가 칠해져 있는 평범한 신발 상자였다. 라자르는 안에 뭐가 들었는지 확인하려다가 물을 세게 틀어 손을 씻던 니콜에게 꾸중을 들었다.

"건드리지 마! 더러워. 쓰레기통에 넣어라."

라자르는 상자의 가장자리를 잡아 커다란 스테인리스 쓰레기통 뚜껑 위에 올려두었다. 로슈토 부인의 집에 갈 시간이었기 때문에 아이는 사건을 금세 잊었다.

폴의 집이 있는 리온가, 로슈토 부인은 값비싼 운동화도, 아이폰용 케이스도 사지 못해 골이 잔뜩 난 알리스와 함께 치과에서 이제 막 돌아온 참이었다. 겨우 욕실 거울 앞에서 머리를 매만지는데 벨이 울렸다. 라자르가 아버지와 함께 올 것이라고 생각한 터라 층계참에 서 있는 평범한 인상의 중년 부인을 보고 조금 실망했다.

"생티브 부인?"

"아니에요!"

라자르가 분개했다.

"보모입니다. 니콜이에요."

"처음 뵙겠습니다. 어서 들어오세요. 저는 루이즈예요."

"이름이 참 예뻐요."

칭찬할 기회를 놓치는 법이 없는 아빠를 닮은 라자르가 말했다. 이미 라자르를 불만이 많고 팽오쇼콜라나 얻어먹는 부류로 분류해 둔 로슈토 부인, 루이즈로서는 예상치 못한 말이었다.

"폴은 방에 있단다."

루이즈가 계단을 통해 "폴! 폴!" 하고 소리쳤다.

"곧 가요! 똥 싸는 중이야!"

목청껏 외친 대답이 들려왔다.

루이즈는 어색하게 웃으며 손님들을 널찍한 거실로 안내했다. 거실에는 겨울 햇살이 커다란 통창을 통해 쏟아져 들어왔다.

"집에 색깔이 가득해요."

라자르의 감상이었다. 바로 루이즈가 바란 집의 모습이었다. 따뜻하고, 색깔이 가득한 집, 가족이 함께 살기 좋은 집, 하지만 곧 떠나야 하는 집.

"고맙구나."

루이즈가 목이 메어 대답했다.

폴이 거실로 뛰어 들어오더니 라자르를 격렬하게 끌어안았다. 루이즈도 아들이 그처럼 감정을 드러내는 것을 본 적이 없을 정도였다. 두 아이는 회오리바람에 휩쓸려 사라졌다.

루이즈는 이 기회에 니콜에게 커피를 대접하며 호기심을 채우기로 했다. 니콜은 묻기도 전에 자신이 고용주에 대해 알고 있는 모든 정보를 쏟아 놓았다. 생티브 씨는 '백인 중에서도 백인'이었던 아내가 교통사고로 사망하자 몇 달 뒤 섬을 떠났다.

"생티브 씨가 아들을 맡아 주겠냐고 물었을 때, 저야 흑인에 대한 반감이 없으니 그러겠다고 했지요."

니콜은 선의로 루이즈를 감화시킬 생각에 덧붙였다.

"부인은 혼혈을 어떻게 생각하시는지 모르겠지만, 어쨌든 저는 꼬마 라자르가 못생긴 편은 아니라고 생각해요. 흑인이라도 너무 까맣지만 않다면야 괜찮지요."

루이즈는 이렇듯 인종차별주의와 선한 양심을 동시에 자랑하는 데 경악하며 귀를 기울였다.

"다만 그 이름은 좀 유감스러워요."

니콜이 말을 이었다.

"그 이름이요?"

"'라자르' 말이에요! 게다가 아빠는 '소뵈르'잖아요! 제 남편이 아는 흑인 중에 페트나라는 사람이 있는데, 세상에, '페트 나시오날*', 국경일에 태어나서 페트나가 됐답니다. 뭐, 그렇다고 그게 거슬린다는 얘기는 아니에요. 하고 싶은 대로 하는 게 뭐가 나빠요. 다만, 자기들 나라에 있을 때 얘기지요. 그런데 여기 오를레앙에 그런 사람들이 너무 많아요. 더 이상 내 집에 있는 것 같지가 않다니까요. 아, 닥터 소뵈르는 예외지요. 세금도 잘 내고, 깨끗하고, 아무 문제가 없는 분이에요. 흑인 중에도 괜찮은 사람들이 있어요."

루이즈는 가능한 한 빨리 보모를 집에서 몰아냈다. 반발도 하지 않고 혼자 떠들게 둔 자신이 역겨웠다. 어쨌든 오후 6시에 라자르를 데리러 오지 않도록 니콜을 설득하는 데 성공하기는 했다. 추위 속에서 10분을 잰걸음으로 걸어야겠지만 직접 데려다줄 생각이었다.

라자르가 교차로에서 길을 건너기 위해 루이즈에게 손을 내밀었다. 순

---

* 국경일을 뜻하는 프랑스어 'fête nationale'의 발음에서 따온 이름이다.

간 흑인들의 피부가 축축하다는 생각이 머리를 스쳤지만, 라자르의 손바닥은 건조했다. 루이즈는 도대체 어쩌다 그런 편견을 갖게 되었는지 스스로도 의아했다.

"빨리 도망가야 이기는 것은 뭐게요?"

곁에서 폴짝폴짝 뛰던 아이가 물었다.

이미 폴에게서 들은 얘기였지만, 루이즈는 답을 모르는 척했다.

"모르겠어요? 정답은 달리기!"

소뵈르 생티브
임상심리전문가

뮈를랭가 12번지, 멋진 명패 앞에 도착하자 루이즈는 주먹 모양의 노크용 손잡이 쪽으로 향했다. 그때 라자르가 소매를 잡아당겼다.

"아니, 아니, 전 정원을 통해서 들어가요."

푸앵소 골목길은 봄이면 새들이 모여 노래하는 목가적인 분위기였지만, 1월인 지금은 음산하고 진흙투성이였고, 정원 자체도 어둠에 잠겨 있었다.

"저녁에 학교에서 돌아올 때 무섭지 않니?"

루이즈가 놀라서 물었다.

"익숙해요. 그리고 아빠가 주방에 불을 켜 두는걸요."

마치 배를 항구로 인도하는 등대와도 같은 불이었다.

"들어가렴, 라자르. 언제든 원할 때 집에 놀러 와도 된다고 아빠한테 말씀드리고."

라자르는 열쇠 없이 열리는 정원 철문으로 들어가 베란다 문을 밀고 사라졌다. 루이즈는 이웃에 대한 신뢰가 앤틸리스 제도 특유의 관습일까 생각했다. 이런 생각을 하는 것조차 인종차별일까? 루이즈는 또다시 양심의 가책을 느끼며 스스로에게 물었다. 게다가, 자신이 인종차별주의자인지 자문하는 것 자체가 인종차별주의자라는 증거는 아닐까?

*

* *

소뵈르 생티브의 하루는 아직 끝나지 않았다. 약속 시간보다 일찍 도착한 환자, 늦게 도착한 환자, 약속을 취소한 환자, 응급 상황이라며 예약 없이 밀고 들어온 환자 등등 우여곡절이 많은 하루였다. 그 사이사이 걸려 오는 전화에도 응대해야 했다. 당황스러운 경우도 있었다.

"여보세요, 닥터 생티브? 임상심리전문가 맞으시지요? 저는 오가녜르라고 합니다. 딸들 때문에 전화드렸습니다."

"따님이 몇 분이지요? 딸들이라고 하셔서요."

"셋입니다만, 큰 아이 둘이 영 통제가 안 되네요. 열네 살, 열여섯 살입니다."

"어떻게 통제가 안 된다는 말씀이신지요?"

"매사 자기들 고집대로만 합니다. 예를 들자면, 어제, 열네 살짜리, 그러니까 마리옹 말씀인데, 그 애가 제 얼굴에 유리잔을 던지지 뭡니까. 빗나가긴 했어도…… 그…… 의도라는 게 있으니까요."

"그랬군요. 그렇다면 선생님께서도, 또 부인께서도 아이들을 휘어잡지 못한다는 말씀이신가요?"

"아, 꼭 그렇다고 하기는 어렵습니다. 아내와 헤어졌거든요. 사실 결혼한 사이도 아니었으니, '아내'라고 말할 수도 없겠네요. 애들 엄마라고나 할까요. 그래도 십팔 년간 함께 살긴 했습니다."

"그러시군요. 그럼 언제쯤 헤어지셨는지……?"

"일 년쯤 됐습니다."

"얼마 안 됐군요. 아마 따님들이 조금…… 혼란스러운 모양입니다."

"예, 저도 새 파트너와 함께 살고 있고, 제 아내도, 아, 그러니까 애들 엄마도 마찬가지니까요."

"아이들 어머니도 새로운 남자분과 동거 중이시군요?"

"아니요. 새로운 여자와 동거 중이지요."

"네? 그렇군요. 그럼 부인께서 다른 부인과 동거 중이다, 그 말씀이시군요?"

"그렇습니다. 뤼실, 그러니까 큰애가 그 집에 통 안 가려고 해요. 불편한가 봅니다."

"충분히 그럴 수 있지요."

"그러니까, 저희 생각에는 모두 함께 이 문제를 논의했으면 합니다. 지금으로서는 다들 헤매고 있어서요."

"'모두 함께'라고 하면, 선생님과 파트너, 전 파트너와 그분의 새 파트너, 이렇게 네 분에다가 세 따님을 말씀하시는 건가요?"

"아니요, 엘로디는 빼고요. 겨우 다섯 살이라 아직은 괜찮습니다."

"그렇기는 하지만 엘로디도 가족 모임에 관심을 보일 수도 있으니까요."

기모케 고등학교 내 알카에다 비밀 조직을 발견했다는 푸파르 부인이 맞은편에 앉아 있었지만, 소뵈르는 부인의 존재를 잠시 잊어버리고 진료실에 일곱 명이 모여 있는 모습을 소리 없이 웃으며 상상해 보았다.

"글쎄, 교장을 납치하려고 한다니까요."

팔을 배배 꼬면서 푸파르 부인이 폭로했다.

"예, 잠시만요, 푸파르 부인, 진료 약속을 잡는 중이라서요. 그럼 오후 여섯 시 십오 분으로 할까요? 좋습니다, 내일 뵙지요……. 알카에다라고요."

중요한 건 문제를 분류하는 것이다.

"병원에서 처방한 치료는 시작하셨나요, 푸파르 부인?"

소뵈르는 저녁 8시가 넘어서야 주방에 있던 아들과 합류했다.

"까르보나라?"

"좋아!"

빈 크림통을 버리려는데 검은색 신발 상자에 걸려 쓰레기통이 잘 열리지 않았다.

"이건 어디서 났지?"

라자르가 경고했다.

"조심해, 손 더러워져! 니콜 아줌마가 정원에서 주워 왔어."

소뵈르는 손끝으로 상자를 잡고 흔들어 본 뒤 다시 내려놓았다.

"캥부아."

소뵈르가 얼떨떨한 얼굴로 중얼거렸다.

"뭐라고?"

라자르가 궁금해했지만 생티브는 대답 대신 입속으로 들이마시듯 '칩'하는 소리를 냈다. 기억 속 마르티니크 크레올어에서 가져온 것이었다. 대화가 끝을 알리는 소리였다. 여덟 살짜리 환자에게라면 설명을 해 줬을 테지만, 임상심리전문가와 아빠 역할은 다른 문제였다. 라자르는 아빠가 서류 작업을 위해 진료실로 돌아가기를 기다렸다가 검색창에 '캉드부아'라고 입력했다. 구글은 친절하게도 '캥부아'라고 검색할 것을 권했고, 그 결과 아이는 밤새 악몽에 시달렸다. "누군가를 저주하기 위해 사용하는 물건 꾸러미를 캥부아라고 부른다. 꾸러미는 관 모형, 죽은 개구리, 다리를 묶은 검은 닭 등 다양한 요소로 구성된다. 집 문 앞 등 저주의 대상이 지나갈 장소에 배치하며, 만일 그 사람이 캥부아 위로 걸으면 저주에 걸리게 된다."

*

*　　*

목요일 아침, 루이즈는 한시도 낭비할 수가 없었다. 주말이면 스트리퍼로 변신하는 미용사와 인터뷰가 예정되어 있었고, 그다음에는 보리외 쉬르루아르에서 열리는 순대 축제를 취재해야 했다. 루이즈는 지방 신문 〈라 레퓌블리크 뒤 상트르〉 기자였다.

"조금 더 빨리 걸을 수 없겠니, 알리스?"

"발 아파. 운동화가 너무 작아서 그래. 계속 이러면……."

엄마의 팔에 매달린 폴은 누나의 하소연을 덮으려는 듯 목소리를 높였다.

"엄마, 라자르 말인데, 햄스터 키울 거래!"

"넌 라자르 얘기밖에 할 줄 몰라? 웬 청승이야! 친구가 한 명뿐이야, 뭐야?"

"라자르가 친구 한 명이면 충분하댔어."

"맞는 말이야. 진정한 우정은 드물단다. 진정한 사랑은 더 드물고!"

루이즈가 동의했다.

"엄마, 반스 말인데, 오십 유로만 주면 나머지는 아빠한테 달라고 할게."

53

마지막 문장은 말하지 않는 게 나을 뻔했다. 루이즈가 멈춰 섰다.

"알리스, 돈 달라는 말 좀 그만해! 차도 처분해야 하고, 이사도 가야 하고, 또……."

"뭐?"

폴과 알리스가 귀를 의심했다.

"그렇게 됐어. 이렇게 큰 집을 유지할 비용이 없거든."

"그럼 아빠처럼 형편없는 집에 우리를 처박으려고? 말도 안 돼. 사람 살려!"

더 이상 아무 말도 듣고 싶지 않았던 알리스가 마침내 운동화의 용도를 깨닫고 달리기 시작했다.

"알리스, 알리스!"

루이즈가 딸을 불렀다.

"누나 어디 가?"

폴이 걱정스럽게 물었다.

"학교에 가겠지. 걱정하지 마. 모처럼 제 시간에 도착하겠다."

학교 앞에 도착해 엄마가 뽀뽀를 해 줄 때, 폴은 제 볼에 젖은 볼이 닿는 것을 느꼈다. 어른이 되면 돈을 많이 벌어서 엄마한테 집을 사 줘야지. 폴은 운동장으로 들어가며 다짐했다. 누나한테 반스를 사 주는 일은 없을 거야. 누난 너무 성가시니까!

뒤마예 선생님이 선정한 오늘의 속담은 이러했다.

"'궂은 날 다음에 좋은 날이 온다.' 무슨 뜻인지 말해 볼 사람? 그래, 오세안?"

"우산을 꼭 챙겨야 한다는 뜻이에요."

그사이, 소뵈르는 유리창에 이마를 기대고 커피를 세 잔째 마시며 하루 중 유일하게 조용한 순간을 즐기려는 참이었다. 하지만 제멋대로 방치된 정원을 보자 니콜이 철문 앞에서 주운 검은색 상자가 떠올랐다. 관 모양 상자는 마르티니크에서 여전히 통용되는 저주였다. 물론 심리학을 6년이나 공부한 닥터 생티브는 저주를 믿지 않았다. 아니, 정확히 말하자면, 저주는 그 저주를 믿을 때에만 존재한다는 사실을 알고 있었다. 그러나 그러한 미신의 잔재가 불편했다. 라자르가 학교에서 돌아올 시간이면 해가 저물 테고, 마녀와 흡혈귀 들은 밤에 나타나게 마련이다. 멀리서 들려오는 전화벨 소리에 정신이 들었다. 진료실까지 달려가는 동안 자동응답기가 켜졌다.

"닥터 소뵈르? 계세요? 안 계세요? 그럼…… 저 가뱅이에요. 뵙고 싶었는데, 안 되겠네요." 딸각.

소뵈르가 다이어리를 펼쳐 푸파르 부인의 아들에게 할애할 자리를 찾는데 노크용 손잡이가 현관문을 세 번 두드렸다. 오전 8시 25분.

"군대식으로 정각에 오셨군요."

쿠르투아 부인은 자신이 일찍 도착해 소뵈르가 짜증이 났다는 것을 눈치채고 양해를 구했다.

"한 시간 후에 근무 시작이라서요."

플뢰리 병원 간호조무사이자 아홉 살 난 시릴을 홀로 키우는 용감한 미혼모인 쿠르투아 부인은 침대에 실례를 하는 아들 때문에 2주 전 처음으로 상담을 받으러 왔었다. 야뇨증을 앓는 시릴 때문에 걱정이 이만저만이 아니었다. 사탕도 줘 보고, 벌도 내려 보고, 한밤중에 깨워 보기도 하고, 저녁에 마실 것을 금지하기도 하고, 심지어 소변을 보고 싶은 충동을 줄여 주는 약을 먹이는 등 안 해 본 일이 없다고 했다. 부인이 장황한 설명을 늘어놓는 동안, 정작 당사자는 자리에 없는 듯 조용했다. 당황하지도, 부끄럽지도 않아 보였지만, 슬퍼 보였다. 소뵈르는 깊이 잠든 사이에 한 실수는 아이의 책임이 아니며, 분명 같은 반 친구들도 경험한 일이라고 말해 주었었다.

"그래서, 지난 이 주 동안 어땠습니까?"

모자가 맞은편 소파에 앉자 소뵈르가 물었다.

시릴은 허약해 보이는 아이였다. 소뵈르는 아이와 눈을 마주치려 했지만 성공을 거두지 못했다.

"저번에 준 달력은 잘 채워 왔지?"

시릴은 자리에서 몸을 비틀어 가며 네 번 접은 종이 한 장을 점퍼 주머니에서 힘겹게 꺼냈다. 지난번 상담 때 소뵈르는 아이에게 침대에 실수를 하지 않은 날에는 태양을, 실수를 한 날에는 우산을 그려 오라고 했다. 개선이 되고 있는지 알아보기 위해서였다.

"그래, 어디 보자, 화요일 밤은 우산, 수요일, 토요일, 일요일도 우산. 그다음 주에는 화요일과 금요일이 우산이고, 주말은 화창했구나."

"주말엔 제 동생네에서 잤거든요. 동생이 방수 시트도 깔아 두었는데, 다행히 잘 지나갔어요."

"조금 더 기다려 보지요. 무엇보다 비뇨기계 조절 능력 성숙과 관련된 문제니까요."

소뵈르가 엄마와 아이 모두를 의식해서 말했다.

하지만 쿠르투아 부인은 새벽부터 맡게 되는 지린내와 빨래 사이에서 쳇바퀴를 도는 것도 지겨운데, 얼마 전부터는 새 남자 친구가 잔소리까지 해 대는 바람에 더 이상 견딜 수가 없다고 했다. "당신이 권위가 없어서 그래." 남자 친구가 한 말이었다. 쿠르투아 부인이 아들을 '고쳐 줄' 것을 요구하고 있다는 사실을 깨달은 소뵈르는 막연한 공포를 느꼈다. 그 누구도 다른 사람을 마법처럼 억지로 고쳐 줄 수는 없는 법이다. 마법이라는 단어가 머릿속을 스치자 눈앞에 그려지는 광경이 있었다. 서너 살 난 남자아이가 흑인 노파의 집에 벌거벗고 서 있었다. 노파가 숯 더미 위에 벽돌을 달궈 고통의 비명조차 지르지 않고 양손으로 잡아 던졌다. 벽돌은 겁에 질린 어린 소뵈르의 바로 앞 흙바닥에 떨어졌다. 그러더니 아이의 성기를 두 손가락으로 꼬집고 잇새로 '쉬쉬' 소리를 내면서 연기가 모락모락 피어오르는 벽돌에 소변을 보도록 부추겼다. 생트안의 캥부아 주술사인 보부아 부인이 이불에 오줌을 싸는 아이를 고치는 방법이었다.

"선생님, 저 정말 참고 기다렸어요. 여섯 살 때까지는 화도 내지 않았다고요. 그런데 최근 들어 또 시작이니⋯⋯."

소뵈르가 미간을 찡그렸다. 방금 쿠르투아 부인이 뭐라고 했지?

"또 시작했다고요? 그럼 전에는 멈췄다는 말씀입니까?"

"예, 이 년 동안요. 모르셨어요?"

"열세 살까지 대소변을 가리지 못했다던 남동생을 닮았다는 말씀은 하셨지요."

"그래서 뭐가 달라지는지 모르겠네요."

쿠르투아 부인이 툴툴댔다.

소뵈르가 시릴을 돌아보았다. 아이는 여태까지와 달리 집중해서 듣고 있었다.

"다시 침대에 실수하기 시작한 게 언제인지 기억나니?"

"아니요."

아이가 다시 움츠러들었다.

"휴가에서 돌아와서부터잖아! 구월 초쯤이에요."

소뵈르는 모자가 휴가 동안 무엇을 했는지 물었다. 별로 특별한 일은 없었어요. 여동생이 루아양에 작은 집을 한 채 빌려서 8월 내내 지낸다고 해서 거기에 갔지요. 시릴은 미키 비치클럽에 등록해서 재미있게 놀았고요. 그래서 소뵈르는 다른 쪽으로 접근했다. 새 학년은 어땠니? 담임 선생님은 친절하셨고? 괴롭히는 아이들은 없었어? 아니요, 아니요, 꼬마는 고집스럽게 되풀이했다. 상담 시간이 끝나고 쿠르투아 부인은 출근을 서둘렀다. 뭔가를 놓치고 있다는 생각이 들었지만, 소뵈르는 새 달력을 출력하고 다음 약속을 잡았다.

"이 주 후에 오면 될까요?"

쿠르투아 부인이 물었다.

소뵈르는 아이의 눈에서 구원 요청을 읽어 냈다.

"다음 주 목요일은 어떻습니까?"

소뵈르는 이렇게 제안한 뒤 모자를 정문까지 배웅했다. 마지막 순간까지 뭐라도 일어나기를 바랄 때 하는 일이었다. 시릴은 현관 앞 층계에 서서 노크용 손잡이를 두드리려던 부인과 충돌할 뻔했다.

"꽤나 붐비는군요."

기분이 조금 상한 부인이 중얼거렸다.

생장르블랑 시청 직원인 50대 여성 위그노 부인은 두 달 전부터 상담을 받으러 왔지만, 소뵈르는 아직 이유를 이해하지 못했다. 부인은 인사도 없이 다짜고짜 말을 꺼냈다.

"밤새 한숨도 못 잤어요. 바람 소리가 요란하던데 들으셨는지 모르겠네요, 닥터 소뵈르?"

"으음."

소뵈르는 비어져 나오는 하품을 간신히 참았다.

30분 동안 위그노 부인이 늘어놓는 며느리와 직장 상사 험담을 들은 끝에, 소뵈르는 다음 목요일로 상담 약속을 잡으며 그때쯤이면 부인이 마침내 이렇게 고백하지 않을까 하는 실낱같은 희망을 걸었다. "남편을 냉동고에 넣었어요."

가뱅에게 전화를 걸어야겠다는 생각이 종일 여러 차례 머리를 스쳤지만, 여유가 조금도 없었다. 한 명을 상담하는 데 평균 45분을 할애하다 보니, 이미 일정이 꽉 찬 상태였다. 소뵈르는 자신의 피부색이 일에 방해가 되지 않는다는 사실에 만족했다. 사람들이 흑인이긴 하지만 괜찮은 심리상담사라고들 숙덕거린다는 사실은 모른 채, 그저 '구원자'라는 뜻을 가진 이름 덕을 보는 게 아닌가 생각했다. 위그노 부인이나 푸파르 부인은 심지어 '닥터 소뵈르'라고 부르지 않는가!

오후 6시 10분, 오가네르 가족이 대기실에 들이닥쳤다. 5분 후, 진료실은 세 자매, 자매의 어머니와 그 파트너, 게다가 오가네르 씨의 파트너까지, 온통 금발로 가득했다. 소뵈르가 오가네르 씨의 파트너를 큰딸로 착각한 탓에 큰딸이 불만을 터뜨렸다. 추가로 가져다 놓은 의자 세 개에 세 자매가 각각 자리를 잡고 앉자, 열여섯 살 뤼실, 열네 살 마리옹, 다섯 살 엘로디는 부모가 벌이는 에로틱 멜로 치정극을 감상하라고 초대된 관객 같은 모양새였다. 니콜라 오가네르는 얼마 남지 않은 머리카락, 뭉툭한 코, 투실투실한 턱 때문에 어른 크기로 자라 버린 아기처럼 (그리고 그 결과에 상당히 놀란 것처럼) 보였다. 먼저 1인용 소파에 앉은 그가 여자 친구 밀렌을 제 쪽으로 끌어당겼다. 후줄근한 차림에 여드름이 살짝 난 나이 어린 밀렌은 등을 구부리고 두 발끝을 안쪽으로 향한 채 오가네르 씨의 무릎에 앉아 있었다. 긴 소파에는 오가네르 씨의 전 파트너와 그 여자 친구가 마치 신비스러운 자석으로 붙여 놓기라도 한 듯이 꼭 붙어 앉아 있었다. 마리옹은 그 광경을 참지 못하겠는지 격렬하게 문자메시지를 작성했고, 막내 엘로디는 자리에서 일어나 가리개 커튼 뒤로 사라졌다 나타났다 반복 중이었다. 큰딸 뤼실이 소뵈르에게 느닷없이 선언했다.

"미리 말씀드리는데, 도대체 여기 뭐 하러 왔는지 모르겠어요. 이거 하나만 말할게요. 저 여자들 집에 가기 싫어요!"

"저 여자들 집이라면, 엄마와 엄마의 여자 친구 집 말이지?"

소뵈르가 불필요하게도 정확한 설명을 덧붙였다.

"저 사람들 집에 가는 것도 싫어요!"

뤼실이 1인용 소파에 끼여 앉은 커플을 가리키며 말했다.

"그렇다면 주거에 문제가 생기겠지. 그래, 좋아. 오늘은 서로 알아 가는 것부터 시작할까? 엘로디, 커튼을 너무 당기지는 말렴. 그러다 뜯어지겠다. 마리옹, 휴대전화를 넣고 우리와 함께하면 좋겠구나. 자, 오가네르 씨…… 니콜라라고 불러도 되겠지요? 파트너분이 다른 의자에 제대로 앉으시면 어떨까요?"

"제대로, 그것 참 적절한 말이네요."

뤼실이 화난 목소리로 힘주어 말했다.

소뵈르는 후줄근한 차림의 젊은 여성이 마침내 남자 친구의 맞은편 의자에 가서 앉을 때까지 눈길을 거두지 않았다. 겨우 소개가 시작되었다. 서른아홉 살 니콜라는 전기공이며, 밀렌은 미용학교를 졸업한 참이었다. 소뵈르는 밀렌의 차림새가 허술하다고 생각했기에 의아했다. 게다가 니콜라의 전 파트너 역시 미용사였다는 사실을 알고 나니 의아함이 더욱 커졌다. 알렉상드라는 미인이었지만 과한 화장 때문에 오히려 나이가 들어 보였다. 알렉상드라의 파트너는 짧은 곱슬머리에, 눈썹과 코의 피어싱이 눈에 띄었다.

"샤를로트, 지금 어떤 일을 하시는지……."

"인턴으로 근무 중이에요."

샤를로트가 침울하게 대답했다.

바로 그때를 기다렸다는 듯이 엘로디가 가리개 커튼을 봉까지 통째로 떨어뜨렸다. 니콜라와 알렉상드라가 부모답게 동시에 펄쩍 뛰어올랐다. 니콜라는 의자에서 엉덩이를 떼고 알렉상드라는 애인에게서 떨어져서, 둘이 함께 달려가 막내를 달래고 혹을 문질러 주었다. 소뵈르는 그제야 커튼으로 가려져 있던 문이 살짝 열린 것을 발견하고 자리에서 일어나 닫았다. 물론 아들이 문 너머 벽에 붙어 숨어 있을 것이라고는 꿈에도 생각지 못했다.

"떨어뜨려서 죄송합니다. 저기 그…… 봉 말이지요."

니콜라가 웅얼거렸다.

"네, 정말 죄송해요."

뒤이어 알렉상드라가 말했다.

"두 분께서 죄송하시군요."

이 극적인 에피소드 덕분에 막내가 제 아빠의 무릎을 되찾는 모습을 만족스럽게 지켜보면서 소뵈르가 두 사람의 말을 반복했다.

"이런 천치들만 모인 틈에서 지금 내가 뭘 하는 거야?"

페이스북 알림을 읽다 말고 마리옹이 투덜댔다.

"참여하는 거지."

소뵈르가 지적했다.

"오가네르 씨, 아, 니콜라, 둘째 따님에게 휴대전화를 좀 끄라고 말씀해 주실까요?"

"제가요?"

누군가가 자신의 권위에 호소한다는 사실에 어리둥절해 눈을 크게 뜨며 오가네르 씨가 외쳤다.

"마리옹, 어…… 그 전화 좀 꺼라!"

"꿈 깨셔."

소뵈르는 초반의 대화를 지켜보며 부모와 자녀라는 두 세대의 경계가 모호할 뿐만 아니라, 두 가족 구성원 간의 경계선 역시 제대로 그려지지 않았다고 판단했다. 따라서 상담이 끝날 무렵 두 가족을 따로 보는 게 좋겠다고 제안했다.

"언제가 괜찮아?"

니콜라가 전 파트너에게 묻자 큰딸이 폭발했다.

"아, 아빠, 이해가 안 돼? 아빠랑 아빠 여친이 한 묶음이고, 엄마랑 엄마 여친이 또 한 묶음이라고!"

"도와줘서 고맙다, 뤼실. 그런데 나 혼자서도 잘할 수 있을 것 같구나. 그럼, 일 월 이십구 일 목요일에 니콜라, 밀렌, 그리고 세 따님을 뵙죠. 그다음 목요일, 그러니까 이 월 오 일에는 알렉상드라, 샤를로트, 그리고 따님들을 뵙고요."

"우린 매번 와야 해요?"

마리옹이 항의했다.

"마리옹, 도움을 주려면 나도 도움이 필요해. 각 가족이 제시간에 와서, 제대로 앉고, 휴대전화를 켜지 않을 때에만 상담이 이루어질 거란다."

"알았어요, 아빠."

마리옹이 대꾸했다.

일정표에 두 상담 약속을 적어 넣으며, 소뵈르는 머릿속으로 종합 평가를 내렸다. 세 자매와는 그럭저럭 상호 작용이 있었고, 아이들의 아버지와는 거의 한편이 됐다고 볼 수 있겠지만 그 여자 친구는 탐탁지 않은 눈치였고, 알렉상드라—샤를로트 커플은 도덕적 비난의 대상이 될까 봐 방어적이었다. 소뵈르는 환자들이 자신에게 아빠, 엄마, 위그노 부인의 상사, 심지어 하느님의 역할을 부여하는 데 익숙했다.

소뵈르는 복도를 성큼성큼 걸어 다시 라자르의 아버지가 되었다. 아이는 식탁에 앉아 그림을 그리고 있었다.

"그래, 오늘은 어땠어?"

"아, 아빠, 정원사의 궁극적 목표가 뭔지 알아?"

그때 멀리서 전화벨 소리가 들렸다.

"몰라? 토마토 앞에서 벌거벗는 거야. 그래야 토마토가 빨개지니까."

"참 재미있구나. 아빠 잠깐 전화 좀 받고……."

소뵈르가 진료실에 들어가자 자동응답기가 작동했다.

"자리에 계시는 때가 없네요! 저 가……."

소뵈르가 수화기를 낚아챘다.

"그래, 가뱅. 미안하다. 오늘 계속 바빴어. 무슨 일이지?"

"엄마 때문이에요. 어젯밤에는 제 방에 들어왔는데 저를 못 알아봤어요. 무서웠다고요!"

불안 때문인지 가뱅의 목소리가 들릴 듯 말 듯했다.

"그리고…… 그리고……."

"그리고?"

"'빵을 좀 사 올게'라고 했어요. 그 뒤로 두 시간이나 지났고요."

소뵈르가 손목시계를 확인했다. 19시 20분.

"어떡하면 좋죠?"

한시라도 빨리 상담사의 넓은 어깨에 삶의 무게를 내려놓고 싶은 가뱅이 초조하게 물었다.

"저녁 준비를 하렴. 따뜻한 음식으로. 파스타가 좋겠다. 어머니를 찾아 보고, 소식을 얻는 대로 다시 전화하마."

"네? 어…… 고맙습니다."

소뵈르는 다시 주방으로 향하면서 휴대전화를 꺼내 정신응급센터 번호를 눌렀다.

"라자냐!"

소뵈르가 라자르에게 외쳤다.

"좋아!"

"식탁 차리고 있어. 여보세요? 소뵈르 생티브입니다. 아, 브리지트! 중년 부인 한 명을 찾고 있는데, 월요일에 센터로 안내했었어요. 상태가 악화됐을 수도 있으니……. 그래요, 대기실 좀 살펴봐 줘요……. 푸파르 부인이라고 해요. 다시 전화 줄래요? 고마워요."

소뵈르는 세척 샐러드 비닐 포장을 이로 뜯었다.

"전기공의 궁극적 목표가 뭔지 알아, 아빠?"

"올리브유 좀 줄래?"

"퓨즈가 나가는 거야."

갑자기 휴대전화가 울리는 바람에 소뵈르는 올리브유 병을 놓칠 뻔했다.

"이런! 어…… 여보세요? 아, 거기 있다고요?"

브리지트의 설명에 따르면, 푸파르 부인은 사거리 한복판에서 교통을 방해하며 운전자들에게 전단지를 배포하다가 경찰에 발견되었다. 결국 수송차에 실려 플뢰리 병원 응급실로 이송되었는데, 매우 흥분한 상태로 앞뒤가 맞지 않는 말을 해 댔다. 정신과 의사가 진찰을 할 테지만, 아마도 바로 집에 가지는 못할 거라고 했다. 소뵈르는 어깨와 귀 사이에 휴대전화를 끼운 채 '음, 음' 하면서 브리지트의 설명을 들으며 샐러드에 소스를 붓고 라자냐 트레이를 전자레인지에 넣었다.

"그렇군요, 고마워요. IH*인지 VH**인지 확인 좀 부탁해요."

전화를 끊고 아들을 보자, 라자르는 눈을 크게 뜬 채 암호로 말하는 아빠의 말을 듣고 있었다.

"미안, 환자 한 명이 전기공처럼 퓨즈가 나가는 바람에 치료를 받게 됐거든. 이제 그분 아들한테 전화 한 통만 해 주면 돼."

"가뱅?"

"맞아, 그게……."

소뵈르는 연락처 목록에서 가뱅의 번호를 찾다가 방금 뭔가 이상한 일이 벌어진 것 같다는 생각을 했다. 그런데 무슨 일이지?

"여보세요? 그래, 어머니를 찾았어."

"다 됐어, 아빠."

라자르가 전자레인지 종료음을 듣고 알렸지만 소뵈르는 휴대전화를 내려놓지 않았다.

"지금 응급실에 가 봤자 어머니를 만날 수 없을 거야. 밤새 입원하셔야 하거든……. 먼저 먹을래? 아니, 아들한테 한 말이란다. 그래, 아들이 하나 있어. 그냥 집에 있다가 내일 아침에 학교에 가. 내가 병원에 들를게. 일단 저녁 좀 간단히 먹고 나서 소식 전하마."

소뵈르는 푸파르 부인을 수송했을 차량과 비슷한 경찰차 한 대와 동시에 플뢰리 병원 주차장에 도착했다. 경찰관 두 명이 얼굴이 피범벅이 된 남자를 끌어내 응급실 입구로 끌고 당기고 밀었다. 소뵈르가 문을 잡아

---

* IH(involuntary hospitalization): 비자발적 입원
** VH(voluntary hospitalization): 자발적 입원

주었더니 주정뱅이는 그 보답으로 입냄새를 풍기며 소리쳤다.

"짭새들, 가만두지 않겠어……. 너도 말이야, 너도 가만 안 둬, 이 새끼야……."

브리지트에게도 같은 식으로 말하는 것을 보니, 어휘력이 상당히 빈약한 모양이었다.

"이미 아는 분이죠?"

경찰관이 밤새 접수 데스크를 지키는 브리지트에게 말했다.

"네, 네. 또 오셨네요, 앙텔므 씨."

"꺼져, 이 새……."

"약을 드실 때는 술은 안 된다고 말씀드렸잖아요, 앙텔므 씨."

"지긋지긋한 의사 새끼들…… 전부 다 개자……."

"치료를 받으시면 여기로 다시 오실 일도 없을 거예요."

브리지트가 아무렇지도 않게 말하자, 재수 없다는 대답이 돌아왔다.

그때 소뵈르를 본 브리지트가 친근하게 인사를 했다. 리비에르 필로트에서 태어난 브리지트는 소뵈르와 마찬가지로 마르티니크 출신이었다.

"아직 여기 있어요?"

소뵈르가 다가가서 낮은 목소리로 물었다.

"위층 격리 병실에요. 엘리제궁으로 가서 프랑수아 올랑드에게 경고하고 싶어 했거든요."

"무슨 일로?"

"내가 제대로 이해했는지 모르겠지만, 예멘의 이맘이 음모를 꾸미고 있대요. 아들이 대기실에 와 있어요."

소뵈르가 불만스럽게 한숨을 내쉬었다. 가뱅에게 집에 있으라고 하지 않았던가. 소뵈르는 라디에이터 옆에서 졸고 있는 아이의 어깨를 흔들어 깨웠다.

"여기서 뭐 하니? 내일 아침에 녹초가 되겠구나."

"엄마를 왜 체포했대요?"

"체포한 게 아니야. 차에 치일까 봐 구한 거지."

가뱅이 몸을 굽혀 바닥에서 종이 묶음을 집어 들었다. 언뜻 보기에 정치 선전물 같았다.

"이걸 나눠 주고 있었대요."

프랑스인 82.5%는 자기 나라에서 무슨 일이 벌어지고 있는지 모른다!!! 진실이 은폐되고 있다. 알카에다 예멘 지부가 기모케 고등학교에 이슬람 무장투쟁의 교두보를 마련했다. 교사들과 일부 학생들로 구성된 비밀 조직이 예멘 이맘의 신호만 기다리고 있다. 교장을 납치해 쿠르디스탄으로 이송해 프랑스 감옥에 구금된 쿨리발리* 가족과 교환하기 위해서다.

우리를 방어하고
기모케 고등학교 교장을 보호하자!

우리 사회의 '쿨리발리화'에 맞서자!

"그래, 이건…… 좀 혼란스럽구나. 일련의 사건 때문에 불안해하는 사람들이 많긴 하지."

소뵈르가 의견을 말했다.

---

* 2015년 1월 8일 파리 남부 지역에서 인질극을 벌이다 경찰관을 총격해 숨지게 한 뒤 사살된 테러범.

"테러 때문에요?"

"그래. 그게 사람들의…… 음…… 사람들을 부추기거든."

소뵈르는 편집증이라는 단어를 꿀꺽 삼켰다.

"엄마가 미친 거예요?"

가뱅이 물었다.

"아니야! 약을 잘 드시는지 확인하려고 입원하시게 할 거란다. 그럼 다 정상으로 돌아갈 거야. 아니, 정상이라기보다…… 누구한테나 독특한 데가 있게 마련이지. 모두가……."

소뵈르는 허공에 손가락으로 따옴표를 그리며 덧붙였다.

"'정상'이 될 필요는 없단다."

그러나 푸파르 부인의 문제를 대수롭지 않게 보이게 하려는 노력이 거듭될수록 가뱅은 더욱 혼란스러워 보였다. 소뵈르는 손목시계를 슬쩍 내려다보았다. 22시 15분.

"이제 가 봐야겠다. 아들을 혼자 두고 왔거든."

"몇 살인데요?"

"여덟 살."

"그럼 저는요?"

가뱅이 뭔가를 요구하는 듯한 말투로 물었다.

"가는 길에 내려 줄게."

"저도 마찬가지예요. 혼자라고요."

소뵈르는 하마터면 자신의 아들보다 나이를 두 배나 더 먹지 않았냐고 대꾸할 뻔했다. 하지만 온통 더부룩한 머리털, 살짝 눌린 코, 보조개가 들어간 턱 때문인지 가뱅은 인생에 한 방을 먹은 어린 복서처럼 보였다.

"소파에서 자도 괜찮지?"

소뵈르가 마지못해 제안했다.

뮈를랭가에 도착하자, 소뵈르는 가뱅을 위층으로 올려 보냈다.

"내 서재야. 화장실은 옆에 있다."

소뵈르는 소파에 이불과 베개를 던지며 말한 뒤 라자르가 잘 자고 있는지 확인을 마치고 침실에 틀어박혔다. 잠에 빠져들려는데 의문이 떠올랐다. 푸파르 부인의 아들 이름이 가뱅이라는 사실을 라자르가 어떻게 알았지? 아들 앞에서 그 이름을 언급한 적이 한 번도 없는데. 그건 확실했다. 거의 확실했다. 여기까지 생각한 소뵈르는 잠들었다.

*
*　　*

다음 날 아침, 주방에 내려갔다가 찬장을 여는 가뱅의 뒷모습과 맞닥뜨린 라자르는 조금 겁을 먹었다.

"누구야?"

"안녕."

가뱅이 아무렇지도 않게 대답하더니 물었다.

"보통 볼은 어디다 둬?"

하지만 라자르는 영역 침범을 호락호락 허락할 생각이 없었다.

"형은 누군데?"

"가뱅."

"아!"

마치 "그게 너라고?" 하는 듯한 어조였다. 사실 라자르는 가뱅이 자신의 나이와 비슷할 것이라고 상상해 왔다.

"형은 크네."

"너는…… 넌 이름이 뭔데?"

"라자르."

"라자르."

가뱅이 이름을 반복하더니 물었다.

"그 죽었다 살아난 사람 이름 아니야?"

"아냐. 기차역 이름이야."

생라자르역. 보모가 한 말이었다. 라자르는 찬장에서 볼, 잼, 초콜릿 파우더를 꺼냈다.

"너희 아빠는 안 일어나셔?"

가뱅이 또 물었다.

"항상 내가 먼저 일어나. 아빠는 아침에 약해."

"나도 그런데."

"형은 그럴 만해. 청소년의 뇌 때문이야. 모든 사람의 뇌에는 멜라토닌이 있어서 잠을 잘 수 있는데, 청소년의 뇌는 어른의 뇌와 같은 시각에 멜라토닌을 생성하지 않아. 그렇기 때문에 청소년은 밤에는 자기 싫어하고 아침에는 자고 싶어 하는 거야."

라자르가 긴 설명을 늘어놓으며 빵을 자르고 우유를 데우는 동안 가뱅은 얼이 빠진 채 바라보기만 했다. 도대체 이 꼬마 녀석은 정체가 뭐지?

"아빠가 설명해 줬어."

라자르가 덧붙였다. 거짓말이었다. 아들이 다 컸는데 침대에서 끌어내지 못하겠다며 상담을 받으러 온 부모를 안심시키기 위해 아빠가 청소년의 뇌가 어떻게 기능하는지 설명한 것을 언젠가 엿들은 것이다.

"박사 아빠가 있어서 좋겠네."

"형네 아빠는 무슨 일 하셔?"

"아무것도."

"아무것도?"

"난 아빠가 없어."

"오, 아니야, 누구한테나 아빠는 있어. 생물학적 아빠라고 해도."

"미친."

가뱅이 두 손으로 머리를 감싸 쥐고 낙담한 척하면서 신음했다.

질질 끄는 걸음 소리가 소뵈르의 등장을 알렸다. 소뵈르는 주방 문턱에 멈춰 서더니, 하품을 하면서 기지개를 켜고, 말 한마디 없이, 심지어 아침 인사조차 없이, 커피 머신을 가동시켰다. 가뱅은 한층 더 어리둥절했다. 흰색 러닝셔츠 차림에 면도도 안 한 아저씨가 그 임상심리전문가라고? 그럴 리가!

"있잖아, 아빠, 노란색이고 벽을 통과하는 건 뭐지?"

8시 10분인데도 (어린이의 멜라토닌 덕에) 활기가 넘치는 라자르가 물었다.

"음."

소뵈르는 주방 의자에 털썩 주저앉으며 신음했다.

"마법 바나나야! 그럼 이건? 빨간색이고 벽에 부딪히는 건? 응? 모르겠어? 자기가 마법 바나나인 줄 아는 토마토야!"

"으음, 재미있구나."

소뵈르가 겨우 발음에 성공했다.

부자 사이의 대화에 끼고 싶었던 가뱅이 (늘 그렇듯) 별생각 없이 말을 던졌다.

"파란 피부에 금발 머리인데 나무 부스러기를 뱉는 건?"

소뵈르와 라자르가 의아한 얼굴로 서로를 바라보았다.

"피노키오의 성기를 빨아 주는 스머페트!"

라자르는 대답이 이상하다며 웃고 나서 아빠에게 물었다.

"뭐가 웃긴 거야?"

"아무것도."

소뵈르가 이런 머저리를 집에 들인 것을 후회하며 대답했다. 그래도 가뱅이 라자르와 함께 정원을 가로지르는 모습을 보자 마치 아들에게 경호원을 붙여 준 기분이 들어 만족스러웠다.

"형도 혹시 자해를 해? 아니면 학교공포증이 있거나, 다른 무슨 문제가 있어?"

라자르가 새로 생긴 길동무에게 물었다. 사실 진짜 관심이 있어서라기보다는 예의상 한 질문이었다.

"넌 진짜 완전히 돌았구나."

가뱅이 매몰차게 대꾸했다.

"아빠가 그러는데, 문제가 있는 사람들을 보면 자기 자신에 대해 많은 걸 배울 수 있대."

"둘 다 진짜 돌았어."

두 아이가 골목길을 빠져나와 뮈를랭가에 이를 때쯤 가뱅은 라자르에게 자신은 정문을 통해 나가는 법이 없다는 말을 꺼냈다.

"잠깐, 이게 뭐지?"

가뱅이 갑자기 인도에 멈춰 서는 바람에 고개를 숙이고 바퀴 달린 가방을 끌던 라자르가 등에 코를 박았다. 아이는 문 쪽을 바라보는 가뱅의 시선을 따라갔다. 노크용 손잡이에 매달린 하얀 비닐봉지에서 이상한 물건이 비어져 나와 있었다. 가뱅은 현관 앞 계단을 두 칸 올라가 봉지에 손을 대지 않고 안을 살폈다.

"대박."

가뱅이 토할 것 같은 표정으로 말했다.

"뭔데? 뭔데 그래?"

라자르가 계단 아래에서 물었다.

상호 작용이 다소 느린 가뱅에게서 아무 대답이 없자, 라자르가 계단을 올라가 직접 문제의 물건을 확인하고 비명을 질렀다. 봉지 밖으로 비어져 나온 것은 죽은 검은색 닭의 부리였다. 붉은 끈으로 목이 졸려 죽은 것 같았다.

"유리병 하나가 같이 들어 있어. 혹시…… 너희 아빠 대신 누가 사 온 걸까?"

전기 충격을 받은 듯 깨달음이 찾아왔다.

"캥부아야! 얼른 꺼내! 버려야 돼!"

"엥?"

라자르가 흥분할수록 가뱅은 오히려 차분해졌다.

가뱅이 길의 좌우를 살폈다. 소뵈르 생티브가 유난히 적막한 주택가에 개업을 한 터라 지나가는 사람 한 명 찾아볼 수 없었다. 증인이 될 만한 사람을 보지 못한 가뱅이 봉지를 손잡이에서 벗겨 병을 꺼내 관찰했다.

"대박."

가뱅이 같은 말을 반복했다. 감정을 표현하는 수단이 한정적이었기 때문이다.

문제의 병은 마르티니크 브랜드인 라모니 럼주 병이었지만, 술은 들어 있지 않았다. 갈색이 도는 액체가 반쯤 채워져 있고, 풀 혹은 해초, 죽은 올챙이 몇 마리가 떠다니고 있었다.

"전부 버려야 돼. 흑마술이야. 저주에 걸린다고!"

라자르가 간곡히 말했다.

"그래? 그럼 너희 아빠한테 알려야 하지 않을……."

"아니, 안 돼. 버려야 돼."

꼬마가 고집을 부렸다.

쓰레기 수거차가 이미 지나간 시각이었지만, 바퀴 달린 커다란 쓰레기
통들은 아직 거리에 남아 있었다. 두 아이는 인도에서 조금 떨어진 곳
에서 하나를 골랐다. 가뱅이 우편함에 적힌 집주인의 이름을 들여다보
았다.

"리오넬 쿠데르……. 오늘 아주 대박 났네."

"닭고기 먹겠네."

두 아이가 비꼬는 듯한 웃음을 주고받았다.

라자르가 근심에 싸인 채 운동장에 들어서자마자, 노암, 누르, 오세안
과 함께 있던 폴이 뛰어왔다.

"너한테 말할 게 세 가지 있어!"

폴이 제 친구를 붙들며 소리쳤다. 그러더니 엄지손가락을 들어 '하나'
를 표시했다.

"나한테 남자 동생이 생긴대."

그런 다음 집게손가락을 세워 '둘'을 표시했다.

"아빠가 누나한테 반스를 사 줄 거래."

마지막으로 가운뎃손가락을 들어 '셋'을 표시했다.

"너희 보모는 인종차별주의자야."

"네가 어떻게 알아?"

라자르가 깜짝 놀라 물었다.

"엄마가 그 사람이랑 말해 봤대. 너희 보모가 흑인은 깜둥이라고 했대. 엄마가 엄청 화냈어."

수업 종이 울리자 아이들은 뒤마예 선생님과 함께 교실로 들어갔다.

"오늘의 속담은 뭘까?"

민중의 지혜에 유독 약한 폴이 한숨을 쉬었다.

자리에 앉아 '하지 않는 것보다는 늦게라도 하는 것이 낫다'는 속담을 베껴 적으며, 폴과 라자르는 책상 아래에서 우정 어린 발길질을 주고받았다. 두 아이는 끊임없이 서로가 서로에게 존재한다는 사실을 일깨우려 했다. 그렇기는 하지만 라자르는 하나뿐인 친구 폴에게 '말할 것'이 있다는 생각을 해 본 적이 없었다. 목 졸려 죽은 검은색 닭과 관 모양의 신발 상자는 아이들에게 금지된 세계의 일이었다. 그 비밀은 문틈으로만 흘러나오는 것이었다.

*
*　　*

금요일 아침 첫 내담자는 울보 아기와 엄마였다. 아기가 밤새 울어 대는 바람에 지난주에는 아기를 창밖으로 던질 뻔했다던 젊은 엄마가 이번에는 스스로 창밖으로 몸을 던지고 싶다고 했다. 소뵈르는 이 변화를 진전이라고 볼 수 있는지 고민했다. 다음 내담자는 며느리 때문에 두 손자를 만나지 못하게 된 할아버지와 할머니였다. 그만한 사유가 있었다. 시부모가 육식을 하고 성당에 미사를 드리러 가는 반면 며느리는 채식주의자에 무신론자였다. 두 사람은 한목소리로 "며느리 마음에 들겠다고 분별없는 짓을 할 수는 없는 노릇이지요"라며 분개했다. 45분마다 소뵈르가 이 드라마에서 저 드라마로, 이 세계에서 저 세계로 옮겨 다니는 동안 크리넥스 상자가 점점 비어 갔다. 16시 15분, 동전을 던져 상담을 받으러 갈까 말까 결정하기라도 하는 듯 항상 마지막 순간에 약속을 취소하는 환자가 전화로 취소를 통보해 왔다. 소뷔르는 아들을 마중하러 가기로 했다. 그로서는 드문 일이었다.

학교 앞에는 하교 시간에 맞춰 도착한 루이즈가 팽오쇼콜라를 들고 서 있었다. 집에서 눈물을 쏟은 탓에 눈이 빨갰다. 더 이상 자신을 사랑하지 않는 전남편 때문이 아니라, 가족이었던 때의 삶을 생각하며 흘린 눈물이었다. 사실 행복하지도 않았잖아. 그냥 그런 척했을 뿐이지. 위로 삼아 이렇게 생각하는데 문득 학교 옆 제과점 벽에 기대 하교를 기다리는 흑인 신사가 눈에 들어왔다. 생티브 박사구나. 라자르와 가족 같은 분위기가 나. 루이즈가 추측했다. 잘 재단되었지만 조금 구겨진 어두운 색 양복에 하얀 셔츠가 계절에 비해 가벼워 보였다. 키가 굉장히 큰 미남이었다. 니콜이었다면 '흑인을 좋아하는 사람들 눈에는' 미남이라고 했겠지. 루이즈가 이 달갑지 않은 생각을 머릿속에서 몰아냈다. 어쨌든 자신은 인종차별주의자가 아니니까.

루이기유 초등학교 문이 열리자, 폴과 라자르가 첫 번째로 뛰쳐나왔다. 둘은 루이즈에게 달려오더니 큰 소리로 말했다.

"토요일에 같이 놀아도 돼요?"

소뷔르가 두 손을 주머니에 넣고, 재킷 단추를 연 채로 다가왔다. 라자르는 제 아빠를 보자 깜짝 놀라 펄쩍 뛰었다.

"아빠!"

그러더니 기뻐서 어쩔 줄을 몰랐다.

"아빠! 우리 아빠야!"

소뵈르는 얼굴을 살짝 붉히는 루이즈에게 자기 소개를 했다. 라자르는 제 아빠의 팔을 흔들며 고래고래 외쳤다.

"아빠, 아빠, 폴이랑 나, 토요일에 같이 놀고 싶어! 토요일에 만나고 싶어!"

두 어른이 서로 격식을 갖춰 대화를 시작했다. 가능하실까요, 얼마든지요, 폐가 되면 안 될 텐데요, 아뇨, 전혀요. 잔뜩 흥분한 두 꼬마가 짹짹거리는 가운데, 토요일, 그러니까 다음 날 루이즈가 폴을 생티브네로 데려다주기로 결론이 났다.

"오후 두 시 어떠신지요?"

소뵈르의 제안에 폴과 라자르가 손뼉을 치며 외쳤다.

"예스!!!"

그날 저녁, 소뵈르는 자신을 웃기려는 아들의 노력에도 불구하고 멍한 상태였다. 라자르가 잠자리에 든 뒤 침대 옆 협탁 서랍을 열어 크라프트지 봉투를 꺼냈다. 꽤 가볍게 느껴지는 봉투 안에 그의 과거가 전부 담겨 있었다. 봉투에 손을 집어넣고 되는대로 사진 한 장을 꺼냈다. 어느 호텔 겸 식당의 문 앞에서 서로를 자랑스럽게, 그리고 영원히 끌어안고 있는 중년의 백인 부부 사진이었다. 바쿠아를 운영하던 미셸 생티브와 마리프랑스 생티브였다. 소뵈르는 눈물이 앞을 가려 제대로 볼 수 없을 때까지 사진을 들여다보았다. 사진을 더듬더듬 다시 봉투에 집어넣는데 라자르의 발소리가 들리자 베개로 봉투를 가렸다.

"여태 안 잤어, 꼬마?"

"아빠, 니콜 아줌마는 왜 흑인더러 깜둥이라고 해?"

라자르가 불쑥 물었다.

"뭐라고?"

"니콜 아줌마는 왜 흑인더러 깜둥이라고 해?"

"니콜 아줌마가 그렇게 말하던?"

"아니. 폴네 엄마한테 그렇게 말했대. 나한테는 내가 아프리카 사람이고 내 이름이 기차역 이름이랬어."

"뭐? ……그랬구나."

소뵈르는 사실 항상 보모의 상냥한 예의바름이 억지스럽다는 생각을 하기는 했다.

"음, 니콜 아줌마 말이 맞아. 우린 '불쌍헌 껌둥이'지. 아즉 나뮈에서 내려오지 못했고."

소뵈르가 크레올 억양으로 말하자 라자르는 웃으면서도 걱정스럽게 물었다.

"아줌마를 비웃으려고 그렇게 말하는 거야?"

"사람들이 멍청한 소리를 하면, 엄청나게 멍청한 소리로 대꾸해야지. 그렇게 하면 자기들이 멍청하다는 사실을 깨닫게 될지도 몰라. 그리고 백인이 '깜둥이'라고 하면 인종차별적인 욕설이 되지만, 마르티니크에서는 말이지, 예나 지금이나 흑인들끼리는 스스로 깜둥이라고 말할 수 있어. 아빠가 어렸을 때 보모는 잠자리에 들 때 '쫠 좌렴, 껌둥 꼬뫄'라고 했지."

"나한테도 크레올어 가르쳐 줄 거야, 아빠?"

"아빠도 단어 몇 개밖에 몰라. 부모님이 아빠가 크레올어로 말하는 걸 싫어하셨거든."

소뵈르가 방어적으로 말했다.

"어째서?"

"아빠 말을 못 알아들을 테니까."

소뵈르가 마치 그 아래 있는 것을 은폐하려는 듯이 무릎으로 베개를 누르며 대답했다.

"근데 아빠네 부모님은 백인이었잖아. 진짜 부모님이 아니지? 그럼 진짜 부모님은 누구야?"

"전에 얘기해 줬잖아."

소뵈르는 아들의 질문으로 심란해졌다는 사실에 또 심란해졌다.

"들었는데 기억이 잘 안 나."

라자르가 고집을 부렸다.

"아빠네 엄마 이름은 니케즈, 니케즈 벨로즈였어. 아빠를 낳으면서 돌아가셔서 한 번도 보지 못했지. 아빠는 없었고."

"아니야, 누구한테나 아빠는 있어. 생물학적 아빠라고 해도."

라자르가 제 아빠에게 상기시켰다.

"그래, 그거, 생물학적 아빠. 자, 이제 가서 자야지. 안 그럼 피곤해서 내일 폴이랑 못 놀걸."

또 제자리걸음이네. 라자르가 불만스럽게 등을 웅크린 채 멀어져 가는 것을 보며, 소뵈르가 스스로에게 짜증을 냈다. 아이는 제 방 앞에서 뒤를 돌아보았다.

"가뱅은 어떡해?"

"가뱅이 뭐? 라자르, 너하고는 상관없는 일이야."

아이의 눈에 눈물이 차올랐다.

"아빠 나빠."

라자르는 제 입에서 나온 불경스러운 말에 겁을 먹었다. 소뵈르가 미안한 마음에 아이를 향해 팔을 벌렸다.

"그게 아니야, 마음 상하게 하려던 게 아니라…… 가뱅 문제는 아빠가 알아서 할게, 라자르. 한 집에 구원자는 한 명으로 충분해."

*

*　　*

　　토요일 아침, 주방에서 혼자 식사를 하려던 루이즈는 왜 이렇게 슬픈
기분이 들까 생각했다. 답은 바로 나왔다. 토요일이 일요일 전날이기 때
문이었다. 일요일 저녁이면 전남편이 와서 아이들을 데려갔다. 다들 공동
양육이 자연스러운 일인 양 굴었지만, 루이즈로서는 매번 믿을 수 없을
만큼 폭력적으로 느껴졌다. 2주에 한 번 자신에게서 떼어 놓으려고 알리
스와 폴을 낳은 게 아니었다. 세상 그 어떤 법으로도 허용하면 안 되는
일 아니던가! 가장 친한 친구들인 발랑틴과 타니(한 명은 혼자 아이를 키웠
고, 다른 한 명은 아이가 없었다)는 자유를 만끽하라고 말하곤 했다. 하지만
루이즈가 만끽하고 싶은 것은 아이들이었다. 아이들의 웃음, 아이들의
놀이, 아이들의 다툼……. 물론 알리스는 가끔 때려 주고 싶기는 했지만.
　　"오늘은 중요한 날이야!"
　　등 뒤에서 폴이 외치는 바람에 루이즈는 찻잔을 앞에 두고 소스라치
게 놀랐다.
　　"무슨 중요한 날인데?"
　　"설마…… 잊어버린 거 아니지, 엄마? 라자르네 집에 가잖아!"
　　"응? 아, 그 얘기였구나."
　　루이즈가 무심하게 대꾸하고는 물었다.
　　"둘이 뭐 하고 놀 건데? 그 집에 게임기 있어?"
　　"라자르가 그러는데, 비디오 게임은 창의적이지 않대."
　　"걔는 항상 자기 아빠 말을 되풀이하는구나."
　　이 모범적인 아들에 짜증이 난 루이즈가 투덜거렸다. 하지만 학년 초

하굣길에 폴의 가장 친한 친구가 혼혈아라는 사실을 알게 되었을 때는 묘한 자부심을 느꼈다. 아들을 잘 키웠다는 증거였으니까. 물론 인종차별주의적인 편견 없이 말이다. 폴이 라자르에 대해 하는 이야기를 더 주의 깊게 들었더라면 아들이 단 한 번도 친구의 피부색을 언급한 적이 없다는 사실을 알아차렸겠지만. 멜라닌 색소의 정도에 관한 이야기는 어른들에게는 흥미로운 소재일지 몰라도, 폴에게는 예를 들어 라자르가 바로 이날, 토요일 오후에 햄스터를 사러 갈 거라는 사실보다 재미없는 얘기였다.

뮈를랭가 12번지에 도착해, 폴은 큰 기대 없이 엄마에게 물었다.

"나도 햄스터 사면 안 돼?"

"이 주에 한 번씩 돌보라고? 아니, 안 돼."

멍청한 지적이었어. 루이즈는 자책하며 문을 두드렸다. 문을 연 라자르가 두 사람을 앞질러 복도를 지나며 말했다.

"여기는 아빠가 일하는 데고, 문을 지나면 진짜 집이에요."

주변을 둘러본 루이즈는 조금 놀랐다. 라자르 혼자서 베란다가 딸린 넓은 주방으로 두 사람을 안내했다.

"아빠는 안 계시니?"

루이즈가 물었다.

"있어요. 위층에서 가뱅하고 통화 중이에요."

"형이 있구나?"

"아니요! 가뱅은 잠을 못 자는 형이에요. 진짜 형이 아니라요. 형네 엄마가 정신병원 응급실에 갔어요. 창자 상태가 안 좋았거든요!"

소뵈르는 아들과 점심을 먹다가 플뢰리 병원 정신과 의사에게서 전화를 받았다. 의사가 푸파르 부인의 '착란 상태'를 언급했고, 접시 가득 놓인 햄버거의 영향을 받은 라자르가 이 말을 자기 식으로 해석한 거였다. 루이즈는 이 집의 분위기가 조금 찜찜하다는 생각을 떨칠 수 없었다. 혹은 정상이 아니라거나. 책임 있게 행동하는 성인 한 명 마주치지 못했는데 아들을 두고 떠나도 될까? 문제의 생티브 씨가 자신의 일에 관심을 보일 때까지 기다려야 할까? 남편이 떠난 뒤로, 남성(심지어 단골 채소 가게 주인이라 할지라도)이 자신을 무시하는 것 같으면 화가 치밀어 올랐다.

"안녕하세요, 죄송합니다."

층계참에서 벨벳 같은 목소리가 들려왔다. 소뵈르가 계단을 급히 내려오고 있었다. 방금 전까지 가뱅에게 어머니가 제3자의 요청에 따른 입원 상태라는 설명을 한 참이었다. 진찰을 한 정신과 의사의 요청으로 입원을 했고, 당분간은 플뢰리 병원에서 퇴원할 수 없다는 얘기였다.

루이즈와 소뵈르 사이에 다시 격식을 차린 말이 오갔다. 죄송합니다, 제대로 맞이하지도 못했네요, 괜찮습니다, 저희가 쳐들어온 셈이지요 등등. 두 꼬마는 기다리는 동안 서로 간지럼을 태웠다.

"폴에게 방을 보여 주렴."

소뵈르가 아들을 향해 돌아서서 말하고는 루이즈에게 커피를 같이 마시자고 청했다.

"다른 중요한 일이 있으실 텐데요."

루이즈가 농담으로 말하자 소뵈르가 고민하는 척했다.

"글쎄요……. 딱히 없군요."

감지하기 어려울 정도로 살짝 웃음기를 머금은 태도였다. 소뵈르는 커피 잔을 손에 들고 루이즈의 맞은편에 앉자마자 어딘가 꾸며 낸 듯한 경쾌한 말투로 입을 열었다.

"그런데, 니콜이 저와 제 아들이 깜둥이라는 말을 했다는 것 같더군요."

"그게 무슨…… 오, 폴이 말했군요! 아니요, 그렇게 말한 건 아니지만…… 제가 보기에 니콜의 의견이 좀…… 발언이 좀……. 의심해 보신 적 없나요?"

당황한 루이즈가 말을 더듬었다.

"니콜이 인종차별주의자라는 의심이요?"

"고용하신 지 좀 됐으니……."

소뵈르는 허를 찔린 듯 잠깐 동안 말이 없다가 한쪽 눈썹을 추켜올리며 인정했다.

"사람을 써야 하는 경우라면 되도록 의문을 갖지 않으려 하지요. 게다가 라자르가 한 번도 불평을 한 적이 없었고요."

"불평을 하기는 하나요?"

"절대 안 하지요. 저에게는 라자르가 항우울제랍니다."

소뵈르가 스스로 이런 고백을 했다는 데 놀랄 겨를도 없이, 루이즈는 폴이 자신에게 '특히 요즘 들어' 삶의 기쁨이라고 말했다. 만약 루이즈가 내담자였다면 소뵈르는 분명 "특히 요즘 들어'라고요?"라고 되물어 속내를 털어놓게 했을 터였다. 하지만 주말에는 사람들을 구원하는 일도 피곤했다.

"아빠, 아빠!"

라자르와 폴이 잔뜩 흥분해 주방에 들이닥쳤다.

"햄스터에 관한 사이트를 찾았어. 정보가 엄청 많아!"

홈페이지를 출력해 온 라자르가 내용을 읽기 시작했다.

"잠에서 막 깬 햄스터는 기분이 좋지 않을 수 있습니다."

"저런, 아빠랑 똑같구나."

소뵈르가 한마디 했지만 라자르는 계속 읽어 내려갔다.

"억지로 잠을 깨웠을 때 표정을 보면 마음에 들어 하지 않는다는 사실을 알 수 있습니다. 잘 때처럼 귀가 뒤로 접혀 있고, 사람의 손에 잡히는 것을 꺼리거든요. 그럴 때 물리기 쉽지요. 몇 분 동안 가만히 두세요. 그럼 머리를 별별별별에서 빼낼 겁니다. 작은 별표가 네 개 있어. 머리를 어디에서 뺀다는 거야?"

"나이트캡 말이지. 이 동물 말이야, 벌써 아주 마음에 드네."

소뵈르가 짐짓 심각하게 대답했다.

늦은 오후, 소뵈르는 팔짝팔짝 뛰는 두 꼬마에게 포위된 채, 마법의 세계 '가든랜드'를 향해 떠났다. 세 사람은 꽤나 못생긴 새끼 오리들 앞을 지났다. 노란색에서 먼지 같은 회색으로 변해 가는 모습에 소뵈르가 진단을 내렸다. "청소년기야. 곧 괜찮아질 거다." 그런 다음에는 서로 뒤꽁무니를 따라다니다가 갑자기 딸꾹질을 하는 것처럼 공중으로 뛰어오르는 기니피그들을 보며 웃음을 터뜨렸다. 세 사람은 마침내 햄스터들이 들어 있는 작은 케이지들 앞에 멈춰 섰다. 성격이 나쁜 동물이라 그런지 한 케이지에 한 마리씩만 들어 있었다. 라자르는 머리와 엉덩이가 까맣고 배 주변으로 하얗고 커다란 원이 그려진 수놈을 골랐다. 녀석은 쳇바퀴가 돌아갈 때마다 돈이라도 나오는 것처럼 미친 듯이 돌고 있었다.

"좀 멍청해 보이는데? 그래 봤자 아무 쓸모 없다고 말해 줄까?"

아빠가 놀려도 라자르는 아랑곳하지 않고 이름을 짓기 시작했다.

"하얗고 까만 것은?"

폴이 마치 수수께끼를 시작하듯 물었다.

"피아노 건반. 그렇지만 햄스터 이름치고는 좀 길지 않나?"

소뵈르가 대답했다. 그때 라자르가 외쳤다.

"아, 나 알아! 바운티!"

소뵈르는 가든랜드 지붕이 머리 위로 내려앉는 기분을 느꼈다. 바운티는 하얀 코코넛이 들어간 초콜릿 바의 이름을 따서 마르티니크 시절 친구들이 지어 준 별명이었다. 겉은 까맣지만 속은 하얗기 때문이었다.

"바운티! 이름 정했어!"

라자르가 확신에 가득 차서 선언했다.

일요일, 바운티는 라자르가 철창 사이로 넣어 준 당근도 거부하면서 하루 종일 케이지 한구석에 틀어박혀 있었다.

"햄스터는 당근을 좋아한다고 했는데!"

라자르가 울먹였다.

"그 사이트 좀 볼까?"

결국 소뵈르가 나섰다. 신경쇠약에 걸린 햄스터를 치료해야 한다는 걱정을 안고 사이트를 훑어보며 메모를 한 뒤 아들에게 결론을 통보했다.

"자, 비타크래프트 크래커, 봄비노 당근맛 스낵, 햄스터 운동장, 먹이를 숨겨 둘 집, 코코클린 화장실, 에센셜 오일이 함유된 청소용 젤이 필요하다는구나. 왜 아이를 낳는지 이제 알겠다."

2015년 1월 26일~2월 1일 구간

월요일 아침, 소뵈르는 거식증에 걸린 젊은 여성 엘리안과 상담을 진행했다. 엘리안은 자신이 앓고 있는지도 모르는 것 같은 섭식 장애 때문에 상담을 신청한 것이 아니었다. 결혼한 지 3년이 지났고, 자신도 남편도 불임이 아닌데 아이가 생기지 않아서 온 것이었다. 소뵈르는 상담사를 다섯 명이나 만나 봤지만 나아지는 게 없었다고 말하는 내담자의 눈에서 이미 실망을 읽었다. 사실 엘리안은 임상심리전문가가 아니라 아이를 선사해 줄 요정을 찾고 있었다.

"아프리카 분이세요?"

엘리안이 기대를 담은 목소리로 문가에서 물었다.

"프랑스인입니다."

소뵈르는 하마터면 "아니요! 전 마술사 마마두가 아니라니까요!" 하고 소리를 지를 뻔했다. 엘리안의 등 뒤에서 문을 닫으며, 이런 신경질적인 상태로는 도저히 사람들을 도울 수 없겠다고 생각했다. 진료실 창문을 활짝 열고 천천히 숨을 쉬었다.

한편 라자르는 창작의 고통에 시달리고 있었다. 뒤마예 선생님이 '바늘 도둑이 소 도둑 된다'는 속담을 쓰라고 하더니, 그다음에는 늑대를 소재

86

로 무섭거나 웃기는 이야기를 만들어 공책에 적어 보라고 한 것이다. 영감을 받은 라자르가 하얀 암늑대를 만난 까만 수늑대 이야기를 써 내려가기 시작했다. 하얀 암늑대는 까만 수늑대가 무서워서 하얀 늑대들의 나라로 도망을 치는데 까만 수늑대를 죽이고 싶어 하는 못된 하얀 수늑대가 있어서 하얀 암늑대는 까만 수늑대의 편을 들고……. 그때 통로 사이를 오가던 선생님이 말했다.

"아주 좋아, 라자르. 그런데 전부 한 문장으로 썼구나. 가끔씩 마침표를 찍고 대문자도 넣어야지. 폴, 넌 얼마나 썼니?"

펜을 질경질경 씹던 폴은 늑대 가족 이야기를 쓰기로 했다. 부모 늑대들이 싸워 대다가 아빠 늑대가 혼자 사냥을 나가서는 다시 돌아오지 않은 이야기(줄거리에는 등장하지 않았지만, 아빠 늑대는 아마도 이빨이 긴, 팽프르넬이라는 이름의 젊은 암늑대를 만났을 것이다)였다.

"좋아, 폴. 그런데 늑대가 여러 마리라는 거지? 그럼 뭘 넣어야 할까?"

폴의 눈이 휘둥그레졌다. 뭘 넣어야 하지? 표라도 넣어야 하나?

"단어 제일 끝에 말이야, 폴. 늑대가 여러 마리라면…… 복…… 복……?"

복복, 복복? 선생님이 미쳤나 봐!

"복수형 말이야. 폴, 집중 좀 할래? 늑대 뒤에 '들'을 넣어야지."

"이야기가 끝날 때쯤에, 까만 수늑대가 하얀 암늑대랑 결혼해서 회색 아기 늑대를 낳아요."

라자르가 슬쩍 말했다.

"훌륭해. 하지만 마침표를 좀 넣으렴."

뒤마예 선생님이 몇 걸음을 가더니 미소를 지었다. 까만 수늑대+하얀 암늑대=회색 아기 늑대. 메시지 접수 완료.

방과 후에 라자르는 폴의 엄마와 마주쳤다. 폴의 엄마는 햄스터의 안

부를 물었다. 라자르가 걱정스럽게 대답했다.

"기운이 없어요. 수요일에 가든랜드에 가서 쳇바퀴를 사다 줄 거예요. 아빠가 그러는데, 쳇바퀴를 돌면 바운티의 삶에 의미가 생길 거랬어요."

생티브 씨의 은근한 유머를 알아차린 루이즈의 입가에 미소가 떠올랐다.

"아빠가 그러는데, 아줌마가 아주 예쁘대요."

라자르가 덧붙였다. 사실 소뵈르는 사람들 면전이 아니라도 항상 칭찬을 하는 버릇이 있었다.

"오, 그것 참…… 친절하시구나."

루이즈가 열다섯 소녀처럼 얼굴을 붉히며 말했다.

폴이 자랑스럽게 엄마의 손에 제 손을 집어넣었다. 하지만 아빠 집에서 보내는 주였기 때문에, 몇 걸음 안 가 트램 정류장에서 헤어져야 했다.

"가기 싫어, 엄마. 팽프르넬 아줌마도 싫고, 그 집은 안 예쁘단 말이야……."

폴이 울먹였다.

"쉿! 그런 말 하면 못써."

루이즈가 가슴을 졸이며 말했다.

"진짜야! 게다가 이제 내 방도 없어질 거야."

"그게 무슨 소리야?"

"내 방을 아기한테 준대. 벌써 아기 침대도 들여놨어. 난 이제 거실 소파에서 자야 된대."

루이즈는 입술을 꽉 물어 증오에 찬 비명을 간신히 억누르며 "소뵈르! 소뵈르!"라고 속으로 외쳤다. 적확한 말을, 임상심리전문가가 할 법한 말을 찾아내고 싶었다.

"누나한테 같이 자면 안 되냐고 물어보지 그랬어?"

루이즈가 떨리는 목소리로 물었다.

"알리스? 누나는 내가 필요 없잖아! 그 집에서는 아무도 내가 안 필요해!"

루이즈는 무릎을 구부려 아들과 눈높이를 맞춘 뒤 꼭 끌어안았다.

"사랑해."

귓가에 속삭이자 폴이 작은 목소리로 원대한 계획을 고백했다.

"엄마, 내가 어른이 되면 엄마한테 집을 사 줄 거야. 그럼 우리, 다시는 헤어지지 않을 거야."

루이즈가 가까스로 눈물을 참으려 일어섰다. 그때 그 광경을 지켜보고 있던 라자르가 눈에 들어왔다. 라자르가 어른이 되면 아빠처럼 되겠지. 사람들의 심리를 치료하고 햄스터들의 심리도 조금쯤 돌보는 임상심리전문가. 로슈토 모자에게서 등을 돌린 라자르가 바퀴 달린 책가방을 끌며 멀어졌다. 머릿속으로는 벌써 질문을 던지는 중이었다. 오늘은 누가 오는 날이더라? 침대에 실수를 하는 꼬마? 아니. 학교공포증이 있는 여자애? 아니. 월요일이니까…… 아, 그렇지, 자해인 마르고구나.

다시 뮈를랭가. 소뵈르가 진료실 가리개 커튼을 다시 달아 두었지만 커튼 봉은 예전만큼 잘 지탱되지 않았다. 라자르가 자신의 숨결에 커튼이 떨어지기라도 할까 싶었는지 숨을 멈추고 문을 살짝 열었다. 반대편에서는 대기실 문을 활짝 연 소뵈르가 얼떨떨한 눈으로 소녀 두 명을 보고 있었다.

"제 동생이에요. 선생님을 만나고 싶대요."

마르고가 말했다.

"그래?"

마르고의 동생은 깜짝 상자에서 튀어나오는 인형처럼 벌떡 일어섰다.

"아니에요. 집에 혼자 있는 게 무서워서 그래요. 그래서 언니가 저만 괜찮으면 선생님한테 말하러 와도 된다고 했어요."

"그래, 그러고 싶어?"

아이는 오른쪽 다리를 뒤로 접더니 한 손으로 발목을 잡았다. 꼭 플라밍고 같았다.

"근데 임상심리전문가가 뭐예요?"

"그게 나야. 들어올래…… 블랑딘?"

"대박, 제 이름을 아시네요! 그러니까, 임상심리전문가는 텔레파시 능력자 같은 거네요?"

"정답이야."

소뵈르는 아이가 들어오도록 비켜서면서 대답했다.

턱이 뾰족한 블랑딘은 살점 하나 없는 마른 몸에 데님 재킷과 짧은 반바지를 걸치고 곁눈질로 흘끔거렸다.

"아, 임상심리전문가 방은 이렇구나."

아이가 주변을 둘러보는 사이 소뵈르가 문을 닫았다.

"진짜로 사이코패스들이 와요? 연쇄살인마들이요?"

"꼭 그렇지는 않아. 앉을래?"

"소파에 누워야 하는 거 아니에요?"

"아니, 앉으면 된단다."

하지만 소뵈르의 말이 가닿지 않았는지, 블랑딘은 진료실 안을 서성이기 시작했다. 그렇게 해야만 혀가 제대로 기능하는 것 같았다.

"작년에 다들 제가 미쳤다고 했어요. 우리 반 애들 말이에요. 끔찍한 반이었어요. 그런데 올해에는 사미르하고 루나랑 친해졌거든요? 걔들이

랑은 신나게 웃을 수 있어요. 근데 학년 초에 제가 대놓고 〈리틀 펫샵〉 팬이라고 말을 했죠. 작년 애들은 '쟤 미친 거 아니야? 인형 놀이를 한대!' 하고 떠들어 댔지만, 가지고 노는 게 아니라 비디오를 찍어요. 스톱 모션 같은 거예요. 사진을 한 컷, 한 컷 찍어서 만드는 거요. 뭔지 아세요? 모르세요? 블룸필드라고 이름을 지어 준 리틀 펫샵 피규어를 가지고 만들었거든요. 학교에서 아이들한테 괴롭힘을 당하다가 집으로 돌아와요. 작년의 저 같은 모습이죠. 블룸필드가 우는데, 아, 스포이트로 얼굴에 눈물 한 방울을 떨어뜨렸더니 제 채널을 본 애들이 '이거 정말로 진짜 같아!'라고 했어요. 엄마가 블룸필드에게 묻죠. '무슨 일 있니?' 펫샵 피규어 입에서 말풍선이 나오게 해서 말하는 것처럼 만들어요. 그럼 블룸필드가 아무 일도 없다고 대답하죠. 그런 다음 자기 집(플레이모빌 집을 써요) 지붕 위로 올라가서 거기서 떨어져서 자살해요. 배경음악으로 〈허트Hurt〉를 넣었어요. 언니의 아이디어였죠. 아, 진짜 시간이 너무 많이 걸리는 일이에요."

블랑딘이 잠깐 멈춰 섰다.

"제가 미친 거예요?"

겉으로 보기에 그다지 걱정하는 눈치는 아니었다.

"불안하다고 해야겠지."

뒷짐을 지고 담담히 지켜보던 소뵈르가 진단을 내렸다.

"꼭 아빠 같아요. '아니, 세상에, 가만히 못 있어?' 아빠 앞에서는 움직이면 안 돼요. 죽은 것처럼 있어야 해요."

"죽은 것처럼?"

소뵈르는 실마리를 찾을 수 있을지 모른다는 기대감을 가지고, 블랑딘이 말을 잇도록 격려했다.

"아빠 집이요. 집이 죽었어요. 아빠 와이프요. 그 여자도 죽었어요. 아빠도 죽었고요."

블랑딘은 '죽'에 힘을 주어 문장을 또박또박 끊어 말했다.

"아빠는 미다스 왕이에요. 아빠가 만지기만 하면 다 금으로 변해요. 하지만 그 금은 죽음이죠. 게다가 아빠 아들은 자폐증 같아요. 딱 두 마디만 하거든요. 세 살인데 두 마디밖에 못 한다고요! 마르고는 예뻐 죽으려 하지만, 전 모르겠어요. 제가 걔 엄마였다면 엄청 걱정했을걸요."

아이가 팔을 앞으로 뻗더니 "르고, 르고" 하며 아기의 목소리를 흉내 내면서 로봇처럼 걷기 시작했다.

"자리에 앉을 생각은 없니?"

"있어요."

그러더니 별안간 자리에 앉았다. 소뵈르도 마침내 의자에 앉았다.

"요약해 보자면…… 올해는 친구들이 생겼고……."

"맞아요."

"그리고, 아빠하고 사이가 좋지 않다고?"

대답이 돌아오지 않았다.

"제 친구 루나는 엠마 왓슨을 사랑해요."

"누구?"

"엠마 왓슨이요. 진짜 예뻐요. 가능한 일인지는 모르겠지만, 아니, 가능하죠, 여자면서 여자와 사랑에 빠질 수 있다는 건 저도 알아요. 저랑 제 친구들은 좀 특별해요. 남자애들을 싫어해서, 나중에 크면 우리끼리 결혼하자고 하거든요."

"열한 살인데 벌써 생각이 확고하구나."

"우린 동성애자를 더 좋아해요. 사미르는 동성애자예요."

"열한 살인데?"

"열두 살이요."

"아, 그럼 얘기가 다르지."

블랑딘이 웃음을 터뜨렸다. 소뵈르와 통하기 시작한 것이다.

"흑인들도 좋아요."

"맞는 말이야."

"선생님도 게이예요?"

"유감스럽지만 아니란다."

이런 대화를 어떻게 정리할 수 있을까? 소뵈르는 소녀의 머릿속에서 빠르게 스쳐 가는 여러 가지 생각들을 도무지 따라잡을 수가 없었다.

"전 인형성애자예요."

"뭐라고?"

"인형성애자요."

블랑딘이 키득거리며 다시 한번 말했다.

"인형을 좋아하거든요. 몬스터 하이라고, 아세요?"

"아니."

"진짜 아무것도 모르시네요."

"아는 게 별로 없긴 하지. 그래도 설명 듣는 건 좋아한단다."

"쿨하시네요. 마르고가 그랬거든요. '너도 알게 될 거야. 진짜 쿨하시다고!'"

"언니가 네가 나랑 얘기하기를 바랐니?"

"네."

"왜 그랬을까?"

"제가 선생님한테 아빠에 대해 나쁘게 말하기를 바란 거 같아요. 언니는 그렇게 못 하거든요. 아빠한테 착한 척해요. 그래야 아빠가 브랜드 옷을 사 주거든요. 하지만 전 상관 안 해요. 카포랄이나 애버크롬비 같은 상표가 붙어 있는 옷이라니, 그런 걸 입으면 멍청해 보이잖아요. 전 브랜드 옷을 입은 사람을 보면 '안녕, 애버크롬비!'라고 하거나 '어머, 안녕, 카포랄!' 하고 인사해요."

"그건 좀 못된 것 아닐까?"

"저요? 아니요, 그렇지 않아요. 아빠한테는 예외지만요. 아, 아빠한테 저는……."

아이는 우아한 손짓과 함께 꾸며 낸 말투로 말했다.

"가엾기도 하지. 앤 경계선 성격장애야."

"아빠가 하시는 말씀이니?"

"네. 관대할 때요. 다른 때는 뭐라고 하는 줄 아세요? '넌 완전히 미쳤어. 아이큐가 마이너스 이야. 무릎이 커서 보기 싫으니까 숨겨라. 발냄새 나니까 데오드란트나 발라.'"

"아빠가 하시는 말씀이라고?"

"엄청난 변태예요. 아무도 안 믿을 거예요. 난 친절해, 난 당신들 삶을 이해해, 이런 스타일이거든요. 사실은 전혀 아니죠. 아빠는 자기 와이프한테 이렇게 말해요. '당신, 왜 항상 바지를 입지? 여성스럽지 못하게.' 그런 다음에는 이렇게 말하죠. '치마 꼴이 그게 뭐야? 어떤 놈을 유혹할 작정이야?'"

아이는 제 아버지 흉내에 여념이 없었다. 소뵈르는 의자 깊숙이 자리를 잡았다. 아이에게 점점 더 주의를 기울이고 있다는 신호였다.

"저한테는 뭐라고 하냐면, '오, 리틀 펫샵 인형들로 비디오를 만들다니, 그거 참 잘했구나' 하고 말한 다음에 '뭐? 그 비디오를 인터넷에 올렸다고?' 하고 말해요. 당연히 제 유튜브 채널에 올리죠. 안 올리면 다른 사람들이 못 보잖아요. 그게 다 무슨 소용이에요. 그럼 이제 또 난리가 나요. '네 나이를 생각해야지! 인터넷에 소아성애자들이 득실거리는데!' 아빠가 내 비디오를 다 망쳤어요. 몇 시간이나 걸려서 만들었는데!"

아이의 눈에서 눈물이 떨어졌다.

"아빠는 내 물건도 감시해요. 진짜예요. 아빠가 다 뒤지니까 일기장도 숨겨야 해요. 제 휴대전화에 있는 사진도 다 봐요. 전 제 발을 찍거든요. 그럴 수 있잖아요. 아니, 아빠는 아니래요. 발 사진 따위를 찍다니, 제가 미친 거래요. 불온한 페티시즘이라나요."

"불온한 페티시즘이라는 말을 아빠가 하셨니?"

"네."

아이가 만들어 낼 만한 표현이 아니긴 했다. 딸이 워낙 특이하다 보니 아빠라는 사람이 혼란스러웠던 걸까? 아니면 반대로 그저 발랄할 뿐인 아이를 혼란에 빠뜨리는 걸까?

"이번 주에 아빠 집에 가니?"

"네."

"오늘 여기 온 건 아시고?"

"아빠는 마르고가 심리 상담을 받는다는 것도 몰라요. 그리고 또……."

블랑딘이 팔을 베는 시늉을 했다.

"하지만 너는 아는구나."

"욕실에서 하는 걸 봤어요."

"아무한테도 말 안 했어?"

"안 했어요."

"언니를 배신하지 않는구나?"

"안 해요."

"착한 아이로구나."

"고맙습니다."

두 사람은 서로에게 미소를 지어 보였다.

"이제 끝이에요?"

블랑딘이 물었다.

"그래. 그럼…… 이제 마르고와 상담을 할게. 옆방에서 좀 기다릴 수 있지?"

"그럼요. 발 사진을 찍으면 돼요."

"좋아."

두 자매는 아무 말 없이 자리를 바꿨다. 하지만 마르고는 지난번과 같은 자리, 소파에 앉자마자 넌지시 물었다.

"좀 이상한 애죠?"

"독창적이야."

"엄마는 쟤 하고 싶은 대로 내버려둬요. 쟨 아빠를 너무 힘들게 해요. 저도요. 저도 쟤 때문에 힘들어요."

마르고는 단번에 제 아빠 편을 들었다.

"블랑딘이 뭐라고 해요?"

"이 방에서 오간 얘기는 비밀이란다."

소뵈르가 상기시켰다.

소뵈르가 보기에 마르고는 마음을 결정하지 못한 것 같았다. 그 자리에 있고 싶기도, 있고 싶지 않기도 한 것이다.

"그만두고 싶어요."

침묵을 지키던 마르고가 말했다.

"치료를 시작하기도 전에 중단한다면 유감이지."

마르고가 어안이 벙벙해서 소뵈르의 얼굴을 뚫어져라 보더니 코웃음을 쳤다.

"그만두고 싶은 게 뭐냐 하면⋯⋯."

"⋯⋯자해 얘기구나."

아이의 말을 넘겨짚은 데 혼란을 느끼며 소뵈르가 문장을 끝맺었다.

"제가 왜 이러는 걸까요?"

마르고는 불안으로 눈을 커다랗게 뜨고 물었다.

"그걸 할 때 어떤 기분이 들지?"

"그게⋯⋯ 하기 전에 특히 그러는데요, 기분이 정말 안 좋아요. 얼굴을 난도질하고 싶고, 또⋯⋯ 배를 가르고 싶어요. 바로 그때 시작하는 거예요⋯⋯. 막상 피를 보면 진정이 되거든요. 진정이 돼요."

마르고가 한 손을 들어 소뵈르의 말을 막았다.

"인터넷에서 다른 사람들 얘기를 읽었어요. 사람들 말이, 피부를 가르면 엔도르핀이 분비돼서 천연 진정제 역할을 한대요. 스트레스를 진정시켜 주는 거겠지요?"

"대충 그런 얘기지."

"그럼 이 미친 짓을 평생 해야 해요?"

"자해 그 자체가 문제가 아니야, 마르고. 첫 상담에서 네가 이미 아주 잘 말했듯이 진짜 문제는 따로 있단다. 그 문제들 때문에 네가 그 일을 하게 되는 거야."

"그럼 제 진짜 문제는 뭔데요?"

"그게 의문이로구나."

"답을 모르세요?"

"물론 답을 모르기도 하지만, 안다고 한들, 그리고 내가 그 답을 너한테 준다고 한들 아무 소용도 없을 거야. 치료는 마치 길과도 같단다. 너는 그 길 위에 있어."

"전 정류장에 있는 기분인데요."

"왜 블랑딘과 함께 왔지?"

"걔가 혼자 있는 걸 무서워하니까요."

"네 엄마와 동생을 만났으니 이제 아빠도 만나면 좋겠는데."

마르고의 눈에서 불꽃이 튀었다.

"안 된다고 벌써 말했잖아요!"

"그래도 네가 엄마보다는 아빠하고 잘 통하니까, 네 진짜 문제들에 대해 이야기를 나눠 보면 좋지 않을까?"

소뵈르가 다른 의도는 없다는 듯 천연덕스럽게 말했다.

"안 돼요. 왜냐하면…… 안 돼요. 제 얘기로 걱정을 끼치고 싶지 않아요. 아빠는 이미 여러 문제로 고생하고 있거든요. 아빠가 의지할 사람이라고는 저뿐이에요. 아빠가 마음을 털어놓을 사람이 저라고요."

"마음을 털어놓을 사람이라……."

"제가 하는 말마다 또 따라 하시네요!"

"두 사람이 얼마나 끈끈한지 강조하는 게 흥미로웠을 뿐이야."

"자꾸 떠보시네요. 하지만 아빠가 어떤 사람인지, 어떤 일을 겪고 있는지 모르시잖아요."

"네가 설명해 주면 되겠네. 어렵고 복잡한 상황에 처해 계시니?"

마르고는 고집스럽게 더 이상 아무 말도 하려 들지 않았다. 하지만 내면의 압박을 견디지 못하고 결국 말을 꺼냈다.

"심지어 와이프도……."

소뵈르는 카레 씨의 현재 배우자 얘기라는 것을 알아차렸다.

"와이프도?"

매몰찬 반응을 각오하고 그가 물었다.

"항상 불평만 하거든요. '내가 무슨 말이라도 했어? 내가 뭘 어쨌다고?' 하면서요. 아빠는 보통 별말 없이 그냥 농담을 좀 해요……."

"농담을 좋아하시는구나?"

"어제, 아빠가 와이프를 '우리 뚱땡이'라고 불렀거든요. 근데 그건 다이어트를 하고 싶다면서 아빠를 질리게 해서 그런 거예요. 나쁜 뜻이 아니라요."

"뚱뚱하시니?"

"그냥 이삼 킬로 정도 빼고 싶어 해요. 아빠는 '십 킬로'라고 하지만, 그건 그냥 웃자고 하는 얘기고요."

소뵈르의 머릿속에 그림이 그려지기 시작했다. 카레 씨는 우선 배우자에게 십 킬로그램을 빼야 한다고 지적하고, 막상 배우자가 다이어트에 대해 이야기하면, "뺄 살이 어디 있다고, 우리 뚱땡이" 혹은 "난 당신 똥배까지 사랑해" 하고 말하는 것이다. 그저 농담 삼아서.

"가끔 아빠 와이프가 식탁에 앉아서 사방을 둘러봐요."

마르고가 새어머니를 흉내 내며 말했다.

"정신 나간 표정으로요. 유리창에 머리를 박는 새 같다니까요……."

"……벗어나려고 말이지."

소뵈르는 비유를 이어 간다는 생각으로 넌지시 말했다.

"도대체 누가 벗어나려 한다는 거예요? 제가 말하는 것마다 해석하시는데, 다 빗나가잖아요!"

"미안하구나. 이야기를 따라가려다 보니. 그래, 아빠에 대해 말하는

99

중이었지?"

"선생님은 제가 아빠에 대해 나쁘게 얘기하기를 바라시지요? 아빠가 집행관이라서 그러는 거 아니에요? 사람들이 빚을 안 갚아서 집행관을 보내는 게 아빠 잘못은 아니잖아요! 사람들은 집행관에 대해 편견을 갖고 있어요. 일종의 인종차별이에요."

"인종차별?"

"네. 그리고 선생님이 어떤 사람인지 아세요? 정신 조종자예요! 임상심리전문가란 바로 그런 사람이에요."

"아, 그래?"

소뵈르가 그 누구라도 화나게 할 만큼 냉담하게 말했다.

"정신 조종이 뭐냐 하면, 엄마가 자기애성 변태들에 대한 사이트를 저한테 보여 주는 거예요. 아빠가 그런 사람이라는 걸 저한테 주입시키려는 거라고요. 아빠가 말하듯이, 조종자는 사람들 머릿속에 들어가서 자기랑 똑같은 생각을 하게 강요하는 사람이고요."

마르고가 쏘아붙였다.

"그게 엄마가 하시는 일이로구나……. 아빠 말씀에 따르면 말이지."

"지금 선생님이 하는 일이라고요!"

"내 앞에서는 자유롭게 생각해도 된단다."

소뵈르가 부드러운 목소리로 말하기 시작했다.

"좀 닥쳐요!"

마르고가 신경질적으로 몸을 떨었다. 피가 몰려 뺨이 빨갰다. 수중에 커터 칼이 있었다면 안정을 시도했을 수도 있다. 문 뒤에서 귀를 기울이던 라자르가 분개했다. 도대체 어떻게 아빠한테 저런 말투로 얘기할 수 있지? 아이는 귀를 막고 주방으로 도망쳤다. 그때 마르고가 벌떡 일어섰다.

"그런 식으로 말하는 거 못 참아요. 항상 암시뿐이잖아요."

"마르고, 자, 진정하고 자리에……."

"제가 아빠를 무서워한다고 생각하잖아요."

"그런 말을 한 적 없다."

"제가 무서워하는 건 선생님이에요! 제 삶을 통제하려 하고, 제가 뭘 해야 하는지, 무슨 생각을 해야 하는지, 누구를 사랑하고 사랑하면 안 되는지 말하려 하잖아요!"

마르고는 말을 멈추지 않은 채 대기실로 향했다.

"가자!"

동생에게 소리를 지르더니 반응을 기다리지 않고 백팩을 잡아채며 출구로 달려갔다.

"엥? 왜 그래요? 무슨 일이에요?"

블랑딘이 제 언니를 쫓아 나온 소뵈르에게 웅얼웅얼 물었다.

"어서 따라가!"

소뵈르는 마르고가 활짝 열어 둔 채 빠져나간 뮈를랭가 쪽 출입구로 블랑딘을 안내했다.

뒤를 쫓아가야 하나? 마르고가 걸음을 늦추더니 뒤를 도는 것이 보였다. 소뵈르는 블랑딘의 어깨를 한 번 두드렸다.

"어서 가 봐. 언니가 기다린다."

마르고의 상태가 좋지 않았다. 누구에게 알려야 하지? 엄마? 보건교사? 소뵈르는 기운이 빠진 채 진료실로 돌아왔다. 물론 마르고의 분노는 그를 겨냥한 것이 아니었다. "개인적 감정은 없습니다." 자신을 쏜 혐의로 기소된 암살자가 할 법한 말이었다. 그렇기는 하지만 당장은 그에게도 영향이 있었다.

소뵈르는 마르고의 어머니인 뒤티외 부인에게 전화를 걸려는 순간 아들이 떠올라 동작을 멈췄다. 학교에서 잘 돌아왔는지, 무슨 문제는 없는지 확인했어야 하지 않나? 주방에는 아무도 없었다. 경각심이 한 단계 높아졌다. 하지만 곧 위층에서 햄스터를 보고 있겠구나, 하는 생각이 들었다.

"라자르!"

아이는 짐작대로 햄스터 케이지 앞에 앉아 있었다.

"죽을까?"

소뵈르가 케이지를 양손으로 잡아 눈높이로 올렸다.

"잠들었네, 이 잠꾸러기 녀석! 아빠가 그 사이트에서 읽었는데, 햄스터는 사막 출신이라서 밤에 활동하는 습성이 있대."

"그렇지만 바운티는 사막에 살아 본 적이 없잖아."

"그렇지. 하지만 부모님, 조부모님, 증조부모님이 살았던 흔적을 몸속에 지니고 있어. 개인의 기억이 아니라 가족의 기억을 간직하는 거야."

햄스터 한 마리 때문에 별말을 다 하게 되네, 하고 소뵈르가 생각했다.

"소고기 감자 파이?"

소뵈르가 큰 소리로 말했다.

"좋아! ……근데, 바운티를 주방에 데려가도 돼?"

"올해 최고의 아이디어로구나."

소뵈르가 신경쇠약 햄스터에 대한 애정이 샘솟는 것을 느끼며 동의했다.

냉동 트레이를 전자레인지에 넣은 다음, 소뵈르는 자동응답기에 녹음된 메시지를 확인하러 갔다. 일과 중에 전화가 여러 번 걸려 왔지만 진료 중이었기 때문에 응답기를 틀어 두었다.

"안녕하세요. 기모케 고등학교 교장입니다. 플뢰리 병원 정신과를 통해 선생님 번호를 받았습니다. 가뱅과 상담을 진행 중이시지요. 오늘 하루 종일 수업에 들어오지 않았고, 집으로 전화를 해도 연락이 안 돼 알려 드립니다. 오를레앙에는 돌봐 줄 가족도 없는 것으로 알고 있는데요……. 혹시 사회복지사 쪽으로 연락을 해 봐야 할까요? 이 번호로 전화 주시겠습니까?"

소뵈르는 전화번호를 바로 받아 적었다. 하지만 가뱅과 직접 연락을 하는 편이 더 시급하다는 판단이 들었다. 안타깝게도 자동응답 메시지가 들려왔다. "안녕하세요. 가뱅 휴대폰 맞습니다. 나중에 다시 걸어 주세요. 아님 말거나요." 소뵈르는 쉽게 결정을 내리지 못하고 잠시 허공을 응시했다. 그런 다음 푸파르 가족의 주소를 환자 서류에서 뒤졌다.

"오귀스트 르누아르가 이십 번지. 여기서 멀지 않군."

소뵈르는 10분 만에 파이를 삼킨 뒤, 바운티와 만화책 더미 사이에 아들을 혼자 남겨 두고 집을 나섰다.

*

* *

가뱅이 사는 건물에 들어가려면 비밀번호와 인터폰이라는 관문을 거쳐야 했다. 벨을 여섯 번째 눌렀을 때, 희미한 목소리가 응답했다.

"누구세요?"

"생티브."

"무슨 일이세요?"

"문 열어라."

대답을 요구하지 않는 문장이었다. 게다가 가뱅도 대답하지 않았다. 5층에 도착하니 가뱅이 문틈으로 얼굴을 빼꼼 내밀었다. 머리는 산발에, 얼굴은 창백하고, 눈은 시뻘겋게 충혈이 돼 있었다. 잠을 못 잤나? 독성 물질이라도 썼나?

"엄마한테 무슨 일이라도 생겼어요?"

"어머니는 잘 계셔. 하지만 문제가 있다. 오늘 학교는 왜 안 갔지?"

소뵈르가 그 사실을 알고 있으리라 생각하지 못한 가뱅은 더듬거리며 상태가 안 좋았네, 두통이 있었네, 잠을 못 잤네, 불안 발작이 있었네, 하며 변명을 늘어놓았다. 소뵈르가 말을 막았다.

"학교에서 필요한 물건을 챙겨. 옷이랑 칫솔도. 오늘은 내 서재에서 자고 내일은 학교에 가야지."

"저 혼자 할 수 있어요."

"아니던데."

소뵈르는 좀처럼 권위를 내세우는 일이 없었다. 하지만 침착한 태도와 큰 키 때문에 인상이 강한 편이었다. 가뱅은 입을 삐죽이면서도 짐을 꾸리러 갔다. 소뵈르는 현관에서 기다리다가 몇 분 후 손목시계를 흘긋 내려다보았다.

"좀 서두르자, 가뱅!"

소뵈르가 안쪽을 향해 소리쳤다.

"바쁘면 그냥 가요!"

가뱅이 백팩에 노트북을 집어넣으면서 이를 악물고 대답했다.

어쨌든 가뱅은 곧이어 제 임상심리전문가 앞에 모습을 드러냈다. 표정은 부루퉁했지만 보살핌을 받게 되어 안심한 눈치였다. 두 사람은 인적이 없는 거리로 나섰다. 하루 종일 집 안에 틀어박혀 밤늦게까지 키보드 앞에 붙어 지내곤 하는 가뱅이 불어오는 바람에 몸을 움츠렸다.

뮈를랭가로 돌아오자마자, 위층에서 라자르가 소리를 질렀다.

"아빠, 왔어? 얼른, 얼른 와 봐!"

소뵈르는 성큼성큼 계단을 뛰어올랐다. 정신이 없는 중에도 피를 흘리며 바닥에 누워 있는 아이의 모습을 상상할 시간은 있었다.

"바운티! 바운티가 깼어!"

아빠를 본 라자르가 외쳤다.

소뵈르는 가슴에 손을 얹어 미친 듯이 뛰는 심장을 진정시켰다.

"그것 참 좋은 소식이구나."

작은 햄스터가 케이지 안에서 아장거리고 있었다. 소뵈르와 아들은 햄스터가 먹고, 마시고, 오줌을 누는 모습을 만족스럽게 지켜보았다.

"이제 우리 모두 푹 잘 시간이야."

소뵈르가 선언했다.

푹 자기는커녕, 라자르는 밤새 몇 차례나 잠을 깼다. 과잉 활동 성향이 있는 바운티가 베딩을 헤집고, 케이지 창살에 매달려 곡예를 시도하다 떨어지기를 반복했기 때문이다. 가뱅은 일단 잠자리에 들었다가 소뵈르가 더 이상 방해하러 올 일이 없음이 확실해지자 노트북을 켜고 새벽 3시까지 끄지 않았다. 한편 소뵈르는 그 주의 심리학 서적, 『아내를 모자로 착각한 남자』를 읽다가 잠들었다. 하지만 0시 15분, 잠결에 머리를 스치는 생각이 있었다. 마르고 어머니에게 전화를 하지 않았어! 『햄릿』에 나오는 유령처럼 그를 끊임없이 괴롭히는 직업적 양심의 목소리였다.

"망하아아알."

소뵈르가 중얼거렸다.

두 시간 동안 뜬눈으로 누워 있는데, 환자들이 줄줄이 눈앞을 스쳐 갔다. 그중에는 여전히 상사에게 시달리는 위그노 부인도 있었다. 소뵈르는 그 어떤 것에도, 그 누구에게도 도움이 안 되니 실무 관행을 바꿔 봐야겠다고 생각하며 다시 잠들었다.

소뵈르 박사

컵에 남은 커피 자국으로 미래를 읽어 드립니다
사랑하는 사람을 되돌아오게 하고, 발기부전을 치료합니다
시험 결과 보장

다음 날 아침, 세 번째 커피를 들이켠 뒤 소뵈르는 자신감과 지그문트 프로이트에 대한 믿음을 되찾았다. 그보다 10분 전에는 유리창에 이마를 기댄 채 라자르와 가뱅이 정원을 지나는 모습을 지켜보았다. 무거운 몸을 힘겹게 끌고 가는 가뱅을 보며 더 깊은 이야기를 나눠 봐야겠다고 다짐했다. 잠이 들면 죽을까 봐 두려워서 계속 깨어 있으려는 것일까? 악몽을 꾸나? 어머니의 정신 상태에 강박을 느끼나?

늘 그렇듯 넥타이는 매지 않고 흰 셔츠와 정장을 걸치고 진료실로 향한 소뵈르는 환자들보다 조금 일찍 도착한 김에 복습을 시작했다. 초등학생용 큼지막한 모눈 스프링 노트에 이름과 날짜 위주로 메모를 하는 습관 덕에 블랑딘의 이름을 기억해서 제대로 부를 수 있었다. 뒤티외 부인이 둘째 딸의 이름을 언급했을 때 적어 두었기 때문이다. 소뵈르가 소스라치며 노트를 던졌다.

"아, 그래, 뒤티외 부인에게 전화해야 하지."

책상 맞은편 벽에 걸린 커다란 괘종시계로 눈을 돌렸다. 8시 55분. 벌써 수업 중이려나?

"뒤티외 부인? 소뵈르 생티브입니다. 통화 괜찮으신가요? 마르고에 대해 드릴 말씀이 있습니다. 어제 진료실을 굉장히 빨리 떠나 버려서요……. 아, 벌써 알고 계시는군요."

뒤티외 부인은 두 딸로부터 이미 전화로 보고를 받았다고 했다.

"『텔레라마』에 나오는 영화평 같았어요. '평이 갈린다'고 하던가요? 블랑딘은 선생님이 정말 '쿨'하시다고 하는 반면에 마르고는 '머저리 같은 놈'이라고 하네요. 제 얘기가 아니라 들은 대로 옮긴 거예요."

부인이 웃으며 말했다.

소뵈르는 뒤티외 부인이 말하는 방식에서 변화를 느꼈다. 더 이상 불만에 차서 공격적으로 나오는 게 아니라, 놀리는 듯 공격적이라고 해야 할까. 마치 두 사람, 그러니까 부인과 소뵈르가 같은 처지라고 알리는 것 같았다. 둘 다 머저리라는 얘기였다.

"어쨌든 마르고가 계속 치료를 받았으면 합니다."

소뵈르는 중립을 지켰다.

"다음 월요일 상담을 취소하지 않겠다는 말씀을 드리려던 참이었어요. 마르고가 아니라 제가 가려고요. 선생님과 이야기를 해야겠어요."

갑작스러운 교체로 인해 소뵈르는 잠시 할 말을 잃었다.

"잘 알겠습니다, 뒤티외 부인. 월요일에 뵙지요."

사람들은 끊임없이 그를 놀라게 했다. 그것도 나쁘지 않았다.

*

*　*

107

화요일 오후, 루이기유 초등학교 3학년 학생들은 뒤마예 선생님의 계획에 따라 견학을 가기로 되어 있었다. 폴로서는 엄청난 소식이었다. 로슈토 부인이 인솔 도우미로 함께하기 때문이었다. 라자르에 대한 한결같은 우정에도 불구하고, 폴은 가는 길 내내 엄마에게만 손을 내밀었고, 기분이 상한 라자르는 오세안 곁에서 걸었다. 목적지인 그롤로 저택을 향해 출발할 때 라자르는 기계적으로 오세안의 손을 잡았다. 그런데 오세안이 손가락을 빼더니 한 걸음 떨어졌다. 니콜이 자신을 깜둥이 취급한다는 사실을 알기 전이었다면 신경 쓰지 않았을 행동이었다.

"자, 이 조각상이 누군지 알아보겠어요?"

반 전체가 그롤로 저택 앞뜰에 들어가자 받침대 위에 서서 긴 칼을 가슴에 안고 생각에 잠겨 있는 젊은 여성을 가리키며 뒤마예 선생님이 물었다.

"잔 다르크!"

오를레앙 주민들답게, 모두 한목소리로 외쳤다.

"맞아요. 그럼 오를레앙에서 잔 다르크가 무슨 일을 했지요?"

3학년 아이들의 폭넓은 역사 지식에 자신감을 얻은 선생님이 이어서 질문을 던졌다.

불편한 침묵이 흘렀다. 엉뚱한 대답을 할까 봐 겁을 먹은 아이들은 입을 다물어 버렸다. 뒤마예 선생님이 당황하기 시작했다. 학부모 인솔 도우미 두 명이 지켜보고 있었다. 아무도 대답하지 않는다면 교사로서 능력이 의심받을 위기였다.

"오를레앙을 구…… 구……."

결국 선생님이 참다못해 속삭였다.

구구? 구구? 폴이 의심 가득한 눈으로 엄마를 쳐다보았다. 선생님 미친 거 아니야?

"오를레앙에서 영국군을 쓸어 버렸지요."

인솔 도우미로 따라온 아빠가 끼어들었다. 역사학과 교수이자 오세안의 아버지였다.

'영국군을 씹어 버렸'고 들은 폴은 왜 이 아저씨가 식인을 했다고 잔다르크를 비난하는지 의아했다. 하지만 그 아저씨와 수다를 떠느라 정신이 없는 엄마에게서 추가 정보를 얻는 것은 포기했다. 어차피 어른들은 다 미쳤다고 생각한 지 오래였다.

과거 공회당으로 쓰인 건물에 도착한 다음, 담임 선생님은 왕좌처럼 생긴 신고딕 양식 의자에 너도나도 앉겠다고 난리인 아이들을 말리느라 애를 먹었다. 그때 폴이 누군가의 시선을 느꼈다. 혼자 남겨진 라자르의 슬픈 시선이었다.

"엄마, 엄마."

폴이 엄마의 소매를 당겼다.

"잠깐만. 엄마 지금 대화 중이잖아."

비록 머리가 조금 벗겨지고 배가 불룩 나온, 인솔 도우미 아버지라고 해도 어쨌든 남자의 관심을 받는 즐거움을 재발견 중인 루이즈가 꾸짖었다.

폴은 어깨를 한 번 으쓱해 보였다. 그냥 라자르에게 가겠다는 말을 하려던 것이었다. 아이는 엄마를 씹어 버릴 것 같은 아저씨를 흘겨보고는 친구 옆으로 갔다.

"너희 아빠야?"

라자르가 물었다.

"저 사람? 똥 냄새 나."

폴이 역겹다는 듯 코를 찌푸리며 말했다.

라자르는 이 표현에 홀딱 빠져서 똥 냄새에서 출발해 똥구멍, 똥 방귀 등등 다양한 활용형을 만들어 내며 견학을 마무리했다. 그사이 루이즈는 오세안의 아빠에게 폴의 감수성을 자랑했다. 거의 여성적이라니까요. 돌아오는 길에 오세안의 아빠가 이혼 후 격주로 홀로 지낸다는 사실을 알게 되었다.

"아, 그러세요?"

흥이 식었다. 절대로, 절대로 내 인생에 남자는 없어. 루이즈는 이렇게 생각하다가 배를 잡고 웃어 대는 라자르를 보았다. 문득 생티브 씨는 영원한 독신 생활을 맹세했을까 궁금해졌다.

"아빠는 안녕하시지?"

루이즈가 물었다.

"네. 폴, 잘 가!"

늦은 오후면 항상 바빠지는 라자르가 소리쳤다.

화요일, 공포증 소녀의 날이었다.

*

*   *

소뵈르는 하루 종일 바운티의 덕을 톡톡히 보았다. 아들의 동의하에 진료실 구석에 놓인 낮은 탁자에 햄스터 케이지를 둔 것이다. 아이들이 종종 진료 중에 그림을 그리는 자리였다.

"아. 귀여워! 잠들었어요?"

쪼그리고 앉아 바운티를 감상하던 엘라가 말했다.

"제일 좋아하는 취미 생활이지."

엘라가 일어서자 안경알 뒤로 총명하게 반짝이는 눈이 보였다. 아이를 보는 것만으로도 소뵈르의 입가에 절로 미소가 떠올랐다.

"말했어요!"

여전히 일어서서 커다란 백팩을 팔 끝에 걸친 채 엘라가 말했다.

"누구한테 무슨 말을?"

"엄마한테요. 그, 생리 말이에요."

"그래……. 앉아서 얘기할까?"

엘라는 의자에 앉더니, 가방, 점퍼, 목도리를 전부 발치에 떨어뜨렸다.

"부모님은 안 오시고?"

"엄마는 올지도 몰라요. 잘은 모르겠대요. 일 때문이에요. 근데 저, 선생님한테 할 말이 한가득 있어요!"

하지만 아이는 갑자기 당황한 기색으로 입을 다물었다.

"어디서부터부터 시작해야 할지 모르겠어요."

"일주일 동안 어떻게 지냈는지 말해 볼까?"

"별로 안 빼먹었어요."

"별로?"

"라틴어 수업만 빼고요. 선생님이 사디스트거든요. 절 처다보면 질문을 할까 봐 무서워서 숨도 못 쉬겠고, 얼굴이 빨개져요. 한번은 의자에서 떨어진 적도 있어요."

"의식을 잃었니?"

"그런 것 같아요. 그리고 수학 시간에는 제가 진짜 아무것도 이해를 못 해서 선생님이 저를 비웃어요. 한번은 반 애들 앞에서 그러는 거예요. 멍청이 씨와 멍청이 부인에게는 딸이 하나 있습니다. 딸의 이름은 무엇일까요?"

"엘라."

그런 식의 농담은 질색이라는 몸짓과 함께 소뵈르가 중얼거렸다.

엘라는 일부 교사를 피하기 위해 학교 공부를 제대로 하지 못했다. 아침에는 늦게 등교해서 화장실에 틀어박히거나 보건실로 도망쳤다. 1학기에는 20점 만점에 13점이었던 평균 점수가 계속해서 떨어졌다. 기세 좋게 상담을 시작했던 엘라도 어느덧 기운이 빠진 기색이었다.

"이런 얘기를 하려던 게 아니잖니."

소뵈르의 지적에 엘라의 검은 눈동자가 다시 반짝였다.

"기사 얘기하고 또 다른 얘기 말이에요, 다 기억하세요?"

"당연하지."

"엄마랑 얘기하면서, 제가 아들이기를 바랐을 것 같다고 말했어요. 딸은 이미 하나 있었으니까요."

"음, 음."

소뵈르는 계속 이야기하라는 뜻으로 맞장구를 쳤다.

"그랬더니 엄마가…… 이상해지는 거예요. 딸도 좋기 때문에 아들이 없어도 아쉽지 않다고 했어요. 근데 엄마가 울 것 같은 거예요."

"음, 음."

"그러더니 사실 아이를 잃은 적이 있다고 했어요. 그리고 나서 엄마가 울었어요."

그 말을 하는 엘라도 울기 직전이었다. 소뵈르가 아이를 돕기 위해 질문을 던졌다.

"남자아이였구나?"

"네."

"네가 태어나기 전 일이고?"

"네."

"그럼 퀴펜스 가족은 원래 아이가 셋이었구나. 자드, 그 남자아이, 그리고 너. 처음 듣는 얘기였니?"

"네."

소뵈르는 진료 중 드물게 일어나는 순간, 바로 가족의 비밀이 드러나는 순간임을 직감했다.

"아이가 배 속에서 죽었대요."

엘라가 엄마의 설명을 고스란히 옮겼다. 몹시 활동적이었던 태아의 목에 탯줄이 감겨 결국 숨지고 말았고, 제왕절개 수술로 엄마의 배에서 꺼내야 했다.

"팔 개월 만에 나왔대요. 정상적인 남자아이였고요. 아빠처럼 금발이었나 봐요. 그 애가…… 그 애가……."

엘라가 끅끅거리더니 울음을 터뜨렸다.

"살았어야 했어요오오오오."

소뵈르는 엘라에게 화장지를 건네고 진정하기를 기다렸다. 문밖 어두운 복도에서는 어린 소년이 소매로 눈물을 닦고 있었다. 엘라의 이야기는 그것으로 끝이 아니었다.

"엄마가 저한테…… 그걸 뭐라고 부르는지 잘 모르겠는데, 가족 책인가 하는 걸 보여 주고 싶어 했어요."

"가족 수첩*."

소뵈르가 바로잡아 주었다.

---

* 가족 수첩은 프랑스에서 결혼한 부부가 발급받는 공적 서류로 아기가 생길 때마다 정보가 추가된다.

"오빠도 수첩에 올라가 있어?"

"네. 이름도 있어요."

이어진 침묵에 소뵈르는 엘라가 무슨 말을 할지 짐작했다.

"엘리오트예요."

퀴펜스 부부는 태중에서 죽은 아이 이야기를 엘라 앞에서 단 한 번도 꺼내지 않았겠지만 아이가 어른들끼리 말하는 소리를 들었거나 엄마나 아빠가 그 이름을 발음하는 것을 들었을 가능성이 있다. 소뵈르의 추론이었다. 또 다른 추론은, 부모와 아이는 말없이도 통한다는 것이다.

엘라는 수 년 전부터 죽은 오빠를 품고 살아왔다.

"기사 엘리오트."

소뵈르가 중얼거렸다.

"엘라와 엘리오트. 진짜 비슷하지요."

"그렇구나."

엘라는 '부적절한' 대용품으로 살아왔다. 그러다 여성성이 처음으로 드러나는 순간, 부모가 잃어버린 소년이 되는 것이 영영 불가능하다는 잔혹한 현실에 맞닥뜨린 것이다. 소뵈르는 벽시계를 확인했다. 상담 시간이 흘러가고 있는데 퀴펜스 씨도, 퀴펜스 부인도 오지 않았다. 유감스러운 일이었다. 엘라는 부모에게서 원해서 가진 아이였고 출생에 실망하지 않았다는 말을 들을 필요가 있었다. 적어도 그것이 진실이라면.

"그 애가 어디 있는지 엄마한테 묻지도 못했어요."

"그 애가 어디 있는지?"

"엘리오트요. 어떻게 했을까요? 그런 아기들은…… 그냥 쓰레기통에 버려지나요?"

"아니, 대개는 병원에서 시신을 화장…… 어, 그러니까, 태우지. 부모님께 여쭤 보는 게 확실하겠구나."

"아, 그게 말인데요!"

엘라가 웃음을 터뜨리며 말했다.

"엄마가 그러는데, 아빠한테는 엘리오트 얘기를 하면 안 된대요. 죽음이나 병이나 병원에 대한 얘기를 못 참는다나 봐요."

"내 생각에는 오빠가 병원에서 화장됐는지 알아봐야 할 것 같아."

"전 그냥 이름이 적힌 무덤이 있었으면 좋겠어요. 그럼 꽃을 가져다 둘 수 있잖아요. 아빠는 이런 걸 다 무서워해요. 공동묘지…… 하느님…… 사후 세계……. 성당에서 교리 수업을 듣는 친구가 있는데, 다른 애들은 다 비웃지만 전 가 보고 싶어요."

엘라의 내면에 있는 분홍빛 갓을 씌운 작은 램프에 다시 불이 들어왔다. 엘라는 도취 상태였다.

"엘리오트를 위해서 기도하고 싶은데 어떻게 하는지 모르겠어요."

"생각나는 말들을 모아 보렴. 오빠에게 말을 건네 봐."

엘라가 깍지를 끼고 눈을 감았다.

"오빠, 난 오빠 생각을 해. 오빠가 운이 없었다는 사실 때문에 마음이 아파. 사는 게 매일 재미있지는 않지만, 그래도 내가 오빠를 도울 수 있었을 텐데. 이제 오빠는 죽어서 어쩌면 하느님 곁에 있을 테니까 나를 도와줄 수도 있겠다."

"아멘."

소뵈르가 마침표 대신 말했다.

눈물을 흘리던 라자르는 훌쩍이는 소리 때문에 들킬지도 모른다는 생각에 자리에서 일어나며 생각했다. 죽은 다음에 일어나는 일, 하느님, 아빠는 이런 얘기를 나한테 절대 안 하잖아. 복도를 지나는데 종이 구겨지는 작은 소리가 들렸다. 라자르는 현관문 쪽으로 고개를 돌렸다. 누군가가 문 아래로 종이 한 장을 밀어 넣고 있었다. 광고 전단인가? 아니, 네번 접은 하얀 종이 같은데. 라자르는 곧바로 캥부아를 떠올리며 다가섰다. 하지만 또 다른 소리가 곧 들이닥칠 위험을 알리자 아이는 겁에 질렸다. 의자가 바닥을 긁는 소리였다. 엘라가 일어났다는 것은 상담이 끝났다는 뜻이었고, 소뵈르가 진료실 문을 열 것이라는 얘기였다. 라자르는 종이를 아노락 주머니에 쑤셔 넣고 주방으로 뛰어갔다. 곧이어 소뵈르가 바운티의 케이지를 들고 등장했다.

"안녕, 꼬마. 아빠가 친구를 데려왔지!"

소뵈르의 경쾌한 말투가 돌변했다.

"울었어?"

"아니야."

라자르가 고개를 숙이며 거짓말을 했다.

"폴하고 싸웠어?"

"아니야."

울어서 빨개진 눈을 해명하려면 뭔가를 꾸며 내야 했다.

"엄마 생각을 하고 있었어."

"아, 그래? 너…… 나중에 다시 얘기하자. 그런데 지금은…….."

소뵈르는 일터로 돌아가야 한다는 뜻으로 문을 가리켜 보였다.

"가뱅이 곧 올 거야."

아들이 기뻐할 거라고 생각하며 소뵈르가 덧붙였다.

"또?"

그런데 라자르는 그다지 반기는 기색이 아니었다. 질투하나? 소뵈르가 의아해했다.

116

"가뱅을 돌봐 주는 게 싫어?"

소뵈르는 아들의 반응이 못마땅했다. 사실 라자르는 가뱅의 지적 능력을 높이 평가하지 않았기 때문에 캥부아가 둘만의 비밀이라는 사실을 잊고 검은 닭을 언급하면 어쩌나 걱정하고 있었다.

"샐러드를 곁들인 크로크무슈를 준비하겠습니다."

소뵈르가 카페 종업원 같은 말투로 저녁 메뉴를 알렸다.

"대박. 전 이론상으로 세 개 먹을 수 있어요."

가뱅의 말에 소뵈르가 응수했다.

"데프로주*가 한 말을 알고 있니? '언젠가 난 이론상 나라에 가서 살 거야. 이론상 모든 일이 잘될 테니까.'"

그때 라자르가 쳇바퀴를 사러 가자는 약속을 상기시켰다.

"내일 오후에는 시간이 안 될 것 같구나, 꼬마."

"약속했잖아."

라자르가 불평했다.

"이론상."

가뱅의 복수였다.

"니콜 아줌마가 가든랜드에 같이 갈 거야."

소뵈르는 아들의 반응을 유심히 지켜보았지만 라자르는 제 몫의 크로크무슈가 너무 익었다고 불평하기만 했다.

아이는 더 이상 아무도 방해하지 않을 거라는 확신이 들 때까지 기다렸다. 집에 불이 꺼지고, 아빠가 침대에 눕히고 이불 정리를 해 주고 나

---

* 프랑스 개그맨 피에르 데프로주(1939~1988).

간 뒤에야 일어나 앉아 아노락 주머니를 뒤졌다. 네 번 접힌 구겨진 하얀 종이가 여전히 거기에 있었다. 아이는 종이를 펼치고, 둥근 손전등 불빛에 의지해 내용을 읽었다.

너는 인종 세탁을 하려 했지
그래서 그 여자가 죽었어

뒤마예 선생님이 봤다면 마침표를 찍으라고 했을 것이다.

*

* *

수요일 아침, 소뵈르는 시릴의 엄마인 쿠르투아 부인의 전화로 하루를 시작했다.

"내일 상담을 취소하려고 전화드렸어요. 아무 소용 없어요."

부인은 달리기라도 한 듯 숨 가쁜 목소리로 말했다.

"무엇이 소용없다는 말씀이시죠?"

"그 우산하고 태양 어쩌고 하는 거요. 이렇게까지 실수를 한 적이 없을 정도예요."

"왜 다시 시작되었는지 이유를 알 필요가……."

"관심 없어요. 더 이상 실수를 하지 않기만 하면 돼요."

"쿠르투아 부인, 마지막으로 한 번만 더 들르시지요. 단 십 분만이라도요. 진료비는 청구하지 않겠습니다. 시릴을 어떻게 할 생각이신지 알고 싶습니다."

소뵈르는 거의 매달리다시피 했다.

"정 그러시다면요. 하지만 시릴은 함께 가지 않을 거예요. 더 이상 가기 싫대요."

쿠르투아 부인이 웅얼거렸다.

"그렇게 말하던가요?"

"네."

거짓말이었다. 소뵈르는 부인이 거짓말을 하고 있다고 확신했다.

"그럼, 내일 아침 여덟 시 삼십 분에 뵙지요."

집의 다른 한쪽에서는 벌써 1교시 수업을 놓친 가뱅이 슬슬 일어나서 영어 수업에 들어갈까 생각하고 있었다. 영어 선생님은 제법 괜찮았다. 엘라와 같은 이유는 아니었지만 가뱅도 외국어 수업을 중심으로 맞춤형 학교생활 중이었다. 숄더백을 메고 휘파람을 불며 정원을 가로지르던 가뱅은 지나는 길에 그네를 탈까 하는 유혹에 흔들렸지만 녹이 슬어 부식된 기둥을 보고 바로 포기했다. 푸앵소 골목길로 들어서자마자 몇 미터 떨어진 곳에 웬 남자가 운동복 차림으로 후드를 눈까지 눌러쓰고 서 있어 깜짝 놀랐다. 남자는 바로 돌아서서 뭔가 켕기는 것이 있는 양 물러갔다. 가뱅이 몇 초만이라도 같은 주제에 집중할 줄 알았더라면 이 수상쩍은 남자와 그 전주에 있었던 캥부아 사건을 관련지을 수도 있었을 것이다.

12시, 수요일에는 오전 수업만 받는 라자르가 푸앵소 골목길을 통해 집으로 갔다. 바운티를 식탁에 올려 둔 뒤 그림을 그리는데 정원 철문이 삐걱거리는 소리가 들렸다. 아이는 마치 철문에 손가락이 낀 것처럼 얼굴을 찡그렸다. 니콜이 점심거리를 가지고 온 것이었다. 메뉴는 늘 그렇듯 생선 튀김과 감자 크로켓이었다. "돈을 그것밖에 안 주는데, 굳이 더 신경 써야겠어?" 니콜이 항상 남편에게 하는 말이었다.

"세상에, 얼른 이거 다 치워라. 이 짐승은 또 대체 뭐냐?"

니콜이 인사 대신 말했다.

"햄스터예요."

라자르가 중얼거렸다.

"난 또 뭐라고. 내 남편이 대걸레로 죽인 커다란 쥐가 생각나네. 꼬리가 팔만큼 길었지. 도대체 이따위 짐승을 어떻게 좋아할 수가 있지?"

여태까지 한 번도 느껴 보지 못한 무엇인가가 라자르를 사로잡았다. 아이는 여태까지 그 누구도 증오해 본 적이 없어서 이 감정에 어떤 이름을 붙여야 할지 알 수 없었다. 그때 문이 열리고 만면에 미소를 띤 생티브 씨가 아주 우아하게 등장했다.

"안녕하세요, 니콜."

"아, 소뵈르 박사님, 웬일로 다 만나네요. 잘 지내시죠?"

니콜의 목소리는 달콤하기 짝이 없었다.

"덕분에 아주 잘 지냅니다. 이제 제 아들과 제가 부인의 도움 없이 지내게 될 것이라는 말씀을 드리려고 들렀습니다."

"그…… 그게 무슨?"

니콜이 충격으로 한 걸음 뒤로 물러서서 더듬거렸다.

"뭐, 간단한 이야기입니다. 오늘부터 말이지요. 이번 달 급여는 전액 지불하겠습니다. 봉투를 준비해 왔습니다. 받으시지요."

소뵈르의 말투는 마치 특별할 것이 아무것도 없다는 듯 상냥했다.

"이럴 수는 없지요! 이런 식으로 해고를 할 수는 없어요! 오 년이나 일했는데, 오 년이나 댁의 아들을 돌봤다고요. 다른 부모들이 안 좋게 생각해도 다 감수하면서!"

"오 년이나 허비했다니, 그것 참 유감입니다. 기차역과 같은 이름을 가진 깜둥이의 아들을 맡기는 게 아니었는데 말입니다."

소뵈르는 목소리를 높이지 않았다. 여태 속아 왔다는 사실에, 라자르를 보호해 주지 못했다는 사실에 정말로 유감스러워 보였다.

문 앞에 선 니콜이 인종차별주의를 숨기지 않고 드러냈다.

"흑인들은 여기 소속이 아니지! 댁이 나한테 하는 것만 봐도 알아. 박사라고? 헛소리! 다들 뭐라고 하는지 모르나 봐? '소뵈르 박사는 돌팔이야.' 학위나 제대로 있는지 모르겠네!"

이 말을 끝으로 니콜은 생티브 부자의 인생에서 사라졌다. 소뵈르는 눈물을 흘리는 라자르 앞에 쭈그려 앉았다.

"니콜 아줌마가 좋았어?"

"아, 끅, 니."

아이는 끅끅거리느라 제대로 말을 잇지 못했다.

"왜 아빠한테 말을 안 했어?"

"모올, 끅, 라아아."

"있잖아, 라자르……."

"응?"

"마음에 안 드는 사람이 있으면 아빠한테 꼭 말해 줘. 알겠지? 자, 이제 그만 울고, 하이파이브!"

두 사람은 폐점 시간 직전에 가든랜드에 도착했다. 소뵈르는 죄책감을 덜기 위해 바운티의 몸에 비해 터무니없이 큰 새 케이지, 침실과 먹이 저장소가 딸린 알록달록한 집, 쳇바퀴, 터널, 해먹 등을 골랐다.

"아, 이런."

계산원이 총액을 알리자 소뵈르가 탄식했다.

가뱅과 라자르는 저녁나절 내내 케이지를 바운티랜드로 변신시키기 위한 준비로 바빴다. 소뫼르는 신나게 해먹을 오르내리고 집에다 먹이를 저장할 햄스터를 상상하는 두 아이를 지켜보았다. 아이들은 이미 바운티 그 자체였다. 공감이라고 불리는 인간의 놀라운 자산 덕분이었다.

"나 진짜 바운티랜드에서 살고 싶어."

라자르가 꿈꾸듯 말했다.

소뫼르는 마분지 터널에 햄스터를 넣은 다음 새로운 케이지에 내려놓았다. 바운티는 한구석으로 달려가더니 귀를 축 늘어뜨린 채 바닥에 납작 엎드렸다. 한 시간 뒤에도 여전히 같은 자세였다.

"심장마비 같은 걸까요?"

가뱅이 물었다.

"아니, 단지 다른 사람의 행복을 대신해 줄 수 없다는 증거지."

"이런 미친."

모든 것을 심리학적 관점으로 바라보는 소뫼르 때문에 머리가 아프다는 듯, 가뱅이 두 손으로 머리를 싸쥐었다.

21시, 소뫼르는 아들에게 방 불을 끄라고 하고 『아내를 모자로 착각한 남자』를 들고 침대에 누웠다. 한 시간 뒤, 책이 바닥에 떨어지고 독서용 안경이 코끝에서 미끄러졌다. 소뫼르는 쿠르투아 부인에게 시릴을 입양하고 싶다고 설명하다가 진짜 아들 때문에 소스라쳐 눈을 번쩍 떴다.

"아빠, 잠을 못 자겠어. 바운티가 쳇바퀴를 돌려!"

소뫼르는 기계적으로 일어나 사각 팬티를 걸치고, 바운티가 쳇바퀴를 돌리는 현장으로 갔다.

"거참, 귀찮아 죽겠네!"

결국 햄스터는 진료실에서 밤을 보냈다.

*

*   *

뒤마예 선생님은 퇴직을 2년 앞두고 있었지만 교사로서 여전히 다방면에 관심이 많았다. 선생님은 교육 잡지에서 학교가 젊은 세대에게 단체 활동을 가르치지 않는다는 기사를 읽은 뒤, 목요일 아침, 공교육을 바로 잡기로 결심했다.

"네 명씩 조를 짤 거예요."

3학년 반 전체가 흥분으로 들끓었다.

각 조는 매일 공책에 적은 열 개의 속담 중에서 한 개를 고른 다음, 선택한 속담을 잘 설명해 주는 이야기를 만들어야 했다. 뒤마예 선생님이 설명을 끝마치기도 전에 라자르는 폴, 누르, 노암과 함께 '약속한 것은 반드시 해야 한다'는 속담을 바탕으로 이야기를 만들어야겠다고 결심했다. 안타깝게도, 조를 나누는 것은 선생님 몫이었다.

"라자르, 너는 폴, 누르, 그리고 오세안과 한 조야."

아이의 가슴이 덜컹 내려앉았다.

"아, 싫어요, 오세안은 안 돼요!"

오세안은 라자르의 손을 잡지 않으려 했다. 따라서 니콜 아줌마처럼 인종차별주의자라는 추론이 가능했다.

"오세안은 안 된다니, 그게 무슨 소리니? 이유가 뭐지?"

선생님이 언성을 높였다.

"오세안이 싫으니까요."

라자르는 이 한 문장이 돌풍, 지진, 제3차 세계대전을 일으키리라는

123

생각을 미처 하지 못했다. 뒤마예 선생님은 '구름에서 떨어진 것 같다'고 선언했지만, '깜짝 놀랐다'는 뜻인 이 표현을 이해한 사람은 아무도 없었다. 하지만 라자르는 선생님이 아빠에게 보낼 메시지를 적기 위해 알림장을 요구하고 있다는 사실을 이해했다. 부당하다는 생각에 가슴이 타오르는 것 같았다. 누군가가 싫어지면 아빠에게 말하기로 약속하지 않았던가! 그런데 지금 뒤마예 선생님이 눈앞에서 빨간 글씨로 메모를 적고 있었다. "라자르가 오늘 수업 시간에 용납할 수 없는 행동을 했습니다. 다음 주 중 16시 30분 이후에 아버님과 이 문제에 대해 말씀을 나누고 싶습니다." 오래전부터 생티브 씨를 만나 보고 싶었던 뒤마예 선생님에게 기회가 온 것이었다.

"자, 서명을 받아 오렴."

선생님이 상심한 라자르에게 알림장을 돌려주며 말했다.

"있잖아, 난 벌써 일곱 번이나 겪은 일이야. 신경 쓰지 마."

폴이 작은 목소리로 친구를 위로했다.

한편 소뵈르는 8시 25분에 찾아온 쿠르투아 부인과 불편한 하루를 시작하려는 중이었다.

"오래 못 있어요."

부인은 외투 단추도 풀지 않고 소파 끝에 걸터앉으며 선언했다.

"동료가 아파서 대신 근무해야 하거든요."

"부인은 어떻습니까? 잘 지내시나요, 쿠르투아 부인?"

소뵈르의 질문에 담긴 인간적인 따뜻함에 허가 찔린 부인이 말을 더듬었다.

"저요? 아, 저는…… 잘 지내요. 그러니까, 시릴 문제만 아니면 잘 지내겠죠. 그래도 해결책을 찾은 것 같아요."

"해결책이요?"

"선생님은 동의하지 않으실 테지요. 하지만 오줌 속에서 인생을 보낼 수는 없어요."

"인생을 오줌 속에서 보내고 계십니까?"

"네, 뭐, 말이 그렇다는 거지요. 하지만 아침마다 시트를 벗겨야 하고, 잠옷은 젖어 있고……. 그래서 제 남자 친구가 좋은 아이디어를 냈어요. 기저귀를 채우는 거예요."

"기저귀를 누구에게 채운다는 말씀이신지요?"

"시릴 말이에요. 선생님은 절 비난하시겠지요. 하지만 아이가 일부러 그런다니까요. 점점 심해져요. 이젠 매일 밤이라고요."

"이 상황을 설명할 만한 이유는 찾지 못하셨고요?"

"제가 누군가를 다시 만났으니 질투를 하는 거겠지요."

"아이가 질투를 해서 벌을 주신다고요?"

"기저귀가 지겨워지면 쉬도 안 하겠지요. 어쨌든 기저귀를 차는 게 그렇게 끔찍한 일은 아니잖아요. 저도 병원에서 노인들에게 채우는데요."

"그리고 아기들에게 채우죠. 아기들과 노인들에게."

"아홉 살 난 남자아이에게는 안 채운다, 그 말씀이지요? 절 비난하실 줄 알았어요. 그렇지만 선생님도 해결책이 없으시잖아요."

"전 시릴이 치료를 받기를 바랍니다."

"그런데 그럴 돈이 없어요. 매주 사십오 유로라니, 전 그 돈이 없다고요."

"조율도 가능합니다, 쿠르투아 부인. 형편에 따라 내시면 돼요. 제 생각에 시릴은 지금 상태가……."

"아니요, 아니요, 선생님 때문에 제 인생이 더 복잡해지기만 할 거예요. 가 봐야겠네요. 상사가 기다려서요. 심리 치료 얘기는 부자들한테나 해당하는 거죠."

"상태가 좋지 않은 사람들을 위한 겁니다."

부인이 일어서더니 자신의 몸을 두 팔로 꼭 감싸안으며 울지 않으려고 눈을 깜박였다.

"가 볼게요. 상담료는 안 내도 되죠?"

부인이 고개를 돌리며 말했다. 마치 모든 것을 돈 문제로 보이게 하려는 것 같았다.

"도움이 되지 못해 유감입니다, 쿠르투아 부인. 제 문은 언제든 열려 있습니다. 제 번호도 가지고 계시니……."

"네, 감사해요."

부인은 전투 준비를 단단히 하고 왔다가 부끄러움과 죄책감을 느끼며 돌아갔다. 소뵈르는 한동안 아무런 반응도 없이 서 있다가 갑자기 소파를 발로 찼다.

"이런 젠장!"

그러더니 조너선 스위프트가 말했을 법한 문장을 복수 삼아 떠올렸다. "웬만해서는 부모에게 자녀 교육을 맡기지 않는 편이 낫다."

소뵈르는 책상 앞에 앉아 9시 25분까지 행정 업무에 집중했다. 위그노 부인과 상담 약속이 있을 때는 항상 이런 식으로 10분 정도 시간을 끌었다. 부인이 자신의 존재를 알리려는 듯 대기실에서 헛기침을 하자, 라자르에게 들려주려고 찾아본 재미있는 이야기 사이트에서 읽은 농담이 생각났다. 어떤 남자가 심리 상담을 받으러 가서 말한다. "선생님, 아무도 저한테 관심이 없는 것 같습니다." "다음 환자분!"

"위그노 부인?"

126

"오늘 아침도 쌀쌀하네요. 그래도 파란 하늘을 보면 기분이 나아지지요."

부인이 마치 과학적 진리를 서술하듯 말했다.

"그렇지요."

소뵈르가 첫 번째 하품이 몰려오는 것을 느끼며 대답했다.

위그노 부인은 보통 상사와 며느리 이야기를 하는 편이었는데, 이날은 이모할머니 로즈 파탱 이야기를 꺼냈다.

"말하자면, 이모할머니가 저를 키우신 셈이지요. 특이한 노처녀였어요. 다들 무서워했지만, 전 아니었어요. 쿠션 커버에 자수를 놓거나 쥐약을 넣은 고기 완자를 먹여서 동네 고양이들을 독살시키는 취미가 있었지요. 제가 그 취미를 가지게 된 계기이기도 해요."

문장의 연결에 흥미를 느낀 소뵈르가 혼수상태에서 깨어났다.

"취미라…… 자수 말씀이시지요?"

"네. 그런데 이젠 눈이 아파서 힘들어요. 제일 최근에 만든 게 며느리네 식탁 의자에 놓을 쿠션 커버였지요. 십자수로 아주 우아한 장미 꽃다발들을 만들었어요. 며느리가 고맙게 생각하기는 했을까요?"

아직 10분을 더 견뎌야 했다. 소뵈르는 벽시계가 구명대라도 되는 양 눈을 떼지 못했다.

"다음 주에도 같은 시간에 올까요?"

흡족하게 상담을 마친 위그노 부인이 물었다.

"한 달 뒤에 종합 평가 삼아서 마지막으로 한 번 더 뵙는 건 어떻겠습니까? 며느님과도 잘 지내고 계시니……."

"이제 충분히 봤다 이건가요?"

위그노 부인의 말투가 날카롭게 바뀌었다.

"그런 게 아닙니다. 상사와의 어려움도 잘 극복하셨고, 또……"

속내를 들킨 소뵈르가 당황했다.

"그러실 필요 없습니다. 이해했어요."

부인은 지갑에서 45유로를 꺼내며 "그래도 평판이 좋아서 왔더니만", "믿을 사람 하나 없네" 같은 말을 중얼거렸다. 소뵈르는 뭔가 화해의 말, 혹은 사과의 말을 찾고 싶었으나, 아무 말도 떠오르지 않았다. 결국 말없이 위그노 부인을 문 앞까지 배웅했다.

늦은 오후, 이번에는 오가녜르 가족 차례였다. 제일 먼저 마리옹이 왼손에 휴대전화를 딱 붙인 채로, 그다음에는 뤼실이 친구들과 수다를 양껏 떨지 못했다고 툴툴거리면서, 마지막으로 오가녜르 씨가 너무 피곤해서 걸을 수 없다고 선언한 엘로디를 품에 안고 도착했다. 약속 시간이 이미 지난 탓에, 소뵈르는 오가녜르 씨의 여자 친구인 밀렌을 기다렸다가 시작해야 할지 물었다.

"아, 아닙니다, 중간에 올 겁니다."

니콜라 오가녜르가 거리낌 없이 대답했다.

이번에는 큰 아이 둘이 긴 소파에 앉고, 엘로디는 아예 제 아빠의 무릎에 기어올랐다. 소뵈르는 규칙을 상기시킬 필요가 있겠다고 판단했다.

"마리옹, 저번에 말했지. 휴대전화는 안 돼."

"그래요, 알겠어요. 하나만 보고요."

마리옹이 휴대전화를 만지며 말했다.

"누구 얘기지?"

"엥?"

"하나만 보고."

"엥? 아, 진짜, 웃겨 죽어."

슉, 하고 문자 메시지 발신음이 들렸다. 마리옹이 손짓 한 번에 휴대전화를 닫더니 주머니 깊숙이 논란의 물건을 넣었다.

"그래서, 이번 주는 아버님이 아이들을 돌보십니까?"

소뵈르가 오가녜르 씨 쪽으로 몸을 돌리며 상담을 시작했다.

"아니요, 제 와이프가, 아니, 제 전…… 그러니까 애들 엄마가 봅니다. 그런데 뤼실이 자꾸 그 집에 가기 싫다고…… 그러니까, 문제가 있습니다."

단호하게 말하려던 오가녜르 씨의 노력이 무너져 내렸다.

"오래 걸려? 나 심심해애애애애."

엘로디가 아빠의 무릎에서 미끄러져 내려가며 말했다.

"케이지에 쥐가 있더라. 가서 구경해."

마리옹의 조언을 들은 소뵈르가 정정했다.

"햄스터란다. 너하고 좀 닮았어."

"엥?"

"성격이 안 좋아."

마리옹이 입을 벌린 채 두 선택지 사이에서 주저했다. 하나는 고전적이지만 (이미 써먹은) '웃겨 죽어'였고, 또 하나는 12세에서 15세 청소년이라면 누구나 느낄 법한 '아니, 근데 왜 다들 내 탓이래!'였다. 마리옹이 망설이는 사이, 소뵈르가 큰딸 쪽으로 고개를 돌렸다.

"그래, 뤼실, 내가 제대로 이해했다면, 엄마를 만나고 싶지 않다는 거지?"

"이해를 못 하셨네요. 제가 만나고 싶지 않은 건 다른 쪽이에요."

뤼실이 차갑게 대꾸했다.

"다른 쪽?"

"레즈 말이에요."

소뵈르의 얼굴이 뺨이라도 맞은 듯 일그러졌다.

"아야, 한 방 먹었는데."

"뭐가요?"

"'레즈'."

"그게 왜요? 틀린 말이에요?"

"다른 식으로 말할 수 있지. 게다가 샤를로트가 성적 지향 하나로 축약되는 사람은 아니지 않을까?"

소뵈르가 넌지시 말했다.

"아, 설교 참 잘 들었네요!"

뤼실이 소리를 질렀다.

"다른 사람이 게이든 뭐든 신경 안 써요. 하지만 그게 엄마 얘기라면……."

체념한 듯 보이는 뤼실의 눈에 눈물이 글썽거렸다. 곤경에 빠진 언니를 본 마리옹이 나섰다.

"게다가 다른 애들 눈도 있잖아요! '그래서, 너희 엄마랑 여친네 집에 가는 거야? 아, 진짜? 너희 엄마 레즈야?'"

"중학생들이 그런 말을 한다고?"

오가녜르 씨가 기겁을 하며 놀랐다.

"아니…… 그럴 수도 있다고."

그사이 소뵈르는 막내를 주의 깊게 살폈다. 아이는 마침 잠에서 깨 터널과 해먹을 오가는 바운티의 케이지 앞에 쪼그리고 앉아 있었다.

"안 돼!"

소뵈르가 불쑥 소리를 지르는 바람에 모두가 펄쩍 뛰었다.

"창살 사이로 손가락을 집어넣으면 안 돼! 당근인 줄 알거든."

겁에 질린 아이가 뒤로 물러서서 못된 햄스터에게 물릴 뻔한 손을 가슴에 가져다 댔다. 소뵈르는 자리에서 일어나 케이지를 높이 올려 둔 뒤 엘로디에게 그림을 그려 보라고 제안했다. 아이들이 심리 치료 시간에 어른들 사이에서 오가는 말에 귀를 기울이면서 그림을 그리는 일은 흔했다.

"뭘 그릴까요?"

엘로디가 소뵈르에게 물었다. 아무래도 스스로 뭔가를 할 생각이 없는 모양이었다.

"가족을 그릴까?"

소뵈르가 제안했다.

"아, 그건 좀 아니죠."

쩔쩔매던 오가녜르 씨가 마리옹의 지적에 피식 웃었다.

"밀렌이 약속 시간을 잊은 건 아니겠지요?"

소뵈르가 다시 앉으며 물었다.

"네, 그럼요…… 어쨌든 밀렌하고는 딱히 관계가 없는 일이기도 하고요."

"왜죠?"

"본인 문제가 아니잖습니까. 제 아내, 아니, 제 전처, 아니, 애들 엄마…… 그 사람이 떠났다는 사실이요!"

자신도 모르게 흘러나온 고통의 비명이었다. 오가녜르 씨도 그 사실을 알아차렸다.

"어쨌든……"

"어쨌든? 짐을 내려놓으셔도 됩니다, 니콜라. 그러려고 여기 오신 거지요."

소뵈르가 격려했다.

"어쨌든, 우린 결국 헤어졌을 겁니다. 여자 친구를 만든 것도…… 척하려고 했던 겁니다."

"척하려고요?"

"다 잘돼 가는 척하려고요. 제 아내는, 아니, 제 전……."

"이해했습니다."

"갑자기 그렇게 떠나 버렸지요. 새출발을 했어요. 심지어 다른 남자와 새출발을 한 것도 아닙니다. 저는 그게…… 용납이 안 돼요."

오가녜르 씨가 목멘 소리로 말하자, 큰 아이 둘이 당황해서 서로를 쳐다보았다. 오가녜르 씨는 목을 가다듬더니 말을 이었다.

"저는 그대로도 좋았거든요. 이기적이었는지도 모르지요. 하지만 전 우리가 함께 행복하다고 생각했습니다. 일도 부족하지 않았고, 제 처…… 알렉상드라도 창업에 성공했고, 아이들도 학교생활을 잘하고 있었고……."

"아빠, 그렇다고 우리 집이 천국은 아니었어."

뤼실이 제 아빠를 달랬다.

"그렇지만 어느 집에나 좋은 때도 있고 나쁜 때도 있는 것 아닙니까? 다툼도 있고요. 그렇지 않습니까?"

소뵈르도 동의했다.

"전 짐작도 못 했습니다. 제가 뭘 잘못했죠? 퇴근을 늦게 한 거? 그러는 알렉상드라는 놀러 나가는 걸 좋아하지만, 전 별로거든요."

오가녜르 씨는 파국의 이유를 찾다가 결국 포기했다.

"내 인생에 다시없을 여자예요. 다른 여자는 사랑해 본 일이 없어요. 단 한 번도."

오가녜르 씨는 당혹을 숨기려 얼굴을 두 손에 파묻었다.

"다 그렸어요!"

엘로디가 발랄하게 선언했다.

"이리 와서 보여 줄래?"

소뵈르가 아이를 격려했다.

종이 위에 사람이 여섯 명 그려져 있었다.

"설명해 줄래?"

"네. 이건 아빠하고 나예요."

엘로디가 서로 손을 잡고 있는 큰 사람과 작은 사람을 가리키며 말했다.

"밀렌은 스케이트를 타러 갔어요."

"그렇구나."

"이건 엄마랑 엄마 여자 친구예요."

큰 사람과 작은 사람이 조금 전에 본 두 사람처럼 서로 손을 잡고 있었다.

"그렇구나."

"그리고 이건 뤼실이에요."

노란 머리를 길게 늘어뜨린 사람이었다.

"그럼 난? 난 없어?"

마리옹이 진심으로 화를 냈다.

"아!"

아이는 종이를 들고 탁자로 달려가더니 직사각형을 그리고 그 안에 버튼 여러 개를 또 그려 넣고는 의기양양하게 돌아왔다.

"이게 나야?"

마리옹이 의아해했다.

"언니 휴대전화야. 언니는 그 뒤에 있어."

오가녜르 가족이 웃음을 터뜨렸다.

"멋진 그림이구나. 그리고 멋진 가족이네요. 니콜라가 말했듯이, 좋은 때도 나쁜 때도 있는 가족 말입니다."

오가녜르 가족이 떠나고 나서 소뵈르는 햄스터 케이지를 주방에 가져다 두려고 했다. 그런데 그때 전화벨이 울렸다.

"소뵈르? 브리지트예요. 환자에 대해 말할 게 있어서요."

"푸파르 부인이요?"

"치료를 받는 것처럼 해 놓고는 약을 전부 모아 뒀다가 어제 저녁에 단번에 삼켜 버렸어요."

자살 시도. 소뵈르가 충격을 이기지 못하고 주저앉았다.

"상태는 어때요?"

"심각하지는 않아요. 위세척을 진행했고, 면밀히 관찰할 거예요. 소식은 마도한테 물어봐요. 난 이제 떠나니까."

"병원을 떠난다고요?"

소뵈르가 놀라서 물었다.

대답 대신 웃음소리가 돌아왔다. 병원을 떠나는 것이 아니라, 리비에르 필로트로 휴가를 갈 예정이었다.

"마르티니크가 그립진 않아요? 바다도, 태양도……."

소뵈르는 가뱅에게 어머니의 자살 시도를 어떻게 알려야 할지 고민하느라 브리지트의 말이 귀에 들어오지 않았다. 그런데 문득 뭔가 흥미로운 이야기를 들은 것 같았다.

"어, 방금 콜송에 대한 얘기는 뭐였어요?"

"미안해요. 사람들이 와서……. 나중에 다시 얘기해요!"

브리지트가 전화를 끊었다.

소뵈르는 전화기를 천천히 내려놓으면서, 최대한 멀리 보려는 사람처럼 실눈을 뜬 채 브리지트의 말을 떠올려 보았다. 2012년 위생 문제로 문을 닫은 마르티니크의 콜송 정신병원에 대해 말을 하다가 "콜송에서 온 사람을 봤어요" 비슷한 말을 덧붙였던 것 같은데……. 콜송에 입원해 있던 사람들은 대개 캥부아의 저주에 걸렸다고 믿거나 저주를 걸었다고 주장하곤 했지……. 그중 한 명이 플뢰리 병원까지 오게 된 모양이다.

*

* *

그날 저녁, 가뱅, 라자르, 소뵈르가 저녁 식탁에 모여 앉았다. 소뵈르는 푸파르 부인 이야기를 어떻게 꺼내야 할지 계속 고민했지만, 온통 바운티 이야기만 오갔다.

"아빠, 바운티네 엄마가 하얀색이고 아빠가 까만색일까? 아니면 그 반대일까?"

라자르가 궁금해했다.

"너는 어땠으면 좋겠는데?"

훌륭한 임상심리전문가인 소뵈르가 반문했다.

"하얀색 엄마랑 까만색 아빠."

곧바로 대답이 돌아왔다.

"너처럼."

어쩌다 보니 심리학을 가까이하게 된 가뱅이 지적했다.

바운티는 자신이 대화의 중심에 있다는 사실을 느꼈는지 우스꽝스러운 짓을 시작했다. 케이지의 창살을 타고 올라가서 날렵하게 옆으로 움직이더니, 출발 지점으로 다시 내려가지 못하고 쿵 하고 떨어졌다. 그러더니 충격으로 정신을 차리지 못하고 몇 초간 꼼짝도 않고 있다가 다시 창살을 타고 올랐다. 직전의 경험으로부터 아무것도 배우지 못한 모양이었다.

"진짜로 멍청해서 저러는 걸까요, 아니면 주의를 끌려고 저러는 걸까요?"

가뱅이 물었다.

"환자들을 볼 때면 나도 종종 같은 생각을 한단다."

소뵈르가 대답했다.

쿵! 햄스터가 다시 떨어졌다.

"아빠, 이제 그만하라고 해야 하지 않을까?"

라자르가 놀라 물었다.

"어차피 인생은 끊임없는 반복이야."

"다칠 것 같아!"

"대부분의 사람들은 새로운 것을 시도하느니 차라리 같은 일을 반복하면서 다치는 편을 선호하지."

소뵈르가 철학적으로 대답했다.

"젠장, 저 햄스터 새끼를 박제로 만들어 버리고 싶어요."

가뱅이 양손으로 머리를 싸쥐며 신음했다.

소뵈르는 반쯤은 흥미롭고 반쯤은 경계하는 눈으로 가뱅을 보았다. 이 아이를 어떻게 생각해야 할지 여전히 파악이 되지 않았다. 가뱅은 고아라고 해도 믿을 정도로 제 어머니에 대해 아무것도 묻지 않았다.

라자르가 아빠의 방으로 가려면 가뱅이 차지한 위층 서재를 지나야 했다.

"안 잤어?"

알림장을 들고 방을 가로지르는 아이를 본 가뱅이 물었다.

"서명을 받아야 해. 아빠가 별로 안 좋아할 거야."

"줘 봐."

가뱅이 뒤마예 선생님이 빨간 글씨로 남긴 메모를 읽더니 감탄하는 척
했다.

"'용납할 수 없는 행동'이라고? 요, 맨, 너 갱스터구나? 내가 서명 흉
내 내 줄까?"

"글을 읽을 줄은 알아? 아빠를 만나고 싶다고 돼 있어. 형은 별로 까
맣지도 않잖아."

라자르가 알림장을 건네받으며 대꾸했다.

"틀린 말은 아니네."

가뱅이 인정했다.

소뵈르는 메모를 읽고 화가 났다기보다 놀랐다.

"무슨 일이 있었어?"

"처음 받은 거잖아. 폴은 벌써 일곱 번이나 받았다고."

라자르가 방어적으로 반응했다.

"그 얘기가 아니잖아."

"내 잘못 아니야. 아빠가 나한테 누가 싫으면 말하라고 했잖아. 그래서
오세안이 싫다고 말했어."

라자르의 자기변호가 계속되었다.

소뵈르는 아들이 자신의 말을 잘못 해석했음을 이해시키느라 애를 먹
었다. 라자르는 계속해서 '불공평해'라는 말을 반복하다가 급기야 오세안

이 인종차별주의자라며 비난했다.

"하지만 라자르, 어쩌면 오세안이 그냥 손을 잡기 싫었거나, 아니면 다른 남자아이를 좋아하는데 그 애랑 같은 줄에 서지 못해서 실망했거나……."

"그걸 내가 어떻게 알아!"

라자르가 울먹였다.

"그걸 알려면 질문을 했어야지."

"어떤 질문?"

"'왜 나랑 손을 잡고 싶지가 않니?'"

라자르가 어리둥절해서 아빠를 바라보았다.

"어, 그러게, 쉽네……."

"아니, 이런 질문을 하는 건 결코 쉽지 않아. 왜 그런지 말해 줄까? 왜냐하면 대답이 두렵기 때문이야. 어쩌면 오세안이 너한테 '손이 끈적끈적해서 잡기 싫어' 하고 대답할 수도 있지만, '네가 못생겼기 때문이야' 하고 대답할 수도 있지. 사람들에게 너를 어떻게 생각하는지 묻는 데에는 위험이 따라. 그래서 머릿속으로 질문과 답을 그려 보고는, 수줍은 여자아이 하나를 못된 인종차별주의자로 만들어 버리지."

소뵈르의 말에 라자르가 눈을 반짝였다.

"그렇지만 어쩌면…… 어쨌든 인종차별주의자일 수도 있잖아? 그게……."

"이런, 이런."

소뵈르는 아들이 자신의 말을 순순히 받아들이지 않아 놀랐다.

그런 다음 알림장에 서명을 하고, 뒤마예 선생님을 2월 6일 16시 30분에 찾아가겠다고 썼다.

*
* *

　금요일, 가뱅은 눈을 뜰 때부터 학교에 가지 않을 것을 직감했다. 마음 같아서는 종일 노트북을 끼고 소파에서 뒹굴고 싶었지만 그럴 수는 없는 노릇이었다. 10시, 가뱅이 집을 나서서 골목길을 빠져나가는데 운동복 차림의 남자가 뮈를랭가를 통해 멀어지는 것이 보였다. 그렇다면 이 부자 동네에서 여전히 떠돌고 있다는 말이었다. 조거 팬츠와 짙은 남색 상의 차림에 후드를 눌러쓴 남자는 동네와 어울리지 않았다. 가뱅의 뇌에서 행동을 결정하는 중추가 아직 공식적으로 활동을 개시하지 않았으므로 남자를 뒤쫓기로 결심한 것은 아니었지만, 어쨌든 뒤를 밟기 시작했다. 남자는 사거리를 지나 곧바로 맥도날드 매장으로 들어갔다. 가뱅은 배가 꼬르륵대는 것을 느끼고 (물론 깊이 생각하지 않고) 따라 들어갔다. 치즈버거와 콜라가 시급했다. 남자의 옆줄에 서서 커피를 주문하는 소리를 들었지만, 남자가 곧 매장 안쪽 구석 자리로 가 버려서 등밖에 볼 수 없었다. 가뱅은 주문한 음식이 나오자 쟁반을 들고 매장을 가로지르면서 마침내 남자를 정면에서 보았다. 후드를 벗은 남자가 눈을 가리고 있던 선글라스를 테이블에 내려놓고 앉아 있었다. 둔감한 가뱅조차 소스라치게 놀라 콜라 잔을 엎지를 뻔했다. 남자는 마치 유령 같았다. 머리카락, 눈썹, 속눈썹은 모두 눈처럼 하얗고, 눈동자는 투명해 보일 정도로 옅은 푸른색이었다. 온통 하얗기 짝이 없이 창백해, 몸에 색소라고는 하나도 없는 것 같았다. 가뱅은 우두커니 앉아 있는 남자의 시야에서 벗어나 가장 멀리 떨어진 테이블에 앉았다. 이 이상한 남자가 맥도날드에 커피를 마시러 오기 전에 이미 뮈를랭가 12번지 문 아래로 또 다른 종이를 밀어 넣었다는 사실은 알지 못했다.

10시 20분, 소뵈르는 불랑제 부부의 상담을 마무리하고 있었다. 며느리 때문에 손자들을 보기 힘들어졌던 육식주의자 노부부는 다음 수요일 며느리가 각각 여덟 살과 여섯 살 난 에드가르와 캉탱을 맡기겠다고 해서 만족스러운 상태였다.

"그것 보세요. 발전이 있군요."

소뵈르가 기뻐했다.

"하지만 어찌나 복잡한지 모르겠어요. 우유도 마시면 안 되고, 글루텐 알레르기가 있고…… 소시지라는 말만 꺼내도 애들이 당장 죽을까 봐 걱정이라니까요!"

불랑제 부인이 한숨을 쉬었다. 다행스럽게도, 노부부에게는 유머 감각이 있었다.

"지난번에 선생님이 충고하신 대로 했습니다."

불랑제 씨가 생티브 박사의 말을 인용했다.

"문은 활짝 열고 입은 꼭 닫아라."

소뵈르는 종합 평가를 겸해 다음 달로 마지막 상담 약속을 잡았다. 그런 다음 부부와 힘차게 악수를 하고 문 앞까지 배웅했다. 전쟁 같은 직업이기는 해도 가끔씩 이렇게 소강상태에 접어들 때가 있었다. 소뵈르는 이런 순간을 만끽하는 것이 즐거웠다.

"오, 조심하세요! 그러다 우편물을 밟으시겠어요."

불랑제 부인이 경고했다.

소뵈르는 문을 닫고, 환자 중 누군가가 떨어뜨렸으리라 생각하며 네 번 접힌 하얀 종이를 주웠다.

네가 죽었어

종이 위에 다섯 글자가 적혀 있었다. 코앞에서 발사된 총알이었다. 그가 아니면 누구를 겨냥한 총알이겠는가? 소뵈르는 관 모형이 자신을 겨냥한 것이라는 사실을 인정하려 하지 않았다. 하지만 이제는 의심의 여지가 없었다. 누군가 그에게 캉부아 저주를 걸고 있었다. 누군가 그를 위협하고 있었다. 콜송에서 온 사람일까? 누가 됐든 그의 이력과 아내의 죽음에 관한 소문을 아는 사람이 분명했다.

그날 저녁, 라자르는 집에 자기 자신, 아빠, 가뱅, 그리고 바운티, 이렇게 남자만 넷이라고 지적했다. 식탁에는 바운티의 케이지가 당당히 자리 잡고 있었다.

"바운티가 그러는데 여자가 부족하대."

가뱅이 햄스터의 말을 통역했다.

바운티는 흘러넘치는 테스토스테론을 분출하기 위해 미친 듯이 쳇바퀴를 돌렸다. 그러다 버넘 서커스단의 인간 대포처럼 급작스럽게 굴러떨어졌다.

"자살 성향이 있는 햄스터의 아종에 속하는 게 분명해."

가뱅의 말을 듣고 소뵈르는 "자살 성향 말인데, 어머니가……" 하고 이어서 말을 할 뻔했다.

"내일 오후에 시간을 좀 낼 수 있을 것 같구나, 가뱅. 어머니를 만날 수 있게 플뢰리 병원에 데려가 줄 수 있는데……."

대신 이렇게 말했다.

"대박."

내일이 굉장히 멀게 느껴졌다.

*

*   *

"소뵈르 선생님······"

"그냥 소뵈르라고 해도 된다, 가뱅."

"바운티 말인데요, 죽었어요."

"그럴 리가, 자고 있겠지."

소뵈르는 가뱅을 따라 밤새 케이지가 놓여 있던 주방으로 갔다. 주둥이를 리터박스에 넣은 채 제 집 앞에 누워 있는 햄스터를 본 소뵈르가 케이지 문을 열고 팔을 집어넣어 만져 보았다.

"자는 게 아니군."

소뵈르도 인정했다.

가뱅은 불면의 밤으로 피곤한 얼굴일 뿐, 딱히 감정을 내보이지 않았다. 라자르는 아직 잠에 빠져 있었다. 소뵈르는 어떻게 해야 할지 망설였다. 이웃집 쓰레기통에 햄스터를 버려야 하나? 하지만 아들이 이 작은 동물에 애착을 느끼고 있으니 마술처럼 사라지게 할 수도 없었다.

소식을 들은 라자르는 사실을 부정하더니, 외면할 수 없는 증거 앞에서 '불공평해'라고 외치고는 슬픔에 빠져 아빠의 품에 안겨 울었다.

"그런데 왜?"

아이가 우물우물 물었다.

"아마 떨어지다가 잘못된 모양이야. 정원에 묻어 주자. 야자나무 아래라면 사막이 생각날 테니까 괜찮을 거야."

작은 무덤 앞에서 가뱅이 추도사를 했다.

"네가 그리울 거야, 바운티. 물론 넌 미친 햄스터였지. 하지만 너에게

142

도 장점은 있어. 어떤 장점인지 우리가 미처 발견할 틈은 없었지만."

생각에 잠겨 말이 없던 라자르가 '죽는 게 어떤 것인지' 물었다. 아이는 아빠가 제대로 된 답을 줄 것이라고 확신했다.

"그 문제라면, 어린이들이나 어른들이나 아는 게 비슷해."

"그럼 아빠도 아무것도 몰라?"

라자르가 깜짝 놀랐다.

"콧구멍에서 지렁이가 막 나오는 거지."

가뱅이 끼어들어 '그게 다'라는 듯이 말했다.

소뵈르는 정원이 추우니 다 함께 핫초코를 마시며 이야기를 나누자고 했다. 바운티는 이제 더 이상 덥지도 춥지도, 배고프지도 고통스럽지도 않을 것이라는 얘기로 대화를 이어 갈 기회였다.

"속은 편하겠네요."

가뱅이 이렇게 이야기를 마무리하려 했다.

"그럼 하느님 곁에 있어?"

이 주제에 대해 언젠가 무슨 이야기를 들은 기억이 난 라자르가 다시 물었다.

소뵈르는 영혼의 불멸, 이를 믿는 사람들과 믿지 않는 사람들에 대해 이야기한 다음, 아들의 불안을 감지하고 달래려 했다.

"태어나기 전에 어땠는지 기억나?"

라자르가 고개를 절레절레 흔들었다.

"삶에는 전이 있고 후가 있는데, 우리는 그걸 기억하지도 못하고 그게 어떤지도 모르지."

그때, 가뱅이 바바파파 머그잔을 슬쩍 가져가는 것을 본 라자르가 날카롭게 외쳤다.

"내 컵 내놔!"

형이상학적 대화는 이렇게 종결되었다. 가뱅이 다음에는 어떤 색 햄스터를 데려올 것인지 물었다.

일요일에도 문을 여는 천국, 가든랜드에 도착한 소뵈르, 라자르, 가뱅은 금빛 햄스터를 보게 되었다. 판매원은 자살 성향도 없고 곡예도 하지 않는 햄스터라며 세 사람을 안심시켰다. 라자르는 귀스타브, 가뱅은 무스타파라는 이름을 붙여 주었다. 그런데 이 햄스터는 집에 도착하자마자 강박장애를 보였다. 리터박스 밑에 식량을 숨기고, 볼에는 끊임없이 먹이를 물고 있어, 방금 치과에서 이를 두 개 빼고 나온 것처럼 보였다. 케이지를 들여다보며 웃음을 터뜨리고 농담을 주고받는 두 아이를 보니 소뵈르는 바운티의 죽음을 벌써 잊었나 싶어 심란해졌다.

늦은 오후, 소뵈르는 가뱅에게 플뢰리 병원에 가 보자고 했다. 푸파르 부인은 자살 시도 이후 마치 벌을 받듯이 열쇠로 잠긴 병실에 갇혀 있었다. 부인은 크게 동요한 상태로 정신과로 이송되자마자 직원들에게 좋지 않은 인상을 남겼다. 층을 담당하는 감시인이 부인의 소지품을 휴대품 보관소에 넣기 전에 목록을 작성하려는데 핸드백으로 일격을 가한 것이다. 건장한 간호사 두 명이 즉시 부인을 제압한 뒤 강제로 환자복을 입히고 격리 병실로 끌고 갔다. 부인은 일련의 폭력적인 상황을 겪으며 알카에다의 함정에 빠진 게 확실하다고 더욱 굳게 믿게 되었다. 신경안정제가 듣기 시작하면서 정신이 돌아오자 아들과 통화하고 싶다며 휴대전화를 요청했지만 간호사는 규칙에 따라 요청을 거부했다. 부인은 다시 분노를 터뜨렸고, 폭력적인 상황이 재현되었다. 이해를 할 수 없는 상태인 부인의 편집증에 기름을 부은 셈이었다. 부인은 알카에다가 온갖 알약으로 자신을 독살하려 한다고 생각했다. 약을 삼키는 척만 하고 입천장이나

144

혀 아래에 붙여 두었다가 간호조무사가 돌아서면 뱉어 냈다. 알약 한 움큼을 삼킨 것은 정신착란 때문이 아니라 오히려 상태가 좋을 때 자신에게 닥친 커다란 불행을 인식했기 때문이다. 그 결과, 담당의가 강제 입원을 결정했다. 가뱅은 임상심리전문가를 동반한 덕에 면회를 허락받았다.

"엄마?"

안락의자에 앉아 입을 벌리고 침을 흘리는, 산발한 늙은 여자를 본 가뱅이 겨우 말했다.

수간호사는 소뵈르에게 푸파르 부인이 빠르게 회복 중이라고 말했지만, 가뱅이 보기에 이런 모습은 처음이었다. 소뵈르가 옛 환자에게 다가가 화장지로 입을 닦아 주고 욕실에서 빗을 가져와서 머리를 손질해 주었다. 그동안 가뱅은 창 너머로 병원 정원을 바라보았다.

"푸파르 부인, 제가 누군지 알아보시겠습니까?"

"네, 선생님."

부인이 쉰 목소리로 대답했다.

"제가 누구지요?"

"저기…… 소뵈르……."

"맞습니다. 아드님과 함께 왔어요. 창가에 있습니다. 이야기를 하고 싶으신가요?"

"모르겠어요……. 그게 누군데요?"

"아드님이요. 가뱅 말입니다."

"그래요?"

신경안정제로 멍해진 부인은 세상 저편에서 다시 발을 딛기 위해 싸우는 중이었다. 이 낯선 이름에 적응하려는 듯 '가뱅'이라고 몇 번이나 중얼거렸다. 가뱅은 유리창에 이마를 기댄 채 눈물을 흘렸다. 문득 누군가 소뵈르를 움켜잡았다.

"안 돼요."

부인이 소뵈르의 눈을 똑바로 보며 말했다.

"뭐가 안 된다는 말씀이지요?"

소뵈르는 순간 예멘의 이맘 이야기가 다시 나오지 않을까 의심했다.

"가뱅 말이에요."

부인이 말을 이었다.

"가뱅을 위탁 가정으로 보낼 거예요. 싫어요. 나갈래요. 나가야겠어요."

"진정하십시오, 푸파르 부인. 아드님은 여기 있습니다. 이야기를 나누시겠습니까?"

"모르겠어요……. 다음에요."

자신의 초췌한 모습을 깨달은 부인이 한마디를 덧붙였다.

"화장을 안 해서요."

소뵈르는 부인이 어느 정도 몸단장을 할 수 있게 되면 다시 오겠다고 약속했다. 가뱅이 창가를 떠나, 안락의자 쪽을 바라보지 않은 채 문을 향해 걸어갔다.

"또 올게, 엄마."

가뱅이 등을 돌린 채 말했다.

"그래…… 가뱅."

가뱅의 등 뒤에서 목소리가 들려왔다.

*

* *

리온가에서는 마침내 발랑틴과 타니의 조언을 받아들인 루이즈가 아이들 없는 주말을 만끽하고 있었다.

"오늘 왜 나가겠다고 했지?"

루이즈는 속눈썹에 마스카라를 칠하며 자문했다.

그롤로 저택을 견학하던 날, 오세안의 아버지인 보나시외 씨가 루이즈의 휴대전화 번호를 갈취하다시피 알아내 갔다.

"뭐, 수작을 걸지만 않는다면야."

루이즈가 화장 덕에 한층 돋보이는 미모를 거울로 확인하며 중얼거렸다.

보나시외 씨는 감자튀김을 곁들인 비프스테이크와 오리 콩피를 즐기는 대식가였지만 섬세한 금발 미인에게는 어울리지 않는 메뉴라고 판단해 쐐기풀 퓌레를 곁들인 쌀 푸딩이 나오는 식당으로 약속 장소를 정했다. 이미 식당에 자리를 잡고 앉아 있다가 루이즈가 들어오는 것을 보고 일어섰다. 보나시외 씨는 짧은 검정색 원피스에 목걸이와 귀고리까지 더해 한껏 차려입은 루이즈의 외투를 받아 주고 의자를 당겨 주고 칭찬을 쏟아 냈다. 과하게 느껴질 정도여서 루이즈는 오히려 움츠러들었다. 하지만 보나시외 씨(이름은 파트릭이었다)는 매복 사냥을 즐기는 사람이었다. 인내와 관찰은 필수였다. 그는 상대가 불편해하는 것을 감지하자마자 종업원에게 메뉴판을 요청하고 와인 선택에 집중하는 척했다. 그런 다음 비장의 무기를 꺼냈다. 아이들의 안부를 물은 것이다. 루이즈는 금세 경계를 풀고 웃음을 터뜨리며 천진난만한 폴과 히스테리를 부리는 알리스의 이야기로 파트릭을 웃겼다. 주요리가 나오자 파트릭은 좋은 아버지로서 자신의 일화를 들려주려 했다.

"저도 이번 주에 오세안 때문에 일이 좀 있었습니다. 기분이 상해서 학교에서 돌아왔더라고요. 어떤 남자아이가 수업 시간에 자기를 싫어한다면서, 그래서 같은 조를 하기 싫다고 했다더군요."

"어머나, 끔찍하네요."

루이즈가 공감 능력을 발휘했다.

"흑백을 가려야겠다 싶었지요. 게다가 이 표현이 참 적절하네요. 문제의 남자아이가 흑인이거든요."

보나시외 씨가 재미있다는 듯 말했다.

루이즈는 보르도 와인이 담긴 잔을 천천히 들어 올려 한 모금을 힘들게 삼켰다.

"이름이 웃기지도 않던데, 뭐라더라, 발타자르?"

"라자르."

루이즈가 마지못해 정정했다.

"아, 맞아요, 기차역 이름하고 똑같지요. 유감스럽게도 도심에서조차 교사들이 가정교육을 못 받은 이런 꼬마들 때문에 고군분투하고 있어요. '한 아이를 키우려면 온 마을이 필요하다'는 아프리카 속담이 있지만, 여기 프랑스에서는 '그들'이 우리에게 자기 아이들을 떠넘긴다는 뜻이 돼 버렸습니다."

왜 라자르가 내 아들과 제일 친한 친구이고 가정교육을 잘 받은 아이라는 말을 하지 않았을까? 집에 돌아와 다시 거울 앞에 앉은 루이즈가 자문했다. 다투기는 싫으니까. 하지만 난 인종차별주의자가 아니야.

확신을 위해 소뵈르를 떠올렸다. 제과점 벽에 기대고 있던, 처음 본 모습 그대로. 영화관 스크린을 마주한 듯이 그가 다가오는 모습이 보였다. 단추를 채우지 않고 걸쳐 입은 재킷, 주머니에 넣은 손, 큰 키, 빛나는 눈동자, 짧고 둥글게 다듬은 콧수염과 턱수염에 둘러싸인 두툼한 입술, 살짝 장난스러운 미소, 따뜻한 목소리. 루이즈는 자기도 모르게 한숨을 내쉬며 그가 자신에게 키스할 수 있도록 머리를 뒤로 젖혔다. 영화에서처럼.

2015년 2월 2일~8일 주간

소뵈르가 다이어리를 펼쳤다.

일정표에 따르면 늦은 오후에 뒤티외 부인이 오기로 되어 있었지만 소뵈르는 부인이 오지 않을 거라고 확신했다. 그런데 18시가 되자 아마도 직접 만들었을 커다란 삼각형 귀걸이를 달고, 목과 어깨가 넓게 파인 원피스를 입은 부인이 대기실에 앉아 있었다. 심리 상담보다는 데이트에 어울릴 법한 차림이었다. 상담 후에 저녁 약속이 있는 모양이지? 부인이 지나간 자리에 남은 향수 냄새로 인해 마르고가 제 어머니에 대해 한 말이 떠올랐다. 우울하고, 다른 사람까지 우울하게 만들고, 불안하고, 짜증나는 사람. 소뵈르는 의자에 앉으며 마르고와 하나가 된 듯 공격적인 말투로 "그래서요?" 하고 말했다.

"선생님 자리를 양보하시는 건가요?"

뒤티외 부인이 지적했다.

"따님은 부인께서 여기 오신 걸 압니까?"

"그 애 입장을 대변하시는 거예요?"

대화가 시작부터 꼬이자 소뵈르는 자리에서 일어나 팔걸이의자로 갔다.

"죄송합니다. 부인께서 제 환자가 되는 것을 꺼리는 마음이 저도 모르게 드러난 것 같네요."

"이유를 알 수 있을까요?"

"마르고가 치료를 중단해서 실망했습니다."

"저보다 그 애한테 치료가 더 필요한가요?"

"이 상황에 적응할 시간을 주시겠습니까?"

"임상심리전문가치고 까다로운 분이로군요. 마르고가 이미 제 이야기를 했겠죠?"

"……."

"역시 그렇군요. 맞아요. 비밀을 지키셔야지요."

부인이 웃었다.

"만일 제 전남편과 상담을 하시게 된다면, 물론 그런 일이 일어날 확률은 거의 없지만요. 왜냐하면 그 사람은 임상심리전문가가 미친 사람들을 상대한다고 생각하거든요. 그런데 자기는 미치지 않았다는 거예요. 다른 사람들은 미쳤을지 몰라도 자기는 아니라고……."

"그래서, 제가 카레 씨를 상담하게 된다면요?"

소뵈르가 말을 끊었다.

"제가 어떤 사람인지 말할 거예요. 스스로를 증오하다 못해 아무도 사랑할 수 없는 여자. 우울증 환자면서 우울증이라는 사실을 거부하는 여자. 그래서 어느 날 저한테 이렇게 말한 거겠지요. '도심으로 떠나야겠어. 당신은 위험하니, 내가 피신해야지.' 저보다 열 살이나 어리고 훨씬 유순한 여자애와 살림을 차린다는 말은 잊어버리고 안 했더라고요. 전 더 이상 조종당하지 않았거든요. 제가 그 사람 실체를 폭로했어요."

"실체를 폭로하셨다고요?"

"자기애성 변태예요."

소뵈르가 아무런 반응을 보이지 않자, 부인이 비아냥거리듯 물었다.

"들어는 보셨나요?"

"자기애성 변태 말씀이십니까? 다들 그렇듯이 티브이에서 들어 봤지요."

부인이 소뵈르의 눈을 깊이 들여다보며 물었다.

"믿지 않으세요?"

"자기애성 변태가 유행이긴 합니다. 과잉행동장애 아동이나 신경성 우울증도 그렇지요."

"과잉행동장애라는 건 제 둘째 딸 얘기겠네요. 신경성 우울증은 제 경우를 말씀하시는 건가요?"

"천직을 놓치셨군요. 심리학자가 되셨어야 하는데 말입니다."

소뵈르가 천천히 심호흡을 했다. 도대체 왜 환자와 대립하고 있지? 부인이 불쾌하게 굴었던가? 아니면 부인에게 끌리고 있나?

"뒤티외 부인, 오늘 상담 약속을 잡으신 이유를 말씀해 주시겠습니까?"

침묵 속에서 시간이 흘렀지만 소뵈르는 개입하지 않고 기다렸다.

"두려워요."

마침내 부인이 말했다.

"두려우시다고요?"

뒤티외 부인은 전남편을 두려워했다. 아니, 전남편이 여전히 해를 끼칠 수 있다는 것을 두려워했다. 블랑딘은 예외였다. 블랑딘은 되바라지고, 파악하기 어려웠다. 전남편은 늘 아이를 비난하고 조롱을 퍼부었지만 아이가 너무 빠르게 움직였기 때문에 명중을 시키지 못하고 늘 빗나갔다. 하지만 마르고는 포로 상태였다. 아빠의 사랑을 갈구했기 때문이다. 그 사람이 아이를 망가뜨리고 말 것이다. 소뵈르는 조용히 부인의 말을 들었다. 좋지 않게 헤어진 부모 사이에서 아이들이 문제가 되는 경우는 낯설지 않았다.

"마르고가 부인의 눈으로 아버지를 보기를 원하십니까?"

뒤티외 부인이 어깨를 으쓱해 보였다.

"제 아빠를 더 이상 믿지 않았으면 해요. 제가 우울증이고 거세 콤플렉스를 일으킨다는 둥, 그런 끔찍한 얘기요. 블랑딘은 제 아빠가 저에 대해 한 말을 그대로 옮기지만, 제 아빠를 믿지는 않아요. 반항아거든요. 제 아빠가 엄청난 거짓말쟁이라고 하지요."

심지어 제 아버지한테 엄청난 변태 취급도 했지, 하고 소뵈르가 떠올렸다. 두 딸은 각각 진영을 선택했다. 블랑딘은 엄마 편, 마르고는……

"자해를 왜 한다고 생각하세요?"

뒤티외 부인이 불쑥 물었다.

"그 점을 마르고와 함께 밝혀내고 싶습니다."

뒤티외 부인이 실소했다. 이 편협한 임상심리전문가에게서 무엇인가를 끌어내기는 불가능해 보였다.

"실망이네요. 이해하실 줄 알았어요."

"무엇을 이해할 줄 알았다는 말씀이신지요?"

"그 남자가 유해하다는 사실을요!"

"부인 아이들의 아버지 말씀입니까?"

분노에 찬 눈길로 쏘아보는 부인은 잠깐이지만 큰딸과 닮아 보였다.

"절 편집광 취급하시네요. 그렇지요?"

"뒤티외 부인, 이제 라벨을 붙이는 건 그만하지요. 아이들은 아버지와 어머니 사이에서 이러지도 저러지도 못하고 있습니다. 둘 다 나름대로 고통받고 있어요."

"저도 알아요!"

부인이 과장스럽게 두 팔을 쳐들며 소리쳤다. 그러자 이번에는 작은딸처럼 보였다.

소뵈르가 미소를 지었다.

"왜 그러세요? 뭐가 웃긴가요?"

"따님들이 부인을 닮았군요. 두 아이는 우울증 환자도 아니고, 거세 콤플렉스를 유발하지도 않고, 편집광도 아닙니다. 그저 개성이 강할 뿐이지요."

소뵈르가 맞는 말인지 따져 보지 않고 말했다. 그저 힘이 되는 말을 하고 싶었다. 개성이 강하다는 이야기를 칭찬으로 받아들였는지 아니면 자신을 닮은 두 딸들 생각에 마음이 누그러졌는지 모를 일이지만 뒤티외부인이 소뵈르에게 미소를 지어 보였다. 부인은 진료실을 나서며 마르고와 이야기해 다시 치료를 받도록 하겠다고 약속했다. 소뵈르는 즐거운 저녁을 보내라는 말로 대답을 대신했다.

"무슨 뜻으로 하신 말씀인가요?"

"예?"

"방금 '즐거운 저녁 보내세요'라는 말씀을 꼭 '신나게 즐기세요'처럼 하셨잖아요. 집에 돌아가서 아이들을 돌볼 거예요. 다른 약속은 없어요."

"가족과 함께 즐거운 저녁 보내십시오."

그렇다면 나한테 보이려고 섹시한 원피스를 입었구나, 하고 생각하며 소뵈르는 다시 인사를 건넸다.

진료실로 돌아와 보니 외풍 때문에 가리개 커튼이 들려 있었다. 소뵈르가 투덜대면서 제대로 닫히지 않은 문을 힘차게 밀자, 반대편 벽에 기대어 있던 라자르가 움찔했다. 그때 현관문을 두드리는 소리가 들렸다. 더 이상 올 환자가 없었기 때문에 소뵈르는 크게 놀랐다.

"마르고? 네가 어쩐……."

"알아요. 제가 약속을 빼먹었어요. 엄마가 왔었죠?"

마르고가 소뵈르의 말을 끊었다.

"들어오렴. 들어와서 얘기하자."

"오래 있지는 않을 거예요. 엄마가 와서 아빠 험담을 했단 거 알아요."

마르고가 층계참을 오르며 말했다.

소뵈르가 손짓으로 진료실로 들어올 것을 청했지만 마르고는 고개를 저었다.

"다시 오게 된다면 아빠와 함께 올 거예요."

말투가 도전적이었다.

"그래. 다음 월요일 오후 여섯 시 어때?"

소뵈르는 마르고가 제 아버지에게 치료는 고사하고 자해에 대해서 말했을 리가 없다고 생각했다.

"일곱 시는 되어야 할 거예요. 아빠가 늦게까지 일하거든요."

마르고가 주저하며 대답했다.

소뵈르가 정리를 했다.

"월요일. 오후 일곱 시. 카레 씨……."

"그리고 저요."

마르고가 한숨 쉬듯 한마디를 남기고 자리를 떠났다.

라자르는 그사이에 가뱅과 귀스타브-무스타파가 있는 주방으로 몰래 빠져나갔다.

"어디 있었어?"

의자에 널브러져 있던 가뱅이 침울하게 물었다.

"어? 그게…… 복도에, 어, 아니야."

대답을 기대하고 물은 게 아니었는데 라자르가 눈에 띄게 당황하자 가뱅은 묘한 표정을 지었다.

"복도에서 뭐 했는데?"

"어? 아무것도 안 했어."

"아무것도? 복도에 있었는데?"

"비밀 지킬 수 있어?"

가뱅이 집게손가락을 입술 가까이 대고는 지퍼 잠그는 시늉을 했다.

"복도에 열리는 문이 하나 있어."

라자르는 문이 저절로 열리는 게 아니라는 말은 굳이 하지 않았다.

"그래서 들을 수 있어."

"뭐를 들을 수 있는데?"

"아빠."

"그럼 환자들도?"

라자르가 대답 대신 고개를 끄덕였다.

"그건 나쁜 일이야!"

"약속했잖아, 약속했잖아!"

라자르가 눈물을 글썽이며 상기시켰다.

"하기는 했지. 그렇긴 한데……."

가뱅은 한동안 자기 성찰에 가까운 생각에 잠겼다. 진료실 문을 통해 엿듣고 싶은지 스스로에게 묻다 보니 머리가 헝클어진 노파의 이미지가 떠올랐다.

"너 혹시 '월드 오브 워크래프트'라고 알아?"

가뱅은 라자르에게 자기가 도적이자 약초 채집사인 나이트 엘프이고, 노움, 오크, 켄타우로스와 함께 평생을 보냈다고 설명했다. 그때 소뵈르가 주방에 들어왔다.

"헬로, 보이즈!"

소뵈르는 매일 저녁 가뱅과 함께하는 것이 당연하다고 생각하기로 이미 결정을 내렸다.

"귀스타브는 좀 어때?"

소뵈르가 케이지 높이에 맞춰 무릎을 구부렸다.

"쉴 새 없이 먹어요. 바운티보다 두 배는 커질 것 같아요."

가뱅의 대답에 소뵈르가 눈살을 찌푸렸다.

"그렇구나. 판매원한테 속았어. 암컷이야. 게다가 새끼를 뱄어."

소뵈르가 몸을 일으키며 말했다.

"미친, 그럼 무스타페트잖아."

가뱅의 입에서 깨달음의 탄성이 나왔다.

"우와, 아기 햄스터!"

라자르가 신이 나서 외쳤다.

"우리가 키우지는 않을 거야. 한 달만 지나도 번식을 시작할 텐데, 당장은 내 단기 커리어 계획에 햄스터 사육은 포함돼 있지 않거든."

소뵈르가 흥분한 아들을 진정시켰다.

*

*　　*

뒤마예 선생님은 일주일 전에 장학사의 특강을 들으며 프랑스 초등학생에게 자율성이 부족하다는 사실을 발견했다. 국가의 미래를 어깨에 짊어진 선생님은 교육자의 필수품인 파타픽스 조각 접착제에 힘입어 교실 벽에 표를 하나 붙였다.

역할 분담 표

- 형광등 끄기/켜기
- 책장 관리하기
- 견학 시 선두에 서기
- 칠판에 오늘의 속담 적기
- 교실 청결 살피기
- 선생님 말씀 전달하기

라자르는 일주일 동안 칠판 청소를 맡았다. 2주간 화초에 물을 주게 된 폴은 겉흙이 말라서 갈라지지는 않았는지 매시간 확인하러 갔다. 각 학생은 임무의 부름(또는 형광등이나 쓰레기통의 부름)에 따라 이제 선생님의 허락을 구하지 않고 자리에서 일어나 임무를 수행했다. 물론 뒤마예 선생님은 프랑스 초등학생에게 꼭 필요한 단체 활동 또한 소홀히 할 생각이 없었다. 그래서 화요일을 맞아 조별 글쓰기를 재개했다. 오전 수업이 중반쯤에 이르자 학생들의 적극적 참여가 정점에 달했다. 교사 생활 초기에는 파리 날아다니는 소리가 들릴 정도로 조용히 하라고 하던 뒤마예 선생님이 제트기 소리조차 듣지 못할 정도였다.

"선생님!"

라자르가 갑자기 소리를 질렀다.

라자르는 선생님의 뜻에 따라 여전히 오세안과 같은 조로 '세상에는 이런저런 사람이 있게 마련이다'라는 속담으로 이야기를 만들어야 했다.

"왜 그러니, 라자르?"

"오세안 때문이에요!"

라자르가 손가락으로 오세안을 가리켰다.

"우리 엄마가 백인이라는 걸 안 믿어요."

"백인 엄마가 배 속에 흑인 아이를 품을 수는 없으니까요."

오세안이 진리를 선언하듯 말하자 교실에 침묵이 내려앉았다. 때마침 뒤마예 선생님의 기억이 되살아났다.

"저번에 라자르가 아름다운 이야기를 썼단다. 하얀 암늑대가 검은 수늑대와 사랑에 빠져서 둘이 결혼을 하고, 아주 잘생긴 회색 아기 늑대를 낳았다는 이야기였지. 오세안, 바로 이게 현실에서 일어나는 일이란다. 백인 엄마와 흑인 아빠가 만나거나 흑인 엄마와 백인 아빠가 만나면 라자르 같은 아이가 태어나지. 그런 아이들을 혼혈아라고 해."

"세상에는 이런저런 사람이 있게 마련이네요."

드디어 속담의 쓰임새를 찾은 폴이 결론을 내렸다.

폴은 월요일부터 엄마와 함께 지내는 중이었다. 따라서 비록 누나가 새롭게 집착하는 '다른-애들이-다-하나쯤-가지고-있는-바네사-브루노-카바스-토트백' 타령을 견뎌야 했지만 행복한 상태였다.

"엄마, 라자르를 집까지 데려다주면 안 돼? 할 얘기를 다 못 했거든."

폴이 학교에서 나오자마자 말했다.

폴은 라자르에게 앞으로 태어날 이복동생에 대해, 라자르는 폴에게 새로운 햄스터에 대해 미처 말할 틈이 없었다. 미뤄 둔 다림질과 급히 작성해야 하는 기사가 기다리고 있었지만, 루이즈는 승낙의 뜻으로 고개를 살짝 끄덕였다.

"팽오쇼콜라를 두 개 가져왔어."

루이즈가 빵 봉투를 아들에게 건네며 말했다.

"정말 다정하시네요."

라자르가 평소에 아빠가 하는 말을 흉내 내서 말하자마자 루이즈의 심장이 미친 듯이 뛰었다.

"아빠는 안녕하시지?"

"눼에."

입 한가득 빵을 문 라자르가 겨우 대답을 하고 등을 돌려 바퀴 달린 책가방을 끌면서 폴과 귓속말을 시작했다. 정원으로 들어가는 문 앞에 도착한 뒤에야 라자르는 다시 루이즈와 마주 보고 섰다.

"우리 내일 만나도 돼?"

루이즈가 유감이라는 듯이 아들을 바라보았다.

"안 돼, 폴. 점심 때 할머니가 오신다고 했잖아."

"안 돼애애애애. 싫어어어어어."

폴이 앓는 소리를 냈다.

"그런 말 하는 거 아니야. 할머니가 특별히 에탕프에서부터 오시잖아."

루이즈가 아들을 부드럽게 나무랐다.

루이즈는 어머니가 오후 내내 잔소리를 늘어놓고 비현실적이기 짝이 없는 '상식적' 충고를 해 대리라는 것을 잘 알고 있었다. 아들처럼 "싫어어어어어" 하며 앓는 소리를 하고 싶었다.

"아빠한테 안부 전해 드리렴."

루이즈가 라자르와 양 볼을 맞대는 볼 키스 인사를 나누며 말했다.

이 멍청한 심장은 소뵈르를 언급할 때마다 날뛸 셈인가?

"라자르한테 새 햄스터가 생겼대. 금색 햄스터야."

폴이 엄마 곁에서 걸어가며 말했다.

폴은 5단계 전략을 전개할 계획이었다. 제1단계: 무심한 척 정보를 전달할 것.

"암컷이야. 이름은 귀스타비아래."

제2단계: 초점을 맞출 것.

"곧 아기 햄스터들을 낳을 거야. 라자르네 아빠는 안 키우고 싶은가봐."

제3단계: 극적인 효과를 높일 것.

"정말 슬퍼. 아기들을 죽여야 한대."

제4단계: 상대의 약점을 건드릴 것.

"아기들을 죽인대!"

마지막으로, 해결책을 제시할 것.

"라자르가 나한테 한 마리 데려가고 싶……."

"안 돼."

훌륭한 전략가라면 한걸음 물러설 때를 아는 법.

"팽프르넬이 낳을 아기 이름이 뭔지 알아?"

루이즈가 귀를 쫑긋 세웠다.

"아실."

"세상에, 멍청이 같으니!"

루이즈가 중얼거렸다.

"아실?"

"아니, 네 아빠."

"나중에 햄스터를 키우게 되면 '아무개'라고 부르고 싶어."

협상을 재개할 때라고 생각한 폴이 말했다.

"그러게, 그렇게 부르면 되겠구나."

폴이 기쁨으로 몸을 떨었다.

"내 햄스터?"

"아니, 네 아빠."

*

*　*

라자르가 문을 살짝 열고 복도 바닥에 앉았다. 엘라의 상담이 이미 시작된 뒤였다.

"부모님은 안 오시고?"

소뵈르가 물었다.

"올 거예요! 엄마가 아빠 회사에 들러서 같이 온대요. 아빠는 선생님하고 얘기하면서 상황을 파악해야겠다고 했어요."

"그래. 부모님에게 특별히 말하고 싶은 게 있니?"

"일단 학교공포증은 해결됐다고 말하고 싶어요."

"이번 주에는 수업 안 빠졌어?"

"라틴어만 빠졌어요. 선생님이 절 보는 눈이 싫어요."

"어떤 눈으로 보시는데?"

"모르겠어요……. 사람들이 절 보는 게 싫어요."

"투명 인간이 되고 싶니?"

엘라는 이 아이디어를 마음에 들어 했다.

"오, 네! 그 얘기를 읽은 적 있어요. 반지를 돌리면 사라지는 거요."

162

"기게스의 반지 말이지. 너는 다른 사람들을 볼 수 있지만, 다른 사람들은 널 볼 수 없지."

그때 누군가 현관문을 두드렸다.

"부모님이신가? 열어 드려야겠다. 그사이에 사라지지는 말고. 알았지?"

엘라가 신경질적으로 웃었다.

소뵈르는 첫 상담 때 딸과 함께 온 퀴펜스 부인을 이미 만난 적이 있었다. 40대 여성으로, 한때 미인이었음에 틀림없으나 금세 미모가 시들어버린 여성이었다. 안색이 좋지 않고, 눈꺼풀이 처지고, 머리는 푸석푸석했다. 소뵈르가 부인과 악수를 하며 물었다.

"퀴펜스 씨는 못 오셨군요?"

"고객과 통화 중이었어요. 좀처럼 끝나지가 않더라고요."

퀴펜스 씨는 크롬 도금 업체를 운영 중이었다. 엘라가 의자에서 튀어 올라 "아빠는?" 하고 물으며 엄마와 볼 키스를 했다.

"곧 오셔."

부인이 소뵈르 쪽으로 돌아섰다.

"엘라가 오빠에 대해 말씀드렸지요? 그 얘기 때문에 아이가 온통 흥분했어요."

부인 또한 흥분돼 보였다.

"남편은 이해를 못 해요."

"무엇을 이해하지 못하시지요?"

문 두드리는 소리를 들은 퀴펜스 부인이 대답 대신 소리쳤다.

"그 사람이에요!"

퀴펜스 씨는 뛰어온 탓에 추운 날씨에도 불구하고 땀을 흘렸다. 게다가 담배 냄새, 어쩌면 화학 제품 냄새, 혹은 변질된 향수 냄새를 심하게 풍기고, 눈자위가 누렇고, 피부가 얇아 광대뼈에 정맥이 줄무늬처럼 비쳐 보였다. 소뵈르는 악수 한 번에 이 모든 것을 입력하고, 지각적 인식을 통해 엘라의 아버지가 알코올 의존자라는 결론을 도출해 냈다.

"시간 내 주셔서 감사합니다. 들어오시지요. 이쪽입니다."

퀴펜스 씨는 딸이 볼 키스를 하도록 내버려두고는 "어디에 앉을까요?" 하고 건성으로 물었다. 부인이 소파 옆자리를 가리켰다.

"그래서, 용건이 뭡니까?"

퀴펜스 씨가 물었다. 누가 들으면 소뵈르가 크롬 도금이 필요한 물건이라도 들고 온 줄로 착각할 만한 말투였다.

"엘라가 태어나기 전에 태중에서 죽은 아기 이야기를 하던 중입니다."

"또? 다 옛날 얘기입니다. 십오 년 전 일이라고요!"

"십사 년."

퀴펜스 부인이 들릴 듯 말 듯 속삭였다.

"이미 죽어서 땅에 묻혔지요."

퀴펜스 씨는 이야기를 끝내고 싶어 했다.

"어디에 묻었어요?"

엘라가 물었다.

"뭐? 난들 알겠어? 다 건강하지 못한 이야기야. 그래, 심리학이 이런 겁니까?"

소뵈르는 대답할 필요가 없었다. 퀴펜스 부인이 끼어들어 폭탄 발언을 했기 때문이다.

"엘리오트는 생빅토르 묘지에 묻혀 있어."

"뭐…… 뭐라고?"

퀴펜스 씨가 씩씩거렸지만 부인은 아이를 화장한 뒤 유골을 함에 담아

엘리오트 퀴펜스라는 이름이 적힌 명패와 함께 봉안당에 안치했다고 곳
곳이 설명했다. 엘라는 두 손을 모아 가슴에 얹으며 황홀해했다.

"꽃을 가져다 둬도 돼요?"

"그러고 싶다면. 엄마하고 같이 가자."

"다 미친 짓이야. 둘 다 미쳤어."

퀴펜스 씨가 웅얼거리는 소리에 부인이 대꾸했다.

"당신 때문에 미쳐 버리는 줄 알았어! 말도 못 꺼내게 했잖아. 울지도
못하게 했잖아! 자드를 생각해야 한다고 했지만, 사실 당신이 문제였어.
그냥 아무 일도 없었던 것처럼 하고 싶었겠지. 하지만 나는! 아이를 내
배 속에 품고 있었던 나는! 여덟 달을 품었다고!"

"앞으로 나아가야 했어. 병원에서도 그랬잖아. 곧바로 아기를 다시 가
지라고 했다고."

퀴펜스 씨가 눈빛으로 소뵈르에게 지원을 요청했다. 남자에다가 의사
와 다름없는 사람이니 합리적인 이야기를 해 주리라 믿는 것이었다.

"부인께서는 선생님과 고통을 나눌 필요가 있었습니다."

소뵈르가 퀴펜스 씨를 이해시키려고 노력했다. 부인이 설명을 보탰다.

"배 속에서 아기가 움직이지 않는다는 사실을 알아차리고 나서, 이 사
람이 저를 병원으로 데려갔어요. 그러더니 회계사와 약속이 있다면서 저
를 혼자 두지 뭐예요! 초음파 검사로 아기가 죽었다는 사실을 확인하고
제왕절개로 아기를 꺼내는 동안 내내 혼자였어요. 모든 결정도 제 몫이
었지요. 시체는 어떻게 처리할까요? 가족 수첩에 아기의 이름을 올리시
겠습니까? 저 혼자였어요. 맞아요, 그러고 나서 남편 말대로 죽어서 땅
에 묻혔죠. 우리 부부도 마찬가지예요."

엘라가 손으로 귀를 막았다. 소뵈르가 믿을 수 없다는 듯이 주위를 둘

러보았다. 한순간에 세 사람의 인생이 엉망이 되어버렸다. 이런 게 심리 치료란 말인가? 퀴펜스 씨가 일어섰다.

"나 참, 브라보! 브라보!"

마치 소뵈르가 이 재난의 유일한 책임자라도 되는 양 퀴펜스 씨가 빈 정거렸다.

"상담을 마칠 때까지 자리에 계시지요."

소뵈르가 강권했다.

"할 얘기는 다 한 거 아닙니까?"

"앉으시지요. 이번에는 시간을 좀 내세요. 엘라, 네 이름에 대해 질문 이 있다고 했지?"

눈앞에서 벌어진 일에 죄책감을 느끼던 아이가 고개를 저었다.

"엘라라는 이름이 엘리오트와 굉장히 비슷하다고 했지."

소뵈르가 상기시켰다.

"이름을 찾던 중에 남편이 엘라를 제안했어요."

퀴펜스 부인이 급히 말하고는 숨을 몰아쉬었다.

"내가? 말도 안 되는 소리!"

남편이 항의했다.

"그랬잖아. 나한테 한 말이 정확히 기억나. '엘라 피츠제럴드처럼'이라 고 했잖아."

"꿈이라도 꿨나 보지."

"싸우지 마. 이제 됐어. 대답 안 들어도 돼."

엘라가 애원했다.

"흥미롭구나. '엘라'라고 부를 때마다 엘리오트를 생각할 수 있지. 게다 가 네 이름을 고른 사람은 바로 네 아버지고."

166

소뵈르가 지적했다.

"상담사들이란."

당사자가 비웃었다.

"엘라는 여자 이름이고, 엘리오트는 남자 이름이잖습니까. 내 이름하고는 다르다고요."

"선생님 이름하고는 다르다고요?"

가뜩이나 붉은 퀴펜스 씨의 코가 불타올랐다.

"내 이름은 카미유입니다. 남자 이름도 되고 여자 이름도 되지요."

"당신 누나 이름이기도 했다는 말씀도 드리지 그래."

부인이 제안했다.

"엘라하고는 상관없는 일이야."

퀴펜스 씨가 중얼거렸다.

"선생님과 같은 이름을 가진 누나가 있으셨다고요?"

소뵈르가 부드러운 목소리로 물었다.

"네. 하지만 무관한 일입니다."

"누나라고 하셨지요?"

"무관한 일이라고 하지 않았습니까! 누나는 한 살에 뇌막염으로 죽었어요."

퀴펜스 씨가 버럭 화를 냈다.

"누나의 이름을 물려받으셨군요."

"그래서요?"

사태를 수습할 가능성이 엿보였다.

"퀴펜스 씨, 어렸을 때 어머니께서 누나의 죽음으로 인한 상처를 치유하기 위해 선생님에게 누나의 이름을 붙였다고 생각하셨겠지요. 부인께서 비슷한 비극을 겪게 되자, 죽은 아이의 이름과 거의 비슷한 이름을 딸에게 붙이자고 제안하셨고요. 부인을 위로하고 싶으셨던 거지요……."

소뵈르는 자신의 해석이 타당한지 확신이 없었다. 단지 곤경에서 벗어날 기회를 마련해 준 것이다. 퀴펜스 씨가 망설이며 말을 시작했다.

"그렇게 생각하지는 않았습니다. 분명한 건, 제가 엘리오트의 죽음으로 많이 힘들었다는 겁니다. 게다가 아들이었잖아요. 회사를 운영하는 사람이라면 누구나 아들에게 물려주고 싶어 하지요."

소뵈르가 새어 나오려는 한숨을 억눌렀다. 만일 엘라가 여전히 아빠가 자신이 아들이었으면 하는지 궁금하다면, 이것으로 대답이 되었을 것이다.

"난 태어나지 말았어야 해."

엘라가 한마디로 못을 박았다.

방금 엘라가 사랑 없는 부부 사이에서 태어났다고 알려 준 어머니와 회사를 상속받을 아들을 원했다고 말한 아버지 두 사람 다 충격을 받은 것 같았다. 그렇게 딸을 힘들게 해 놓고는! 두 사람은 변명을 하려다 곤란해하며 입을 다물었다.

"그래도 학교에서는 좀 나아지지 않았나?"

퀴펜스 부인이 엘라를 향한 것인지 아니면 임상심리전문가를 향한 것인지 애매한 질문을 던졌다.

"대체로 그렇습니다."

소뵈르가 대답했다.

증상이 사라졌다가 다른 쪽으로 다시 발현할 수 있다는 말은 차마 덧붙이지 못했다.

"너는 어떻게 생각하지, 엘라?"

소뵈르가 물었다.

"저는 여기서만 제가 될 수 있어요."

엘라에게 자아가 있었다니. 이 새로운 소식으로 인해 진료실에 침묵이 내려앉았다.

"치료를 계속하고 싶어?"

퀴펜스 부인이 물었다.

"응."

부인이 엘라에게 팔을 뻗어 손을 꼭 잡았다.

라자르는 상담을 끝까지 다 엿듣지 않았다. 배 속에서 죽은 아기 이야기를 들으니 자기에게 백인 엄마가 있다는 사실을 인정하지 않은 오세안이 떠올랐다. 왜 엄마에 대한 기억이 없지? 폴은 자기 방에 있는 디지털 액자로 아기 때부터 엄마, 할아버지, 할머니, 심지어 아빠와 찍은 사진을 슬라이드 쇼로 볼 수 있었다. 그런데 왜 라자르에게는 사진이 없단 말인가? 여태까지는 엄마의 이름이 이자벨이었고, 머리카락이 금발이었고, 자신이 엄마의 눈을 물려받았다는 것으로도 충분했다. 상상 속 엄마는 디즈니 공주 같았고, 그것으로도 충분했다. 그런데 그건 상상이잖아. 귀스타비아의 케이지에 꼭 붙어 앉아 식탁에 팔을 올리고 그 사이에 머리를 괸 라자르가 생각했다. 진짜 엄마는 눈가에 살짝 주름이 있고, 추운 날이면 코끝이 빨개지는 루이즈 로슈토 같은 사람이었다.

*

*   *

루이즈의 삶에는 잠시나마 무엇이든 가능해지는 순간들이 있었다. 예를 들어 수요일 새벽 6시 10분에서 6시 15분까지가 그러했다. 알리스가 은색 바네사 브루노 가방을 갖지 못할 이유가 있나? 폴이 금색 햄스터를 키우지 못할 이유가 있나? 루이즈가 소뵈르 생티브의 아이를 갖지 못할 이유가 있나? 막 아이의 이름을 고르려는데 알람이 시끄럽게 울렸다. 한쪽 눈꺼풀을 겨우 들어 올리고 시간을 확인하니 어이없게도 6시 20분이었다. 꿈속으로 돌아가려는 순간, 검은 옷을 입은 전령이 달려와 나쁜 소식을 전했다. "루이즈, 어머니가 정오에 자두 파이를 가지고 집에 오시잖아!" 잠이 확 깼다.

다섯 시간 안에 집을 깨끗이 치우고, 다림질을 끝내고, 주방에서 빵부스러기를 몰아내고, 알리스와 폴의 방에 늘어진 잡동사니를 정리하고, 장을 보고, 식사 준비를 해야 했다. 그리고 분명 뭔가를 빠뜨려서 결국 어머니가 유감스럽다는 듯 하는 말을 들어야 하겠지.

"루이즈, 어떻게 머리빗을 세척하지 않고 살 수가 있니?"

루이즈는 가지고 있는 머리빗을 몽땅 비누를 푼 미지근한 물에 담그면서, 사실은 어머니가 무슨 말을 하든 말든 관심 없다는 사실을 깨달았다.

아침 식탁에서 알리스가 공격을 개시했다.

"엄마, 요즘 백화점 세일……."

"그래, 생각해 보자."

"뭘 생각해 보는데?"

"토요일. 백화점 가서 가방 사자."

알리스는 경악을 금치 못하고 입을 떡 벌렸다.

"그러다 할머니한테 잔소리 듣겠다. '입 다물어라, 파리 들어갈라.'"

루이즈가 짓궂게 말했다.

"나는? 맨날 누나만 사 주고!"

폴이 평소와 달리 투덜거렸다.

"라자르네 아빠한테 햄스터 한 마리를 남겨 달라고 부탁하자. 하지만 '아무개'는 정말 예쁜 이름이 아니야."

아침에 꿈에서 등장한 아기가 아마도 햄스터였나 보다 하는 생각에 루이즈가 미소를 지으며 대답했다.

"뭐가 그렇게 재밌어?"

알리스가 경계하듯 물었다.

"아무것도 아니야."

루이즈는 소뵈르에게 홀딱 반했다. 어쩌다 보니 일이 이미 그렇게 되어 있었다. 어느덧 하루 종일 끊임없이 그를 생각했다. 어머니는 역시나 정오에 자두 파이와 함께 등장했다.

"그리고 너희 주려고 솔티드 버터 캐러멜 막대사탕도 가져왔지!"

층계참에서 노부인이 외쳤다.

알리스는 막대사탕을 먹을 나이는 지났다고 생각했고, 폴은 솔티드 버터 캐러멜을 좋아해 본 일이 없었다. 아이들의 할머니는 폴이 치아 교정 전문의와 상담을 받아야겠다면서, 알리스는 얼굴이 까칠해 보인다고 말했다. 사실 치아 교정을 받아야 할 것은 알리스였고, 안색이 좋지 않은 것은 폴이었다.

"엉덩이에 살이 좀 붙은 것 같다?"

노부인이 딸에게 물었다.

"엄마는 나더러 항상 엉덩이가 크다고 했잖아요."

루이즈가 무심한 말투로 대꾸했다.

노부인은 루이즈에게 '집이 예쁘다'고 칭찬하더니, 왜 이사를 하려는지 모르겠다는 말을 덧붙였다.

"이제 이렇게 큰 집은 감당을 못 해요, 엄마."

"그럼 아파트로 가야지. 빌리지 말고 사. 월세는 공중으로 사라지는 돈이잖니."

"알았어요, 엄마."

루이즈는 은행 잔고가 이미 마이너스라고 설명하는 것을 포기했다.

"넌 이상하게도 상식이 없어. 나를 안 닮았단 말이지."

18시, 루이즈는 어머니를 배웅하러 간 기차역 플랫폼에서도 칭찬을 가장한 지적을 들어야 했다.

"가여운 것, 너나 나나 참 남자 복이 없어. 게다가 애가 둘이나 딸렸으니 새출발은 무리야."

소뵈르에게 햄스터를 달라고 할 생각을 하던 루이즈의 입가에 미소가 떠올랐다.

"내가 뭐 웃긴 말이라도 했니?"

노부인이 놀라 물었다.

"아니에요. 기차 놓치지 마세요."

"너야말로 인생을 놓치지 말렴."

노부인이 이미 놓쳤다고 생각하는 것 같은 말투로 즉각 대꾸했다.

그럼에도 불구하고 집으로 향하는 루이즈의 발걸음은 가벼웠다. 알리스 또래의 소녀가 영화배우나 학교 선배를 좋아하는 것처럼, 루이즈는 사랑에 빠져 있었다. 물론 상대는 이 사실을 전혀 몰랐다.

*
*　*

이제 바운티 대신 귀스타비아가 생티브 박사의 진료실을 차지했다. 이

황금빛 털 공은 흐뭇하게도 전임자보다 훨씬 활동적인 모습을 보여 주었다. 소뵈르는 햄스터 사이트의 조언에 따라 곧 새끼를 낳을 귀스타비아를 위해 건초, 종이 몇 장, 화장지 한 장을 넣어 주었다. 귀스타비아가 출산을 앞두고 둥지를 만들 시기였다.

"죽이진 않을 거지?"

전날 저녁, 라자르가 아빠에게 물었다.

그리하여 소뵈르는 대기실에 광고를 붙였다.

'5~6주 내에 예쁜 햄스터를 데려가실 수 있습니다. 예약은 생티브 씨에게 문의하세요.'

그때까지 귀스타비아 덕에 어린이 환자들에게 홍보가 되기를 바랄 뿐이었다.

"소뵈르 박사님?"

"예."

수요일 상담 시작 전 걸려 온 첫 번째 전화였다.

"쿠르투아 부인이에요."

분명 아는 이름인데 누구인지가 바로 떠오르지 않았다.

"시릴 엄마예요."

조금 언짢은 목소리였다.

"아, 네, 네, 잘 지내시지요?"

"잘 못 지내니 전화를 드렸겠지요."

쿠르투아 부인은 빅토르뒤뤼 초등학교 화장실에서 벌어진 성적인 놀이에 대한 이야기를 어색하게 늘어놓았다. 3학년인 시릴이 5학년 '형들' 두 명을 따라갔다. 학부모들의 항의에 이어 교장이 퇴학 이야기를 꺼냈고, 창피해서 도무지 살 수가 없고, 직장에 알려질까 봐 걱정이 되고, 남자 친구는 아들이 변태라고 말했다. 이야기가 비약을 거듭했고, 부인은 패닉 상태였다.

"자, 자, 진정하시지요. 이런 이야기는 보통 과장되게 마련입니다. 피해자든 가해자든, 아무에게도 도움이 안 됩니다. 시릴과 이야기해 보셨습니까?"

"네, 하지만 잘되진 않았어요. 제가 아이를 때렸거든요. 저도 잘못했다는 거 알아요."

"항상 잘못했다고 말씀하지는 마세요. 감정적으로 반응한 것뿐입니다. 교장, 다른 학부모들, 남자 친구분까지 다 부인을 비난하는 것 같아서 그랬을 겁니다."

"바로 그거예요. 제가 괴물이라도 키운 것 같다니까요!"

부인이 한숨을 쉬었다.

소뫼르가 맞은편 벽에 걸린 시계를 바라보았다. 2분 내에 전화 상담을 어떻게든 해내야 했다.

"뭔가 모순되는 이야기를 들은 것 같습니다. 큰 아이들이 시릴을 끌고 갔고, 시릴이 퇴학당할 위기라고 하셨지요. 교장이 시릴을 피해자가 아닌 가해자로 여기는 겁니까?"

"둘 다인 것 같아요. 같은 반 여자아이도 있었는데, 큰 아이들 말로는 시릴이 강요했다고 해요."

"강요하다니, 무엇을요?"

"모르겠어요, 전 몰라요."

소뫼르가 설득을 시작했다.

"부인은 간호조무사시지요. 일하면서 부인이 돌보고 씻기는 몸에 두려움을 느끼지는 않으시겠지요. 아이들이 자기들 몸을 탐구한다고 해서 당황하실 필요는 없습니다. 물론 학교에서 그렇게 하는 게 좋은 생각이라는 말씀은 아닙니다. 그렇지만 의사 놀이가 어제 오늘 일도 아니고, 남자아이라면 여자아이의 속옷 안에 무엇이 있는지 알고 싶어 하는 법이지요. 여자아이도 마찬가지 아니겠습니까. 문제는, 이 아이들 중에서 누군가가 다른 아이들의 강요를 받았는지 하는 것입니다. 십중팔구는 여자아이겠지만, 어쩌면 시릴도 강요를 받은 게 아닐까요?"

소뵈르는 아이의 해쓱한 얼굴과 아이의 눈에서 읽은 구원 요청을 떠올렸다.

"구월에 야뇨증이 재발한 것도 이 가정에 신빙성을 더하는 것으로 볼 수 있겠지요."

소뵈르가 원래 증상을 염두에 두고 덧붙였다.

"무슨 말씀을 하시려는지 알아요. 치료를 중단시킨 게 제 잘못이라는 거지요."

"도대체 누가 다 부인의 잘못이라는 생각을 주입시켰습니까?"

"살다 보면 욕먹는 일이 다반사지요. 당연히 선생님은 모르실 거예요. 하지만 제가 사는 수준이라는 게 그래요. 시릴도 그렇게 될 거고요."

"그렇게 운명론자 같은 말씀 마시지요. 작년에는 시릴이 좋은 성적을 받지 않았습니까?"

"그랬지요. 하지만 이제 퇴학을 당하면 서류에도 남고……."

"아직 아무 일도 일어나지 않았습니다."

소뵈르는 다음 날 8시 10분에 시릴과 함께 방문하도록 쿠르투아 부인을 설득하고, 걱정에 가득 차 전화를 끊었다. 힘겹게 살아온 이 젊은 엄마가 스스로를 망가뜨리는 중인 듯했다. 아들까지 함께.

친구가 하나일 때 행복은 몇 곱절 커진다. 목요일 아침 폴의 상태를 표현하자면 이렇듯 없는 속담이라도 만들어 내야 할 판이었다. 햄스터를 키우게 되어 느끼는 기쁨은 그 사실을 라자르에게 알리는 기쁨에 비하면 아무것도 아니었다.

"엄마가 된대!"

"허락받았어?"

라자르가 반신반의하며 물었다.

"응!"

두 아이가 손을 꼭 맞잡았다. 악마와 계약을 맺었다 해도 이보다 더 열렬할 수 없을 지경이었다.

"이름은 지었어?"

"아무개."

"끝내준다!"

둘의 행복은 여기서 끝이 아니었다. 라자르도 엄청난 소식을 가져왔다.

"귀스타비아가 둥지를 짓기 시작했어. 어제 보니까 앞발로 종이랑 휴지를 잘게 찢어서 집에 쌓아 두더라."

라자르는 실감 나는 이야기를 위해 햄스터의 긴 이빨과 날렵한 앞발을 흉내 냈다. 그런데 얼마 떨어지지 않은 곳에서 오세안이 자신의 찡그린 얼굴 표정을 과장해서 친구들을 웃기고 있었다.

"때려 줄 거야."

라자르가 결심을 밝혔다.

"그냥 둬. 인종차별주의자잖아."

폴이 경멸하듯 입을 삐죽거렸다.

그 시각, 소뵈르는 진료실에서 쿠르투아 부인과 부인의 아들을 기다리고 있었다. 8시 35분. 8시 40분. 8시 50분. 소뵈르는 환자들의 지각을 무례와 혼동하지 않았다. 지각은 치료 과정에서 대수롭게 넘길 일이 아니었다. 따라서 전날 도움을 요청한 쿠르투아 부인이 무슨 이유로 시간을 흘려보내고 있는지 의아했다. 전화벨이 울리자 이제 곧 답을 얻겠구나 싶었다.

"소뵈르 박사님? 죄송해요. 아들이 가출을 했어요."

"가출이라고요?"

"아이는 찾았어요. 제 동생 집에 가 있었는데 오늘 아침에야 알았지 뭐예요. 밤새 얼마나 걱정을 했다고요!"

아이는 보통 수요일 오후면 집에 가기 전에 야외 활동 센터에 들렀다. 그런데 무슨 까닭인지 센터에 가지 않고 거리를 헤매다가 해가 지자 배가 고프고 춥고 무서워서 쿠르투아 부인의 동생인 이렌의 집으로 갔다. 이렌에게는 엄마가 일 때문에 연락이 어려우니 이모 집에서 자라고 했다고 말했다. 이렌은 언제나 순종적이고 겁이 많은 편인 아이가 거짓말을 했으리라고는 꿈에도 생각하지 못했다. 아침이 되자 이성을 잃은 쿠르투아 부인은 거의 절망적인 상태로 동생에게 시릴의 실종을 알렸다.

"이 아이를 어쩌면 좋을지 모르겠어요. 남자 친구는 두 번 다시 이런 짓을 할 마음이 사라지게 해야 한대요."

수화기 반대편에서 부인이 울음을 터뜨렸다.

"무슨 의미입니까?"

"벌을 줘야 한다고요."

"때려야 한다, 그겁니까?"

"……"

"쿠르투아 부인, 부인답지 않은 방식입니다."

"그렇지만 전 형편없는 엄마예요! 어떻게 하면 좋을지 이젠 정말 모르겠어요. 아이가 빗나가고 있어요."

"시릴은 위험에 처해 있습니다. 위험한 아이가 아니라요. 차이를 아시겠습니까?"

"네."

"아이는 지금 어디 있지요?"

"제 동생네 집에요. 저보다 동생을 더 좋아하는 것 같아요. 게다가 이제 학교도 가기 싫대요. 아이들이 비웃는다고요."

소뵈르는 부인과 대화를 이어 가는 동시에 다이어리를 뒤적거리면서 시릴과 상담을 할 만한 시간을 찾았다. 위급 상황이었지만 그렇다고 다른 환자와의 약속을 취소할 수도 없었다.

"내일 저녁 일곱 시 삼십 분 어떻습니까?"

결국 라자르와의 저녁을 포기한 소뵈르가 물었다.

"좋아요. 그런데 학교에다가는 뭐라고 하면 좋을까요?"

"가출 얘기를 하실 필요는 없습니다. 아프다고 하세요. 오늘 이모 집에 있겠다고 하면 그렇게 두시지요. 숨 쉴 틈을 줘야 합니다."

"아이를 다시 보게 되면 뭐라고 해야 할까요?"

"많이 걱정했다고, 지금은 상태가 좋지 않지만 임상심리전문가가 도와줄 거라고 하세요. 가능하다면 금요일에는 아이 곁에 있어 주십시오."

수화기 저편에서 아무 소리도 들리지 않았다.

"제 말 들리십니까, 쿠르투아 부인?"

"또 욕을 먹을 거예요."

"누구한테서요?"

"전부 다요. 제 남자 친구, 제 동생, 교장 선생님……."

"쿠르투아 부인, 엄마로서 마음이 시키는 대로 하십시오."

다시 침묵이 흘렀다.

"내일 뵙겠습니다, 소뵈르 박사님. 고맙습니다."

젊은 엄마의 목소리에 힘이 들어가 있었다. 소뵈르는 전화를 끊고 진료를 시작했다.

18시 25분, 소뵈르는 일정표에 적힌 것보다 조금 늦게 오가녜르 가족을 찾으러 대기실에 갔다가 젊은 여자 혼자서 잡지를 뒤적이는 모습에 깜짝 놀랐다.

"상담 예약을 하셨나요?"

소뵈르가 주저하며 물었다.

그런 다음 여자를 알아보았다. 바로 이 모든 소동의 근원, 알렉상드라의 파트너였다.

"실례했습니다. 샤를로트, 맞으시지요? 다른 분들은 안 오십니까?"

"알렉스가 방금 문자 메시지를 보냈어요. 막내를 애들 아빠 집에서 데리고 온대요. 십 분 안에 도착할 거예요. 큰 애들은 오기 싫다네요. 더 정확히 말하자면, 저랑 얘기하기 싫다는 거지요."

샤를로트가 날카롭게 대꾸했다.

"저는 이야기를 나눌 마음이 충분합니다. 기다리는 십 분 동안 서로를 알아 가면 어떨까요?"

소뵈르가 미소로 제안하자 샤를로트도 곧바로 응했다. 소뵈르가 보기에 샤를로트는 선량한 사람 같았다.

"죄송합니다만, 무슨 일을 하시는지 지난번에 제대로 이해를 못 했습니다……."

"당연해요. 저도 이해를 못 했는걸요."

소뵈르가 상대의 얼굴을 뚫어지게 바라보았다. 미간에 깊은 주름이 잡혀 있었고, 턱을 꽉 다물고 있었다. 잘 때 이를 가는 게 분명했다.

"현재 직장에 다니십니까?"

소뵈르는 최대한 아무렇지도 않은 목소리로 물었다.

"인턴십 중이에요. 사 년째 인턴만 전전하고 있지요. 매일 열 시간씩 일하는데 한 달에 고작 삼백 유로를 벌어요. 제 나이가 스물여덟인데 말이에요. 커뮤니케이션 석사 학위도 있어요. 나름대로 고학력이지요. 삼백 유로로 어떻게 생활을 감당하겠어요? 집세는 어쩌고, 식비는 또 어쩌고요? 가족, 아이, 이런 건 다 사치지요. 집세와 식비만으로도 빠듯해요. 작년까지는 부모님이 도움을 주셨어요. 공부를 그렇게 했는데도 엄마 아빠에게 손을 벌려야 한다니! 유일하게 위안이 되는 게 있다면, 같이 공부한 친구들 중에서 팔십 퍼센트가 같은 상황이라는 거지요. 다들 직장에 다니는 척하면서 사람들한테는 이렇게 말해요. '나 베올리아 다녀', '대형 광고 에이전시에서 일해'. 틀린 말은 아니에요. 간부들처럼 일하거든요. 어쩔 때는 그보다 더 일하지요. 야근도 하고, 업무 강도도 세고……. 정규직 전환 가능성 하나만 보고 다 감내하는 거예요. 그런데 삼 개월이 끝나면 휴지 조각처럼 버려지지요. 다른 삼백 유로짜리 인턴으로 대체하면 그만이거든요. 지금 일하는 데에서는 아무도 제 이름을 몰라요. 그냥 이렇게 말하지요. '인턴한테 물어봐. 인턴한테 시켜.' 인턴과 노예의 차이를 아세요? 오, 물론 회사가 저를 죽일 권리는 없지요. 그런데 제가 살지를 못하게 해요. 같은 말 아닌가요?"

꽉 잠긴 목소리는 분노를 억누르고 있었지만, 찡그린 미간 아래에서 눈동자가 때때로 분노를 뿜어냈다.

"게다가 전 죄를 지었어요."

침묵 끝에 샤를로트가 다시 입을 열었다.

"알렉상드라와 사랑에 빠졌으니까요."

샤를로트가 도전적인 눈빛으로 소뵈르를 보았다.

"일 년 전에 가족에게 커밍아웃을 했어요. 어느 일요일에 디저트를 먹다가 제가 레즈비언이라고 고백했지요. 부모님이 생활비를 끊었어요. 오빠는 자기 집에 발을 들일 생각도 말라더군요. '그 여자 때문'이라면서요. 그리고 지금은……."

샤를로트가 슬픈 미소를 지었다.

"임상심리전문가 진료실에 있네요. 여기서도 여전히 이유를 모르겠어요."

"방금 저에게 하신 말씀을 하기 위해서지요. 아, 노크 소리가 들리는 것 같군요. 잠깐만요, 문을 열어 드려야겠습니다."

알렉상드라가 늦은 오후면 늘 그렇듯 피곤한 엘로디를 안은 채 서 있었다.

"죄송해요. 문제가 많았지 뭐예요. 마리옹과 뤼실은 오지 않을 거예요. 상담을 진행하는 편이 좋을지 모르겠네요."

"물론이지요. 샤를로트와 이미 시작했답니다."

소뵈르가 대답했다.

"샤를로트!"

아이가 신이 나서 외치더니, 엄마 품에서 엄마 파트너의 품으로 옮겨 갔다.

"세 분은 서로 잘 지내시는 것 같군요."

어떤 긍정적인 점에서 출발하면 좋을지 찾던 소뵈르가 강조했다.

샤를로트, 알렉상드라, 엘로디는 미소로 답하고 소파에 앉았다.

"전 엄마가 둘이에요."

두 사람 사이에 앉은 엘로디가 의기양양하게 말했다.

"미디어도서관에서 빌려다 준 동화책 때문이에요. 책 제목이 저렇거든요."

샤를로트가 해명했다.

"그럼 아빠는 몇 명이지?"

소뵈르가 물었다.

"한 명!"

"언니는 몇 명이고?"

"세 명!"

"세 명?"

소뵈르가 놀라서 물었다.

"자기까지 포함해서요. 다섯 살에 흔히 하는 실수지요."

샤를로트가 끼어들었다.

"미디어도서관에 아동 심리에 관한 책도 있었나요?"

소뵈르가 짓궂게 물었다.

"네. 하지만 머저리에 관한 책은 없더라고요."

"샤를로트."

알렉상드라가 낮은 목소리로 핀잔하듯 말했다.

"욕은 나빠."

엘로디가 엄격하게 나무랐다.

"가서 햄스터 보고 있어. 만지려고 하지는 말고."

알렉상드라가 딸에게 권했다.

"우리 사회가 다섯 살 난 아이 정도로만 편견을 가지고 있다면 좋을 텐데 말입니다."

소뵈르가 아이의 뒷모습을 보며 말했다.

"안타깝게도 열네 살부터는 엉망이 되지요."

샤를로트가 대꾸하자 알렉상드라가 항변했다.

"그렇게 말하면 안 되지. 마리옹하고 뤼실은 제가 집을 떠났다는 사실 때문에 그러는 거예요. 절 원망하는 거지요. 이해해요."

"그럼 애들이 날 레즈 창녀 취급하는 것도 이해한다는 말이야?"

"오, 선생님! 여기 와 봐요!"

엘로디가 귀스타비아의 케이지 앞에 쪼그리고 앉아 소뵈르를 불렀다.

"햄스터 벌레들 좀 봐요!"

"새끼를 낳았구나!"

소뵈르가 소리쳤다.

복도에 있던 라자르는 방방 뛰고 싶은 것을 꾹 참으며 두 손으로 입을 틀어막았다. 그러지 않으면 "보여 줘! 보여 줘!" 하고 소리를 지를 것 같았다.

"하나, 둘, 셋, 넷, 다섯."

소뵈르가 수를 헤아렸다.

"다섯 마리로구나. 귀스타비아 여사님, 축하드립니다."

"다 발가벗고 있어."

엘로디가 딱하다는 듯 말했다.

"며칠 뒤에 털이 자라기 시작할 거야. 지금은 눈을 감고 있지. 아무것도 못 보고, 아무것도 못 들어."

샤를로트가 아이에게 설명하고 고개를 들었더니 소뵈르가 재미있다는 표정을 짓고 있었다.

"아니요, 햄스터에 관한 책은 빌리지 않았어요."

샤를로트도 재미를 느끼기 시작했다.

"어릴 때 햄스터를 키우긴 했지요. 암컷이었고, 이름은 코코트였어요……. 새끼들은 어떻게 하실 건가요?"

"입양 보내야지요."

이어질 장면을 확신하면서 소뵈르가 대답했다.

"한 마리 데려가고 싶어."

엘로디가 머리를 한쪽으로 기울이면서 사슴 같은 눈망울을 반짝였다.

두 엄마 사이에 눈빛이 오가고, 샤를로트가 결정을 내렸다.

"한 마리 남겨 주시겠어요? 수컷으로요. 덜 공격적이거든요."

"그렇게 말씀하신다면요."

소뵈르가 기꺼이 웃으며 대답했다.

두 엄마는 엘로디가 자신이 꿈꾸는 햄스터를 그리도록 두고 소파로 돌아와 앉았다. 한편 라자르는 불만을 가득 품고 주방으로 돌아갔다. 아빠가 아무 여자애한테나 아기 햄스터를 나눠 주지는 않겠지! 심지어 이 아이한테는 엄마가 둘이나 있고, 저한테는 한 명도 없는데!

다음 날 아침, 라자르는 폴에게 경고했다. 폴의 엄마가 제 집에 와서 빨리 아기 햄스터를 고르지 않으면 못생긴 놈들만 남을 거라는 얘기였다.

"수컷을 골라야 해. 덜 공격적이거든."

*
*　*

184

2월 6일, 뒤마예 선생님은 라자르의 아버지와 면담 약속이 있었다. 도대체 무슨 생각으로 그를 소환했던가? 16시 20분, 선생님은 들떠 있었다. 10분 뒤에 이 아버지가 학교 앞에 나타나면 뭐라고 말해야 할까? 아드님이 사랑스러운 학생이지만, 나이에 어울리지 않는 것들을 알고 있다고?

"저…… 저는 라자르가 걱정이 됐어요."

생티브 박사가 눈앞에 등장하자 선생님은 말을 더듬었다.

"음, 음."

이렇게 키가 큰 호남일 줄이야! 넓은 어깨에, 자신감이 가득해 보이고, 당황스러울 정도로 주의 깊게 상대를 바라보는 사람이었다.

"학년 초 쉬는 시간에 라자르가 주로 혼자 있었어요."

"음, 음."

"지금은 수업 중에 자주 멍하니 생각에 잠겨 있지요."

뒤마예 선생님은 스스로 점점 더 초라하게 느껴졌다. 목소리마저 떨려 나왔다.

"그 여학생과 있었던 일 때문에 이야기를 나누고 싶어 하시는 줄 알았습니다만, 오세안이었나요?"

소뵈르의 급습이었다.

"네, 그렇기는 한데…… 제가 잘못 판단한 것 같습니다. 처음에는 라자르가 오세안에게 못되게 굴었다고 생각했었지요. 그런데 아마 오세안이…… 그러니까, 말씀드리기 조심스럽지만……."

마음이 급한 소뵈르가 선생님 대신 문장을 완성했다.

"인종차별적인 발언을 한 모양이지요?"

"아니요! 그러니까…… 오세안이 수업 중에 라자르의 엄마가 백인이라는 사실을 믿지 못하겠다고 말한 적이 있어요. 백인 엄마는 흑인 아기를 배 속에 품을 수 없다면서요."

소뵈르의 발밑에서 땅이 꺼져 들어가는 것 같았다. 오세안이 라자르가 태어날 때 있었던 일을 알 리가 없었다. 그저 우연의 일치일 뿐이었다. 소뵈르는 헛기침으로 침착을 되찾을 시간을 벌었다.

"라자르는 어떻게 반응했습니까?"

"글쎄…… 못마땅해했지요."

이 임상심리전문가의 존재감에 압도된 뒤마예 선생님은 더 이상 할 말을 찾지 못했다.

"별것도 아닌 일로 오시게 해서 죄송합니다."

선생님이 어쩔 줄 몰라 하며 말했다.

"전혀 그렇지 않습니다. 제가 감사하지요. 라자르와 이야기해 보겠습니다."

선생님은 안도의 한숨을 간신히 참았다.

"조금 피곤해 보이시는군요."

소뵈르가 공감하듯 지적했다.

"이맘때쯤이면 아이들이 흥분 상태지요."

소뵈르의 말이 "열려라, 참깨!" 같은 마법의 주문인 양, 뒤마예 선생님은 지난 몇 주, 혹은 몇 달 간 속에 담아 둔 것들을 좁은 인도 위에 쏟아 냈다. 업무는 많고, 학생들의 자율성 훈련은 불협화음이 되어 가고, 조별 활동을 시키면 학생 삼분의 이가 빈둥거리고, 사회가 교사들에게 교육과 전승도 모자라 돌봄 노동까지 강요하고 있으며, 다 잘해 내고 싶지만 때로는 어쩌다 그렇게 되었는지조차 모르겠다고……. 생티브 박사의 머릿속에서 스톱워치가 작동했다. 녹초가 된 선생님을 3분 안에 회복시켜야 했다.

"속담을 좋아하신다고 들었습니다."

선생님은 신중하게 침묵을 지켰다.

"이런 속담이 있지요. '누구라도 불가능한 일을 할 의무는 없다.' 기준을 너무 높게 잡으신 겁니다."

이 말에 선생님이 재치를 되찾았다.

"'완벽을 기하려다 도리어 일을 그르친다'는 말씀이지요?"

선생님이 자조하듯 말했다.

"한 번에 너무 많은 일을 벌이시는 것 아닐까요?"

"맞아요. 전 도무지 가만히 있지를 못하거든요! 하지만 그럴 수밖에 없어요. 미디어에, 정책에, 학부모들까지 저를 가만두지 않지요. 아이들은 영어에, 컴퓨터에, 함께 사는 법에, 라마르세예즈까지 배워야 해요. 게다가 요즘 아이들은 책을 통 읽지 않아요. 구두시험 점수도 형편없고, 매일받아쓰기를 해야 하지요……."

소뵈르가 웃음을 터뜨렸다.

"뒤마예 선생님, 지구를 구하실 수는 없는 노릇 아닙니까!"

이 말 끝에 교육자와 임상심리학자는 공감의 악수를 나눴다. 지구를 구하는 것, 바로 그것이 두 사람이 궁극적으로 원하는 것이었다.

"아이를 데리고 돌아가도 될까요?"

"물론이지요, 소뵈르 씨. 방과후활동지도사와 함께 운동장에 있답니다."

소뵈르의 입가에 어렴풋이 미소가 스쳤다. '방과후활동지도사'라니! 석사학위를 가지고도 한 달에 300유로를 벌기 위해 얼음땡 놀이를 해야하는 청년일까?

"선생님이 뭐래?"

집으로 돌아가는 길에 라자르가 물었다.

"나중에 다시 얘기하자. 뭘까?"

서둘러 달려갔는데도 소뵈르는 약속 시간보다 30분 늦게 마지막 환자를 맞이했다. 바로 시릴과 그 엄마였다.

"잊어버리신 줄 알았어요."

쿠르투아 부인이 투덜댔다.

소뵈르는 하마터면 이미 꽉 찬 일정에 꾸역꾸역 밀어 넣은 상담이라는 사실을 언급할 뻔했지만, 다른 사람들에게 가끔 하는 조언을 따르기로 하고 볼 안쪽을 깨물었다. "입은 닫고 문은 활짝 열어라."

"죄송합니다, 쿠르투아 부인, 들어오시지요. 안녕, 시릴."

"온통 우산이에요."

아이가 의자 끝에 엉거주춤 앉으며 중얼거렸다.

"뭐라고 했지? 아, 그래, 우산!"

"요즘 매일 밤 침대에 오줌을 싸요. 선생님이 반대하셔서 기저귀를 포기했더니 눈 깜짝할 사이에 홍수가 나지 뭐예요."

"눈 깜짝할 사이에요? 홍수가 그렇게 빨리 나던가요?"

"네? 아, 전 또 뭐라고……."

부인이 소뵈르의 농담을 책망하는 눈길을 보냈다.

"침대에 실수를 해서 힘드니, 시릴?"

소뵈르는 최면을 거는 듯한 목소리로 아이에게 물었다. 필요하다고 생각하면 꺼내 드는 무기였다.

"네."

"엄마가 힘들어하니까 힘든 거지? 그런데 너는 어때? 너도 힘들어?"

"아니요."

"아, 그래? 오줌으로 범벅이 되는 게 좋기도 하겠다!"

부인이 폭발했다.

"쿠르투아 부인."

소뵈르가 진정하라는 뜻으로 손을 뻗으며 말을 끊었다.

부인은 입을 다물었지만, 절망의 한숨을 내쉬었다.

"침대에 쉬야를 하는 게 밤에 눈물을 흘리는 것과 마찬가지라는 말을 아니?"

소뵈르가 다시 시릴에게 물었다.

"전 안 울어요."

아이가 웅얼거렸다.

"안 울지. 눈이 건조한 게 잘 보인다."

그 말에 시릴이 고개를 들어 소뵈르의 시선을 찾는가 싶더니 다시 눈을 내리깔았다.

"침대에 오줌을 싸는 대신, 다른 방식으로 네 고민을 표현할 수는 없을까?"

소뵈르가 난감한 얼굴로 묻는 척했다.

어머니에게서도 아이에게서도 아무런 반응이 없었다.

"우리 둘이서만 얘기해 볼까? 엄마는 대기실로 가시라고 하고?"

"싫어요!"

날카로운 목소리가 공기를 갈랐다.

"엄마랑 같이 있을래요. 같이 있고 싶어요."

당황한 아이가 바로 덧붙였다.

"엄마와 같이 있고 싶구나."

소뵈르가 아이의 말을 반복했다.

"그럼 무슨 이야기를 같이 해 보면 좋을까? 침대에 쉬야하는 이야기는 별로 재미가 없으니까 빼자. 예를 들어 놀이 얘기를 해 볼까? 무슨 놀이를 좋아하지?"

"어…… 늑대 놀이요."

"그렇구나. 그게 어떤 놀이지?"

"우리가 갇혀 있어요. 그러다가 빠져나가려고 하면 늑대가 우리를 잡아요. 그럼 잡힌 사람이 늑대가 돼요."

"어떤 점에서 그 놀이가 좋아?"

"어, 빠져나가는 게 좋아요."

아이는 점차 생기를 되찾았다.

"빠져나가는 데 성공하니?"

"아니요. 늑대가 저보다 세거든요."

"너보다 세다고?"

"네."

"늑대들은 큰 아이들이 하니?"

"네."

"오학년 형들?"

"네."

"너는 빠져나가지를 못하고?"

"네."

대화는 명확했고, 대답도 깔끔했다. 소뵈르는 연방 엉덩이를 들썩이는 쿠르투아 부인을 향해 조심스럽게 달래는 손짓을 해 보였다.

"빠져나가려면 어떻게 해야 할까?"

"형들이랑 늑대 놀이를 안 할 거예요."

시릴이 결심을 밝혔다.

"좋은 생각이구나. 어떤 사람들하고는 같이 놀지 않는 편이 나아."

소뵈르가 동의했다.

"항상 지거든요."

시릴이 소뵈르를 똑바로 바라보며 말했다.

"바로 그거야."

쿠르투아 부인이 계속해서 들썩이는 바람에 결국 소뵈르가 물었다.

"예, 무슨 일이시지요, 쿠르투아 부인?"

"죄송해요. 시간이 늦어서요. 선생님이 늦게 오신 데다가 저녁 준비를 하려면 장을 봐야 해요……. 하지만 시릴이 다시 치료를 받는 데 찬성해요. 저…… 돈도 가져왔어요."

부인이 핸드백을 집어 들며 덧붙였다.

아들이 큰 아이들의 강요로 하게 된 성적인 놀이에 대해 말하고 있다는 것을 이해하고 싶지 않은 것일까? 늑대 놀이라는 말이 생각만큼 명료하지 않았던 걸까?

"너도 우리가 다시 만나는 데 찬성하니, 시릴?"

소뵈르가 아이에게 물었다.

"네. 다른 놀이에 대해서도 이야기하고 싶어요."

"좋아. 학교에서 하는 놀이 말이니?"

"집에서요."

쿠르투아 부인이 자리에서 일어났다. 이번에는 확실히 무례한 태도였다.

"이제 정말 갈게요. 슈퍼마켓이 곧 닫겠어요."

문가에서 시릴이 다시 한번 조난 신호탄을 발사했다.

"늑대 이야기 다시 해도 되지요?"

"그럼. 꼭 듣고 싶구나."

소뵈르가 손을 내밀며 대답했다.

아이는 매달리다시피 그 손을 잡았다.

"이모 집에서는 태양만 떠요."

아이가 속삭였다.

"금요일까지 표를 채워서 다시 얘기하자꾸나. 잘 가렴, 시릴. 잘 보시기 바랍니다, 쿠르투아 부인."

"아, 네, 고맙습니다. 가 볼게요."

부인이 겸연쩍은 얼굴로 시릴을 떠밀었다.

"자, 빨리, 빨리……."

소뵈르는 문을 닫은 뒤 현기증이 나서 복도 벽에 기댔다. 190센티미터에 80킬로그램의 거구인 그로서도 힘든 한 주였다.

*

* *

토요일, 가뱅은 가족의 일원으로서 피자 주문이라는 임무를 수행했다. 가뱅이 전화에 대고 '버섯 햄 피자에서 버섯은 빼 주시고요, 컨트리피자에서 양파는 빼 주시고……'라고 말하는 동안, 라자르는 그 앞에서 귀스타비아의 케이지를 가리키며 손짓발짓으로 미국 원주민 수족의 춤을 시도했다.

"무슨 일인데 그래?"

가뱅이 전화를 끊으며 물었다.

"새끼 한 마리가 안 움직여."

라자르가 구슬프게 말했다.

가뱅은 한참 동안 귀스타비아 여사의 새끼들을 살펴보았다. 네 마리의 분홍빛 민달팽이가 꿈틀거리고 있었다. 무리에서 밀려나기 시작한 지 이미 좀 된 막내에게서는 더 이상 삶의 흔적이 보이지 않았다.

"그러네. 너희 아빠를 기다리자. 변시체는 내 전문이 아니야."

가뱅이 결론을 내렸다.

변시체가 무슨 뜻인지 묻지는 않았지만 라자르 생각에도 별로 좋은 이야기는 아닌 듯했다.

토요일이면 13시에 상담을 마치는 생티브 박사가 주방에 들어서자 라자르의 비명이 맞이했다.

"아빠, 아기 햄스터가······!"

수의사가 아니라도 날 때부터 약한 다섯 번째 새끼가 대가족 안에서 버텨 내지 못했음을 깨닫기에 충분했다. 소뵈르가 케이지를 열어, 햄스터 사이트의 추천에 따라 귀스타비아 여사의 출산 전에 건초 더미 아래 숨겨 둔 티스푼을 꺼냈다. 아빠가 죽은 새끼를 살아남은 넷으로부터 조심스럽게 떼어 낸 뒤 티스푼으로 거두어들이는 동안, 라자르는 얼굴을 찌푸린 채 고개를 돌리고 있었다.

"대박."

가뱅의 평가였다.

스테인리스 쓰레기통 뚜껑이 닫히는 소리가 사건의 종결을 알렸다.

"전부 다 죽지는 않겠지?"

라자르가 걱정했다.

"그렇지 않아."

소뵈르는 아무것도 모르면서 이렇게 대답했다.

피자 배달부의 도착으로 분위기가 전환되었다.

세 사람이 식탁에 둘러앉았다. 소뵈르는 라자르의 엄마가 백인이라는 사실을 믿지 않은 아이 이야기를 꺼내기에 좋은 때라고 판단했다.

"그 애가 바보라서 그래."

신속한 결론이었다.

"그런데 왜 사진이 없어?"

라자르가 물었다.

"사진? 엄마 사진? 아, 그게…… 그 당시에…… 마르티니크에서는 말이지…… 지금처럼 사진을 많이 찍지 않았거든."

소뵈르가 더듬더듬 말했다.

"진짜요? 그럼 라자르는 엄마 사진을 한 번도 본 적이 없어요?"

늘 무기력한 가뱅치고 놀라운 반응이었다.

"물론 있지."

"없잖아!"

라자르가 항의했다.

"결혼식 사진을 보여 준 적 있잖아."

"아니야!"

아이가 고집을 부렸다. 만일 가뱅이 없었더라면 소뵈르는 식탁을 주먹으로 쳤을지도 모른다.

"나중에 보여 줄게."

소뵈르가 이를 악물고 말했다.

"언제?"

라자르는 기회를 놓치지 않을 셈이었다.

"응? 언제?"

소뵈르가 포크와 나이프를 식탁에 던지고 일어섰다. 크라프트지 봉투는 여전히 침대 머리맡 협탁 서랍에 있었다. 가뱅과 라자르가 걱정스럽게 얼굴을 찌푸리며 서로를 의지하는 사이 소뵈르는 위층으로 올라가 커다란 사진 한 장을 들고 왔다. 식민지풍의 하얀 저택 앞에서 찍은 결혼식 사진이었다. 하객 30여 명이 '치즈'라고 말하라는 사진사의 요청에 따라 미소를 짓고 있었다. 라자르가 잔뜩 흥분해서 사진을 집어 드는데, 가뱅은 늘 그렇듯 열의 없는 태도였다.

"엄마!"

아이가 눈을 크게 뜨고 외쳤다.

어쩌면, 그래, 어쩌면 아빠가 이 사진을 보여 준 적이 있을지도 모른다. 하지만 오래전 일이라 기억이 희미했다. 월등히 큰 키 덕에 소뵈르의 머리가 다른 사람들 머리 위로 우뚝 솟아 있었고, 그 옆에 선 호리호리한 신부는 더 작아 보였다. 옅은 푸른색 눈동자에 금발, 이자벨 투르빌은 상당한 미인이었다.

"이 사람은 누구야?"

라자르가 젊은 흑인 여자를 가리켰다. 온통 백인들뿐인 하객 가운데 유일하게 어두운 피부색이었다.

"에블린."

"에블린이 누군데?"

아빠의 입에서 한 마디를 끌어내는 것도 쉬운 일이 아니었다.

"아빠의 이부 누나."

"미친."

그때 가뱅이 자기도 모르게 말했다. 사진 맨 뒷줄에서, 옆 사람에게 가려 반만 보이는 하얀 머리의 젊은 남자를 발견한 것이었다.

"왜 그래?"

소뵈르와 아들이 동시에 물었다.

"엥? 아무것도 아니에요. 그냥 뭐가 좀 생각나서……."

세 사람은 각기 다른 생각에 잠겼다. 소뵈르는 자신이 사람을 죽였다고 비난한 익명의 편지를, 라자르는 뜻 모를 또 다른 익명의 편지를, 그리고 가뱅은 자신이 미행한 수상한 남자, 바로 사진 속 알비노 청년을 생각했다. 말해지지 않은 것들, 크고 작은 비밀들에 발이 옭매인 채, 각자 가지고 있는 퍼즐 조각을 테이블에 꺼내 놓지 않았다. 전화벨 소리에 세 사람은 얼빠진 상태에서 깨어났다.

"생티브 박사님? 로슈토 부인이에요. 폴 엄마요. 아시지요?"

"물론입니다. 무슨 일이신지요?"

"아기 말씀인데요……."

"아기요?"

"햄스터! 아기 햄스터요!"

루이즈가 서둘러 덧붙였다.

"아기에게 관심이 있으십니까?"

소뵈르의 입가에 그려진 작은 미소를 상상한 루이즈가 몸을 떨었다.

"네. 수컷이요. 수컷이 조련하기, 키우기, 어, 길들이기 더 쉽다더군요."

무슨 말을 하는지 스스로도 모를 지경이었다.

*
*　*

다음 날 밤, 자정이 지난 시각, 소뵈르는 그 주의 심리학 서적 『편집증 환자를 웃게 만드는 방법』을 덮고 서재로 살금살금 들어갔다. 자고 있어야 할 가뱅은 이어폰을 깊이 꽂고 월드 오브 워크래프트에 푹 빠져 있느라 다가오는 소리를 듣지 못했다. 소뵈르가 가뱅의 어깨를 토닥였다.

"뭐야?"

가뱅이 이어폰을 빼며 말했다.

"밤마다 하는 일이 이거냐?"

"주말이잖아요. 그리고 나쁜 일도 아닌데요, 뭐. 온라인 롤게임이에요. 월드 오브 워크래프트라고, 혹시 아세요?"

"안다마다. 그리고 비디오게임 중독, 거기서 초래되는 출석 불량 문제까지 잘 알지."

"쳇, 그런 거 아니라고요."

가뱅이 어깨를 으쓱하더니 마지막으로 모니터를 흘긋 보고 나서 마지못해 노트북을 껐다.

"너희 학교 교장 선생님이 오늘 오후에 전화하셨더라. 이제 수업은 아예 안 들어간다면서?"

"과장이에요. 수학만 안 들어가요. 어차피 수학은 포기했어요. 이해가 하나도 안 돼요."

"이제 수업에 아예 안 들어갈 거니?"

소뵈르는 턱없는 거짓말을 믿어 줄 생각이 없었다.

"뭐가 달라지는데요?"

"특수교육 교사가 있는 위탁 가정에 가게 되겠지."

모든 일에 반응이 느린 가뱅의 눈에 천천히 눈물이 고였다.

"그게 무슨 도움이 되는데요?"

가뱅이 웅얼거렸다.

"뭐가 무슨 도움이 되냐는 거지?"

"다요. 학교, 수학, 공부, 전부 다요."

소뵈르는 때를 못 맞추고 떠오른, 석사학위 소지자에 무직인 샤를로트 생각을 서둘러 쫓아 버렸다.

"사회에서 자리를 잡는 데 도움이 되지. 장래 계획이 하나도 없어? 뭐가 되고 싶은지 생각은 있을 것 아니야?"

"나이트 엘프요."

"평생 컴퓨터 앞에 앉아서 보내는 게 네 꿈이구나."

이렇게 설교를 해 놓고 소뵈르는 금세 후회했다. 어차피 청소년에게 통할 리가 없는 얘기였다.

"전 이제 어떡해요? 이 집에서 꺼질까요?"

생티브 박사가 전문성을 회복했다. 자신이 돌봐야 할 연약한 성정을 가진 아이가 눈앞에 있었다.

"내일 어머니를 보러 가자."

"엄마는 미쳤어요."

"새 소식을 들었어. 좋아지셨다는구나. 치료법을 바꿨더니 잠을 덜 주무시고, 이런저런 활동에도 참여하신대. 그리고 너를 보고 싶어 하셔."

일요일 오후, 가뱅과 소뵈르는 푸파르 부인의 면회를 청하고 담당 감시인의 안내에 따라 활동실로 갔다. 복권 놀이가 한창 진행 중이었다.

"팔십!"

진행자의 말에 한 할아버지가 손을 들자, 옆자리 할머니가 몸을 기울여 숫자가 적힌 종이를 훔쳐보더니 말했다.

"없어요."

"십육!"

진행자가 자루에서 칩을 하나 꺼내더니 외쳤다.

할아버지가 다시 손을 들자, 옆자리 할머니가 또 말했다.

"없어요."

가뱅의 눈에 창가에 앉은 엄마가 들어왔다. 엄마는 복권 종이를 앞에 두고 창밖을 바라보고 있었다. 이제 공공병원의 초라한 환자복이 아니라 본인의 옷을 입고 있었다.

"아까 먹었어요."

간호사가 약을 먹이려는 것이라 생각한 부인이 기계적으로 말했다.

소뵈르는 가뱅이 도망가지 못하게 어깨에 손을 올렸다.

"엄마?"

부인이 아들 쪽으로 얼굴을 돌렸다. 깔끔하게 손질된 머리와 화장 덕분에, 멍해 보이는 것만 빼면 갤러리 라파예트 백화점 매장 주임이었던 푸파르 부인처럼 보였다.

"와 줘서 고맙구나. 난 잘 지내고 있어. 곧 퇴원할 거야."

부인이 잘 준비한 대답을 쏟아 내더니 적절한 말을 했는지 확인하려는 듯이 소뵈르 쪽을 보았다.

"치료법이 잘 듣고 있어요."

부인은 착한 환자 역할을 하고 있었다. 그것만이 밖으로 나갈 수 있는 유일한 해결책임을 깨달은 것이다.

"그것 참 잘됐군요, 푸파르 부인. 아드님과 이야기 나누고 계세요. 일을 좀 보고 오겠습니다."

소뵈르가 가뱅의 어깨를 눌러 부인의 맞은편에 앉혔다. 가뱅 혼자 오래 둘 생각은 없었기 때문에 잠시 안내데스크에 들렀다. 역시 마르티니크 출신인 마도가 브리지트 대신 근무 중이었다. 고향에서 휴가를 보내다니 얼마나 운이 좋으냐며 몇 마디를 주고받은 뒤, 소뵈르는 마도에게 '가벼운 부탁'을 하나 했다.

"혹시 전에 콜송에 있던 환자가 최근에 정신과로 이송됐는지 알 수 있을까요? 마르티니크에서 본토로 이송된 환자 같은데 이름은 몰라요."

마도는 의외의 부탁이라고 생각하면서도 알아보러 가더니 곧 고개를 절레절레 흔들며 돌아왔다. 콜송에서 온 환자는 없었다. 잘못 짚었군. 가뱅과 소뵈르는 잠시 후 병원을 떠났다.

"어머니는 어떠셨지?"

"괜찮았어요. 좀 로봇 같았지만요."

일요일 저녁, 소뵈르는 가뱅이 노트북을 껐는지 확인하고 돌아와 협탁 서랍을 열어 크라프트 봉투에서 결혼식 사진을 꺼냈다. 가끔 찢어 버리고 싶은 충동을 느꼈지만, 언젠가 라자르가 엄마가 어떻게 생겼는지 보고 싶어 할 거라는 생각에 그럴 수가 없었다. 라자르가 사진을 보고도 에블린에 대한 질문 말고는 통 말이 없어 놀라긴 했다. 뒤틀린 몸으로 전동 휠체어에 앉은 불행한 젊은 여성, 술 때문에 망가진 신부 아버지의 얼굴, 다운증후군 화동, 사진에서 사라지고 싶어 하는 알비노 청년을 눈치채지 못했단 말인가?

생티브 박사는 다이어리를 활짝 펼치며 농담 하나를 떠올렸다. "요즘 어떻게 지내?" "매일 월요일 같아⋯⋯." 월요일, 자살률이 가장 높은 요일이기도 했다.

이날, 소뵈르는 마침내 특정한 호기심을 해결할 수 있으리라 기대했다. 드디어 카레 씨를 만날 예정이었다. 마르고가 아버지와 함께 올까? 법원 집행관 비서가 대신 약속을 확인했기 때문에 카레 씨에게 직접 묻지는 못했다. 카레 씨는 19시 10분에 나타났다.

"조금 늦었군요. 죄송합니다. 더 일찍 나오기가 어려웠습니다."

카레 씨가 들어오면서 말했다.

중요한 인물 같은 말투였지만 키가 작아서 인상적으로 들리지는 않았다. 카레 씨는 소뵈르와 이야기를 나누려면 고개를 들어야 한다는 점이 못마땅해 서둘러 자리에 앉으려 했다.

"아, 거긴 제 자리입니다."

"오, 박사님 자리로군요. 그것 참 죄송하게 됐습니다."

본능적으로 중요한 인물에게 어울리는 자리를 노린 카레 씨의 말투는 예의를 갖췄다기보다 빈정거리는 것으로 들렸다.

출입문에서 진료실까지 오는 사이, 생티브 박사는 이미 방문객에 대해 상당한 정보를 확보했다. 짙은 색 고급 슈트, 독창성 없는 평범한 넥타이, 섬세하면서도 남성적인 이목구비, 짧게 자른 무성한 머리카락, 희끗희끗한 관자놀이, 표정이 풍부하지 않은 얼굴에 정중한 미소. 잘생긴 남자였다. 매력적으로 보일 수도, 차갑게 보일 수도 있는 얼굴이었다. 두 사람은 침묵 속에서 서로를 살폈다. 카레 씨는 먼저 입을 여는 사람이 불리한 위치에 놓일 것이라고 생각하는 눈치였다. 결국 파워 게임에 흥미가 없는 소뵈르가 대화를 시작했다.

"마르고와 함께 이야기해야 하지 않을까요?"

"그럴 필요를 모르겠습니다."

"저와 함께 치료 중이지요. 말씀은 나눠 보셨습니까?"

"그 불결한…… 자해인지 뭔지 말입니까?"

"불결하다고요?"

"제가 끝낼 겁니다. 그 말씀을 드리려고 특별히 여기까지 왔지요."

카레 씨가 근엄한 얼굴로, 엄숙하면서 다소 빼기는 듯 말했다. 물론 언성은 전혀 높이지 않았다.

"어떻게 하실 생각입니까?"

소뵈르가 물었다.

"마르고의 양육권을 가져올 겁니다. 가정법원 판사를 통해 이 방향으로 조치를 취할 계획입니다. 개인적으로 아는 분이지요. 엄마 쪽에서 제대로 교육을 못 하는 게 분명합니다. 선생님도 인정하시겠지요."

"마르고의 자해 문제를 뒤티외 부인 탓으로 돌리시는 겁니까?"

소뵈르가 중립을 유지하면서 물었다.

"그럼 누구 탓이지요? 마르고가 제 엄마 잘못이라고 말했을 텐데요."

카레 씨는 놀란 것 같았다.

"아닙니다."

"아니, 임상심리전문가로서……."

카레 씨가 도대체 자신이 어디로 떨어졌는지 알아야겠다는 듯 진료실을 눈으로 훑었다. 그러더니 귀스타비아의 케이지를 보고 눈을 치켜떴다.

"그런데 말입니다, 닥터 생티브, 사실 닥터가 아니시지요……."

"심리학 박사입니다."

"예, 하지만 의학 박사는 아니지요. 의사라고 불릴 자격은 없으신 거네요."

"일반의들이 저에게 환자들을 보냅니다."

"논점을 흐리시는군요. 제 딸들이 선생님에 대해 말할 때 '닥터 생티브'라고 하더군요. 이는 불법적인 의료 행위에 해당합니다."

카레 씨는 소뵈르처럼 냉정을 유지하려 했지만 분노가 앞섰다. 자신혹은 자신의 자녀 중 한 명이 고작 심리학자를 상대해야 한다는 사실에 굴욕감을 느꼈다.

"내 딸은 당신 같은 사람에게 사이비 치료를 받을 이유가 없습니다. 아이가 여기 다시 온다면 고소하겠습니다."

"아이 어머니에게는 판사, 상담사에게는 고소라, 고통이 이런 식으로 치료될 수 있다고 믿으십니까?"

"누가 고통을 받는다는 겁니까?"

"마르고에 대해 이야기하러 오신 줄 알았습니다만."

"마르고는 멀쩡합니다."

"그럼 왜 보건교사가 임상심리전문가에게 갈 것을 요구했을까요?"

"그 누구도 내 아이들에게 그 무엇도 요구할 권리가 없습니다."

"상도즈 부인도 고소하실 겁니까?"

"그게 누구입니까?"

"마르고의 상태를 걱정한 보건교사입니다."

"마르고는 뛰어난 아이입니다. 지난 학기에 이십 점 만점에 평균 십팔 점 칠 점을 받았고, 학부모회에서도 찬사를 받았고, 첼로 연주에 뛰어나고, 승마도 잘합니다. 부모라면 이런 '상태'에 있는 딸을 탐내겠지요!"

"마르고가 상처를 보여 주던가요?"

"십대들이 하는 장난이지요……. 뭐, 걱정스러울 수도 있습니다."

카레 씨가 양보하듯이 말했다.

"그렇기 때문에 빨리 개입해서 제 엄마의 영향력에서 벗어나게 하려는 겁니다."

"마르고의 불안에 대해 다른 설명은 없을까요?"

"분명 저에게서 프로이트적인 이론을 끌어내시려는 거겠지요."

카레 씨는 재미있어하는 것처럼 보였다.

"어머니를 폄하하는 것이 마르고에게는 고통스러울 수 있습니다. 자녀는 부모가 이혼한다고 해서 어느 한쪽을 선택할 필요가 없지요."

"정신적 문제를 알아보지도 못하다니, 확실히 일류 심리학자시군요. 제 전처를 보지 않았습니까?"

"두 차례 뵈었지요."

"그런데도 그 여자가 조종자라는 사실을 몰랐다고요? 그 여자는 남을 현혹합니다. 겉보기에는 그럴싸하지요. 유혹에 빠질 수도 있습니다."

자기 얘기였다.

"그래서 제가 그 유해한 힘을 종식시키려는 겁니다."

카레 씨는 상처받았으나 용기 있는 아버지 행세를 하며 말을 마무리했다.

"마르고 이야기만 하시는군요. 블랑딘은 어떻습니까?"

"블랑딘은 제 엄마의 영향 아래 있지요. 그 애에게는 해 줄 수 있는 게 없습니다. 그 애 성적은 보셨습니까?"

"성적이 안 좋은가요?"

"처참하지요. 게다가 음악 수업도 그만두고, 제 엄마의 가호 아래 인형을 가지고 바보짓이나 하고 있습니다."

블랑딘은 제 아빠에게 반항하고, 아빠를 높이 평가하지 않았다. 그래서 카레 씨는 블랑딘을 버리고 '뛰어난 아이'인 마르고에게 집착했다. 소뵈르는 아이가 망가지는 것을 막을 방법을 찾을 수 없었다.

"제가 도움이 되지 못해 불만을 가지고 계시다는 건 충분히 이해합니다. 하지만 마르고가 자기 파괴적인 충동을 극복하도록 도울 의사를 찾아야 합니다."

"'자기 파괴적인 충동'이라, 말이 참 거창하군요! 커터 칼로 두어 번 그은 것 아닙니까."

소뵈르가 질문을 반복했다.

"마르고가 상처를 보여 주던가요?"

카레 씨가 대답 없이 일어서더니 외투를 걸치며 말했다.

"저는 치료를 받으러 온 게 아니라 마르고를 다시 만나지 말라고 말씀드리러 왔습니다. 댁이 고작 이런 상담 한 번에 사십오 유로를 챙긴다는 건 알지만, 죄송하게 됐습니다. 지불할 마음이 없어서요."

"집행관을 보내겠습니다."

소뵈르가 농담하듯 대꾸했다.

카레 씨는 마음속에 끓어오르는 증오를 한데 모아 차가운 눈길을 던지고 떠났다.

혼자 남은 소뵈르는 잠시 망설인 끝에 전화를 들었다.

"뒤티외 부인? 소뵈르 생티브입니다."

원칙상 진료실에서 오간 이야기는 외부로 유출해서는 안 되었다. 하지만 카레 씨는 환자로 간주되기를 거부했다. 따라서 소뵈르는 마르고의 어머니에게 방금 일어난 일을 알릴 권한이 있다고 생각했다.

"저…… 저에게서 양육권을 박탈한다고요?"

뒤티외 부인이 말을 더듬었다.

"그렇게는 안 될 겁니다. 하지만 당장 좋은 변호사를 찾으세요. 언제든 마르고의 문제들과 부인의 걱정에 대한 증명서를 작성해 드리겠습니다. 마르고가 부인에게 적대적으로 보인다 해도 절대 포기하지 마세요. 더 이상 무엇이 진실인지 모르는 상태입니다."

소뵈르가 부인을 안심시켰다.

"하지만 선생님은 무엇이 진실인지 아시잖아요. 위험한 사람이에요. 그렇지요?"

뒤티외 부인이 간절한 목소리로 물었다.

"마르고를 보호해야 합니다. 곁에 계세요. 아이가 힘들게 해도 버티셔야 합니다."

소뵈르는 직접적인 대답을 피했다.

"고맙습니다, 닥터 생티브."

생티브 박사는 의학 박사와 심리학 박사의 차이에 대해 상기시키고자 입을 벌렸다. 하지만 "힘내십시오" 하는 말을 마지막으로 전화를 끊었다. 환자들은 원하는 대로 그를 부르곤 했다. 그들이 적합하다고 생각한다면 무엇이라고 부르든 상관할 일이 아니었다.

라자르는 마르고 카레 사건의 최신 상황을 따라잡지 못했다. 가뱅을 따라 월드 오브 워크래프트에 입문했기 때문이다. 소뵈르가 귀스타비아의 케이지를 들고 주방에 가 보니, 두 아이가 꼭 붙어 앉아서 가뱅의 노트북 컴퓨터를 들여다보고 있었다.

"숙제 없어?"

소뵈르가 잔소리를 했다.

"다 했어!"

"사 곱하기 팔은?"

"삼십육."

선의를 베풀기로 한 가뱅이 속삭였다.

"삼십육!"

라자르가 그대로 따라 했다.

소뵈르는 피곤하다는 듯 천천히 눈을 감았다.

*
*　　*

몇 블록 떨어진 곳에서 알리스와 폴 역시 컴퓨터 앞에 함께 앉아 모니터를 들여다보고 있었다. 아빠 집에서 보내는 주였다. 남매는 전에 없이 결속력을 보여 주었는데, 아마도 알리스가 은색 바네사 브루노 가방을 손에 넣으면서 일시적으로 소비 욕구를 충족했기 때문일 것이다.

"이거야. 이렇게 생긴 케이지를 사려고."

폴이 사진 한 장을 클릭하며 말했다.

둘은 소뵈르가 '햄스터학'의 궁극적인 교본으로 삼고 있는 사이트를 살

피는 중이었다.

"햄스터 이름, 진짜 아무개라고 할 거야?"

"별로야?"

"아실보다는 괜찮아!"

주방에서 귀를 쫑긋 세우고 있는 팽프르넬더러 들으라는 듯이 알리스가 목소리를 높였다. 폴은 모니터 뒤로 웅크린 채 낄낄거렸다.

"엄마가 언제 햄스터 데리러 가는지 알아?"

폴이 고개를 젓자, 알리스가 아이폰을 꺼내 들었다.

"엄마한테 물어볼게."

사실 알리스는 혼자 있는 엄마가 무엇을 하고 있는지 걱정이 되었다. 일주일 내내 전화 통화 중에 억지로 웃는다거나, 인생이 탭댄스라도 되는 양 'I'm singing in the rain(빗속에서 노래해)'라고 흥얼거린다거나, 아무튼 엄마의 행동에서 수상한 점을 포착했기 때문이다.

"안 받네."

집으로 전화를 건 알리스가 말했다.

"밖에 나갔나 봐."

폴이 딱히 감흥 없이 추측을 말했다.

"밖에?"

알리스는 최근 들어 본 것 중에 제일 어처구니없는 말이라도 된다는 듯 소리쳤다.

"가게 다 닫았잖아!"

"영화관에."

"뭔 소리야! 엄마가 영화관에 가서 뭘 해?"

누나가 펄쩍 뛰는 바람에 폴은 감히 영화를 보러 가겠지, 하고 대답할 수가 없었다.

"휴대전화로 걸어야겠어."

알리스가 결심했다.

"위급 상황에만 거는 거잖아."

아빠 주에는 엄마를 방해하지 않기 위해 만든 규칙이었다. 물론 반대도 마찬가지였다. 하지만 알리스는 완고했다.

"이건 위급 상황이야. 어, 여보세요, 엄마? 지금 어디야?"

"지금 어디냐고? 집이지."

세상 끝에서 들려오는 듯한 목소리가 속삭였다.

"아니잖아. 집으로 전화했는데 응답기가 돌아가던데."

"샤워 중이었어. 무슨 일 있어?"

여전히 속삭이는 목소리가 대답했다.

"폴이 키울 햄스터 얘기야."

"그 얘기라면 나중에, 다음 월요일에 얘기하자. 규칙 잘 알고 있잖아."

집에 혼자 있었다면 짜증을 터뜨렸을 텐데, 루이즈는 목소리를 높이지 않았다. 알리스는 집이 아닌 다른 배경 소음을 감지했다. 루이즈가 휴대폰을 꺼 버리자, 알리스는 분노했다. 울면서 비명을 지르고 아이폰을 부수고 싶었지만, 한편으로는 자신의 반응이 과하다는 것도 알고 있었다. 그렇지만 한번 아빠에게 배신을 당한 이상, 엄마의 배신은 막아야 했다. 알리스는 폴에게 라자르의 아빠를 본 적이 있는지 다짜고짜 물었다.

"그럼, 당연하지. 집에 갔었잖아. 새로 데려온 햄스터도 보고……."

"어떻게 생겼어?"

"금색 털에다가……."

"아니, 햄스터 말고! 라자르네 아빠가 어떻게 생겼냐고!"

"엄청 웃겨."

알리스가 눈동자를 불만스럽게 굴렸다.

"잘생겼어? 못생겼어? 키 작아? 커? 늙었어? 젊어?"

"어어엄청나게 커."

폴이 두 팔을 천장으로 뻗으며 대답했다.

"거인이야?"

"거의."

알리스는 망설인 끝에 물었다. 그다지 정치적으로 올바른 질문은 아니었다.

"까매?"

"응."

"네 친구처럼 까매?"

"더."

까만 거인이라니! NBA 선수의 품에 안긴 엄마의 모습이 알리스의 눈앞에 둥둥 떠올랐다. 살짝 취한 루이즈가 발랑틴, 타니와 함께 저녁을 먹고 있었다는 사실을 알았더라면 안심했을 것이다.

*

* *

우연의 일치인지 세상의 종말을 알리는 신호인지는 몰라도, 화요일에 소뵈르 앞으로 도착한 우편물에는 예전 환자들이 보낸 자녀 탄생 알림 카드 두 장이 포함되어 있었다. 하나는 질이라는 남자 이름의 여아의 탄생을, 다른 하나는 여자 이름인 셀레스트라는 남아의 탄생을 알리는 카드였다. 17시, 소뵈르는 엘라 퀴펜스를 보게 될 것을 기대하며 대기실 문을 열었다. 그런데 웬 남자아이가 책에 코를 박고 있는 게 아닌가. 혼란은 오래 지속되지 않았다. 엘라가 고개를 든 것이다.

"너…… 머리 잘랐구나?"

갈색 단발머리가 클리퍼로 깎은 짧은 머리가 되어 있었다.

"별로예요?"

엘라가 (거의) 유혹하는 듯한 미소를 띠고 물었다.

"아주 잘 어울리십니다, 기사님."

엘라는 소뵈르의 말에 웃었지만, 맞은편에 앉자마자 다시 생각에 잠겼다.

"이건 선생님께만 말씀드리는 비밀인데요, 제 이야기를 쓰기 시작했어요."

"네 이야기?"

"기사 엘리오트 이야기요. 작가가 되고 싶어요. 이제 학교도 안 빠질 거예요. 라틴어 선생님이 저한테 머리가 잘 어울린다는 말도 했어요."

생각이 이리저리로 튀는 것 같았지만, 신비스러운 끈이 그 모든 생각을 연결하고 있었다. 아이는 자신이 어디로 가는지 알고 있었다. 아니, 모르고 있을지도 모르지만, 아이의 무의식은 알고 있었다.

"전 제 이름이 싫어요. 나중에 작가가 되면 바꿀 거예요."

"엘리오트 퀴펜스?"

소뵈르가 중얼거렸다.

"네."

소뵈르는 언젠가 『르몽드』에서 읽은 트랜스섹슈얼리즘에 관한 기사를 떠올렸다. 엘라가 트랜스섹슈얼리즘이 널리 퍼진 네덜란드 같은 나라에 살았다면 의사가 나중에 원하는 성을 선택할 수 있도록 2차 성징을 억제하는 호르몬 요법을 권했을까?

"십구세기에 한 젊은 여자가 있었지."

소뵈르가 "옛날 옛적에" 하고 옛날이야기를 시작하듯 입을 열었다.

"이름은 오로르 뒤팽. 작가가 되기로 결심한 여자는 남자 옷을 입고, 파이프 담배를 피우고, 조르주 상드라는 이름으로 책을 냈단다."

"정말요?"

"마르티니크에서 살던 청소년 시절에 상드의 소설을 세 권 읽었는데, 다 좋았어. 『악마의 늪』, 『사랑의 요정 파데트』, 『사생아 프랑수아』. 친구들은 나더러 소녀 취향이라면서 놀렸지."

엘라와 소뵈르가 다 안다는 듯한 미소를 주고받았다.

"책 제목 좀 써 주시면 안 돼요?"

소뵈르가 책이 가득 꽂힌 선반 쪽으로 가서 책 한 권을 꺼내더니 엘라에게 건넸다.

"『사생아 프랑수아』."

"빌려주시는 거예요?"

"주는 거란다."

책을 가슴에 꼭 안는 엘라를 본 소뵈르의 마음에 여러 가지 생각이 떠올랐다.

"오빠 묘지에는 다녀왔니?"

엘라가 고개를 저었다.

"어른들은 뭔가를 약속해 놓고……."

"……제대로 지키지 않는다는 말이지? 어른들한테 야박하구나, 엘라. 기회를 주렴. 어른들도 발전할 수 있단다."

"선생님처럼 되고 싶어요. 큰 사람이 되면요."

"큰 남자?"

"큰 여자요."

"엘라-엘리오트."

아이의 인격이 눈앞에서 피어나는 것을 목격하고 혼란스러워진 소뵈르가 중얼거렸다.

"부모님이 곧 헤어질 것 같아요."

엘라가 담담하게 말했다.

"너한테 그렇게 말씀하시던?"

"아니요. 이제 말을 안 하세요. 아, 두 사람끼리 말이에요."

"화가 나셨니? 그게 네 책임이라고 생각하고?"

소뵈르가 제대로 본 것이었다. 엘라는 부모님이 지난번 상담 때 자신 때문에 싸웠다고 생각했다. 소뵈르가 엘라의 착각을 일깨우기로 했다.

"서로에게 숨기고 있던 사실들을 말했을 뿐이지, 네 책임이 아니란다. 어른들 문제고, 해결하는 것도 어른들 몫이야."

"그런데 제가 보기에 어른들은 아무것도 해결하지 않는 것 같아요! 식사 시간마다 부모님이 꼭 아기들처럼 토라져요."

소뵈르는 웃음을 참지 못했다.

"어떤 때는 제가 너무 빨리 자라는 것 같아요. 마법의 케이크를 먹은 이상한 나라의 앨리스처럼요."

"기사님은 이미 길을 나섰지요. 이제 아무도 기사님을 막지 못할 겁니다."

"치료 덕분인가요?"

소뵈르는 그러한 공로를 자신의 것으로 돌리는 게 불편했다.

"치료의 효과 가운데 하나일 수는 있지. 그렇지만 앞으로 나아가려는 당사자의 의지가 있어야 한단다."

엘라가 책을 들여다보더니 이미 표지에 이름이 적힌 양 '엘리오트 퀴펜스' 하고 소리 없이 중얼거렸다. 청소년기에는 약간의 과대망상증도 문제가 되지 않지, 소뵈르가 생각했다. 아이는 영광스러운 미래를 그려 보고 있었다. 다시 땅으로 내려온 엘라가 입을 열었다.

"아빠는 치료에 돈이 많이 든다고 생각해요. 그렇지만 전 계속하고 싶어요."

엘라가 소뵈르의 눈을 똑바로 보았다.

"제 돈으로 치료비를 내겠다고 했어요. 청소년 예금 통장이 있거든요. 은행에서 체크카드를 발급받을 거예요. 오늘은 현금을 못 뽑아서 생일에 받은 돈을 가져왔어요. 할머니가 오십 유로를 주셨거든요."

"정말 대단하구나. 상상의 세계와 물질의 세계 사이에서 균형을 잡을 수 있는 능력이 있다니."

그렇기는 해도 아직 여느 열두 살처럼 세상 물정을 모르는 엘라는 작가가 되는 데 라틴어가 꼭 필요한 과목이냐고 물었다.

"수학보다는 중요하지. 라틴어 선생님과 상의해 보는 게 어때? 너를 꽤 좋아하시는 것 같은데."

"복잡하네요."

"삶이?"

"사람들이요."

"너는 복잡하지 않고, 엘라-엘리오트?"

"복잡하지요. 하지만 도와주실 거잖아요."

"네가 내 도움을 필요로 하는 한."

엘라가 다시 책을 꼭 안으며 안도의 한숨을 내쉬었다.

"여기 오면 정말 편해요. 정말 제가 될 수 있어요."

*
*　*

한편 뒤마예 선생님은 주치의로부터 '2월 방학까지 버틸 수 있을 만큼 충분한 양의 가벼운 수면제와 항불안제'를 처방받은 뒤로 상태가 나아지고 있었다.

"'누구라도 불가능한 일을 할 의무는 없다', 이 속담이 무슨 뜻인지 아는 사람 있나요? 그래, 노암?"

"저, 어제 텔레비전에서 〈미션 임파서블〉 봤어요!"

"일찍 자야 그다음 날 바보 같은 소리를 하지 않을 텐데 말이다."

선생님이 다시 물었다.

"자, 아는 사람? 없어요? 좋아요, 그럼 공책에 이 문장을 천 번 써 봅시다."

'아, 말도 안 돼요!' '천 번이요? 천 번을 어떻게 써요!' 같은 불평이 쏟아져 나왔다.

"그래요, 그게 바로 이 속담이 의미하는 거예요."

선생님이 웃으면서(항불안제 만세!) 아이들에게 말했다.

"불가능한 일을 하라는 게 아니라 최선을 다하라는 뜻이에요. 맞춤법 실수 없이 이 속담을 공책에 쓰는 건 가능하겠지요?"

"네에에에!"

한시름을 던 3학년 스물여섯 명이 대답했다.

학교 앞에서는 루이즈가 아들을 기다리며 몽상에 빠져 있었다. 소뵈르가 라자르를 데리러 왔다가 자신을 알아보고는 두 손을 주머니에 넣은 채로 다가오는데, 그 태도가 믿기지 않을 만큼 매혹적이고 느긋해서…….

"어, 오랜만이네!"

루이즈가 몽상의 정점에서 굴러떨어졌다. 인사를 한 사람은 오세안의 아빠, 파트릭이었다.

"당신 주가 아닌 줄 알았는데?"

지난번 저녁 식사 때부터 양해도 없이 말을 놓더니, 이번에도 굉장히 편안한 말투였다.

평소 같았으면 미소를 지어 보이며, 아빠 집에 가는 주가 맞지만 폴이 방에 플루트를 두고 가는 바람에 가져다주러 왔다고 해명을 하고, 그런 다음에는 그래요, 폴은 수요일 오후에 플루트 레슨을 받아요, 등등 설명을 했겠지만, 이런 이야기를 구구절절 늘어놓고 싶은 마음이 전혀 들지 않았다. 그저 "꺼져!" 하고 내뱉고 싶을 뿐이었다. 파트릭은 자신이 관심을 보이는 만큼 여성의 가치가 올라간다고 믿는 사람이었다. 파트릭이 떠들어 대는 동안, 루이즈는 주문처럼 속으로 되뇌었다. 꺼져! 꺼지라고! 자신이 남자와 함께 있는 모습을 폴에게 보이고 싶지 않았다.

"생뱅상 극장에서 하는 장 아누이 원작 〈안티고네〉 표가 두 장 있는데, 토요일 어때?"

파트릭은 루이즈가 기꺼이 승낙할 것이라 확신했다.

"토요일……?"

루이즈는 약속으로 가득 찬 다이어리를 머릿속으로 뒤적이는 시늉을 했다.

"아니, 못 가요."

"그럼, 일요일 오후는? 한 시에 집으로 데리러 가지."

파트릭은 루이즈가 이미 물러져 있어 곧 넘어오리라고 생각했다. 인내의 문제였다. 그때 학교 종소리가 울렸다. 교문이 곧 열릴 테고, 아들이 나올 것이고, 남자를 보게 될 것이고, 그리고…….

"안 돼요. 누굴 만나는 중이에요."

루이즈가 분노를 간신히 억누르며 말했다.

"누굴 만나는 중이라고?"

파트릭이 어리둥절해서는 루이즈의 말을 되풀이했다.

"지난번에는 독신 생활을 재발견하는 중이라고 했잖아."

"복잡하게 됐어요. 어쨌든 이제 애인이 생겼어요."

궁지에 몰린 루이즈가 대답했다.

그때 교문을 넘어서는 아들이 보였다. 루이즈는 아들을 향해 달려가면서 미친 사람처럼 소리를 질렀다.

"폴, 폴! 플루트 가져왔어!"

파트릭이 멍하니 지켜보는 가운데, 루이즈는 폴과 라자르를 양옆에 끼고 자리를 떠났다.

"아빠는 잘 지내요."

라자르가 루이즈에게 말했다.

"응?"

질문을 하기도 전에 대답을 들어 놀란 루이즈가 말했다.

"다행이네."

두 아이가 나란히 루이즈에게서 떨어졌다.

"나 너희 엄마 마음에 들어."

라자르가 말했다.

"나도 너희 아빠 마음에 들어."

폴이 뒤를 돌아 엄마를 불렀다.

"엄마, 얼른 아무개 데리러 가야 해!"

당장은 제아무리 소뵈르라고 해도 꼭 닮은 네 마리 새끼들 중에서 아무개와 거시기를 구분하는 것이 쉽지 않았다. 귀스타비아 여사가 낳은 네 마리 모두 분홍색에, 군데군데 잿빛 얼룩이 지저분하게 퍼져 있었다. 라자르의 전문가다운 눈으로 볼 때 한 마리가 조금 컸다. 따라서 그 녀석이 수컷으로 추정되었다.

"얘는 폴한테 줘야 하니까 남겨 놔야 해."

라자르가 아빠에게 당부했다.

소뵈르는 수컷으로 추정되는 녀석의 등에 물감으로 십자 표시를 해 두고 싶은 충동에 저항했다.

"알았어."

*
*   *

목요일, 밀렌이 빠진 오가녜르 일족 전체 회동이 18시로 예정돼 있었다. 18시 5분, 마리옹과 그 부모가 생티브 박사와 마주 앉았다.

"뤼실은 오지 않을 거예요. 엘로디는 중이염이고요."

알렉상드라의 통보에 이어 마리옹이 분석을 내놓았다.

"하도 많은 말을 들어서 그런 거죠."

"샤를로트는요?"

소뵈르가 물었다.

"샤를리는 막내를 돌보고 있어요."

마리옹이 한숨을 쉬었다.

"샤를리와 알렉스'. 도대체 내 이름은 왜 이렇게 생겨 먹은 거야? 게다가 난 남자랑 자잖아. 유행도 못 따라가게."

"누구랑 잔다고……?"

놀라서 말을 잇지 못하던 알렉상드라가 니콜라에게 물었다.

"당신은 알고 있었어?"

"피임약 먹는대."

"그럼 알고 있었단 소리네."

"어차피 아무도 내가 뭐 하는지 관심 없잖아."

마리옹이 투덜거렸다.

"왜 말을 그렇게 해? 엄마가 널 십사 년이나 키웠잖니."

알렉상드라가 지적했다.

"십삼 년."

"나도 이제 날 위해서 살면 안 돼?"

알렉상드라는 소뵈르의 판단에 맡긴다는 듯 그를 돌아보았다.

"열일곱에 뤼실을 임신했어요. 저기, 저 인간을 사랑한다고 믿었거든요."

"'저기 저 인간'이라고?"

니콜라는 어안이 벙벙할 뿐이었다.

"십오 년 동안 미친 사람처럼 살았어요. 아이들 때문에 밤에는 제대로 자지도 못하고, 새벽 여섯 시에 일어나고, 어린이집으로 달려가고, 직장으로 달려가고, 장을 보러 달려가고……. 그런데 저기 저 인간은……."

알렉상드라가 니콜라를 흉내 냈다.

"'오늘은 뭘 먹어? 애는 왜 또 울어? 애를 제대로 보기는 하는 거야?'
버는 족족 자동차에 투자하는 인간하고 십오 년을 살았어요. 제가 저녁
내내 끊임없이 빨래를 돌리는 동안 맥주를 마시면서 축구나 보는 인간하
고요. 그런데 저 인간은 제가 행복하다고 생각했다고요!"

툴툴거리던 마리옹의 머리 위로 벼락이 떨어졌다.

"그리고 딸이라는 것들은! 고마운 줄도 모르고 불평만 해 대죠! '내 반
바지 왜 안 빨았어? 또 생선이야?' 애들이 지나가는 자리마다 엉망이에
요. 아주 똥을 싸지, 똥을 싸!"

"엥?"

"나한테는 똥을 치우는 거랑 똑같단 얘기야. 너희들 옷, 너희들 열쇠,
너희들 탐폰, 너희들 디브이디(케이스는 늘 비어 있지), 전부, 전부 다 굴러
다니게 놔두잖아. 침대는 빵 부스러기에, 더러운 휴지 조각에, 콜라캔에,
사탕 껍질까지 난리고. 빨래 바구니에 팬티 한 장 갖다 넣는 게 그렇게
어려워? 변기 뚜껑은 왜 못 닦아? 이 집에서 나는 뭐야? 하녀? 하녀 취
급도 과분하지. 대걸레, 진공청소기, 쓰레기통!"

알렉상드라가 격분했다. 마스카라가 흘러내리고, 립스틱이 번졌다. 알
렉상드라는 소뵈르가 건넨 크리넥스 상자를 받아 눈물을 닦고 코를 풀
었다.

"좀 나아졌나요?"

소뵈르가 친근한 말투로 물었다.

"모르겠어요."

"그래도 속은 좀 뚫린 것 같죠?"

"네."

알렉상드라가 조금 웃으며 수긍했다.

소뵈르는 니콜라에게 묻는 듯한 시선을 보냈다.

"뭐요?"

니콜라가 공격적으로 반응했다.

"알렉상드라가 방금 한 이야기 때문에 놀라셨습니까?"

"아, 뭐, 그렇지요."

"알렉상드라의 울분…… 혹은 피곤을 전혀 못 느끼셨습니까?"

"느끼기야 했지요. 한두 번 성질을 냈으니까요……."

니콜라가 무기력하게 말했다.

"그래요, 성질을 냈죠. 그때마다 저 인간이 뭐라고 한 줄 아세요? '생리 첫날이라 저래.'"

침묵이 흘렀다. 1라운드, 소뵈르가 속으로 말했다.

"우리가 방 정리를 안 해서 샤를로트랑 떠난 거라고?"

마리옹이 일격을 가했다.

"그건 내 사생활이야. 너한테 대답할 의무 없어."

"유감이네요. 좋은 질문인데 말입니다."

소뵈르가 유감스러워하는 척했다.

알렉상드라가 미심쩍은 눈으로 소뵈르를 바라보았다. 이 사람은 누구 편이지?

"부모가 헤어지면 아이들은 보통 자기들 탓이라고 생각하지요."

소뵈르의 일반화에 알렉상드라가 마치 앞으로 하게 될 말의 위험도를 측정하는 양 잠시 멍하니 허공을 바라보았다.

"니콜라를 떠나고 싶은 마음이 자주 들었어요. 하지만 이런 식일 줄은 몰랐지요. 전 사실 항상 남자들한테 끌렸어요. 여자들은 질투가 많고, 험담이나 한다고 생각했거든요. 샤를리는 그게 머릿속에 주입된 성차별적인 생각이라고 해요. 여성의 연대를 가르치는 대신 서로를 대립시키는 거라고요. 어쨌든, 어느 날 샤를리가 피부 관리를 받으러 제 가게에 왔어요. 피어싱 때문에 신경을 써야 했죠. 왜 피어싱을 하고, 왜 타투를 하는지 이야기를 나눴어요. 샤를리는 예술가예요. 시를 쓰죠. 저한테 시를 한 편 읽어 줬는데……."

알렉상드라는 자신이 사랑에 빠진 순간을 고스란히 떠올리고 있다는 사실을 깨닫고 입을 다물었다.

"이제 집에 돌아올 일은 없겠네?"

니콜라가 북받쳐 오르는 감정 때문에 갈라진 목소리로 물었다.

질문이라고 할 수도 없는 문장이었다. 게다가 알렉상드라는 대답도 하지 않았다.

"그래도 최소한 한 명은 만족해요. 엘로디요. 걔는 어디를 가나 엄마가 두 명이라고 말하고, 엄마가 두 명이라 진짜 좋다고 말해요. 창피함은 우리 몫이라니까요."

마리옹이 지적했다.

"나 때문에 창피하니?"

소뵈르가 니콜라를 살폈다. 어깨가 축 처지고 눈은 천장을 향한 것을 보니 이미 체념한 눈치였다. 마리옹은 청소년다운 감정 회복력을 발휘해 엘로디에게 햄스터를 주겠다고 한 것이 사실인지 소뵈르에게 물었다.

"햄스터는 어디서 키워? 그쪽 집? 아니면 우리 집?"

마리옹이 제 어머니를 보며 물었다.

"너한테는 '우리 집'이 둘이야."

알렉상드라가 대답했다.

"아니, 그렇게는 안 되지! 당신이 집을 나간 이상, 애들한테는 자기들이 자란 집만 '우리 집'이야. 난 심지어 큰 애 둘이 밀렌을 불편해서 헤어지기까지 했다고. 내 딸들이 집에서 편히 지내기를 바라니까. 자기들 집에서! 철은 좀 덜 들었을지 몰라도, 난 좋은 아빠야!"

침묵. 2라운드. 소뵈르가 속으로 말했다. 복도에서는 라자르가 조심스럽게 자리에서 일어났다. 도무지 이해가 안 되는 어른들의 세계보다 월드 오브 워크래프트의 세계가 좋아 보였다.

15분 뒤, 소뵈르는 마리옹과 그 부모를 현관문까지 배웅했다. 그런 다음 문을 닫고, 등을 기댄 채 천천히 숨을 내쉬었다. 눈을 감고, 옅은 미소로 표정을 누그러뜨린 채 생각이 표류하도록 내버려두었다. 이번 상담 동안 무슨 일이 있었지? 진전이 있었나? 아니면 정산에 그쳤나? 그러다 참 불확실한 직업이로군, 하고 결론을 내렸다.

소뵈르는 진료실로 돌아와 생각을 전환하기 위해 귀스타비아 여사의 케이지 앞에 쭈그리고 앉았다. 새끼들을 유심히 살피던 소뵈르가 눈살을 찌푸렸다. 한 마리가 움직이지 않았다.

"이러다 다 죽겠어."

입속으로 중얼거리자 어린아이가 된 양 절망감이 몰려왔다.

*
*   *

일요일, 루이즈는 멍청한 일을 저지르려는 참이었지만, 어쨌든 폴의 탓으로 돌릴 수 있는 일이었다. 햄스터를 고르러 갈 것을 부탁한 것이 폴이었기 때문이다. 루이즈는 전날부터 시나리오를 여러 차례 검토했다. 14시, 뮈를랭가 문을 두드리면 소뵈르가 나올 것이다. 방금 마신 커피향이 주변을 감돌겠지. 화장을 하는 내내 루이즈는 '커피색, 당신의 커피색 피부가 좋아', 하고 흥얼거렸다. 13시 50분, 집을 나서자마자 자꾸 다리가 풀리고 후들거렸다. 몇 걸음을 걷자 별것도 안 했는데 심장이 빨리 뛰기 시작했다. 뮈를랭가에 들어서자, 구토, 발열, 실신 중에서 하나를 선택해야 할 것 같았다. 집에 돌아갈 수도 있지, 하고 루이즈가 생각했다. 그때 12번가의 문이 열리더니, 관리인이 바퀴 달린 쓰레기통을 밀고 나왔다. 아, 안 돼, 설마……. 루이즈가 자신의 착각을 깨닫는 것과 동시에 소뵈르가 루이즈를 보았다.

"어, 안녕하세요!"

루이즈의 시나리오가 무너졌다. 생티브 박사는 목 단추를 채우지 않은 하얀 셔츠와 슈트가 아니라, 청바지에 운동화, 컬럼비아 대학교 후드티 차림이었다.

"지나는 길이시군요?"

소뵈르가 상냥하게 물었다.

"네…… 아니요. 폴 때문이에요."

"폴이요?"

"저더러 햄스터를 골라 달라고 했거든요. 그게…… 멍청했죠. 방해할 생각은 아니었어요."

"방해라니요. 라자르가 벌써 한 마리를 골라 뒀답니다. 마음에 드셔야 할 텐데요. 케이지는 진료실에 있습니다. 들어오세요."

도대체 이 남자는 왜 이렇게 크고, 왜 이렇게 까맣고, 목소리는 또 왜 이렇게 낮을까! 루이즈는 소뵈르를 새롭게 발견하고 있었다.

"탁자 위에 있습니다. 실례지만, 기억이 잘 안 나서 그러는데, 뤼실, 맞지요?"

"아니요. 루이즈예요."

"제가 사람을 워낙 많이 만나다 보니……."

소뵈르의 변명도 분위기를 수습하기에는 역부족이었다.

소뵈르가 케이지를 루이즈의 눈높이로 들어 올렸다.

"셋 중에서 제일 큰 녀석입니다."

"셋보다 많았던 것 같은데요."

소뵈르가 한숨을 쉬며 케이지를 내려놓았다.

"두 마리는 죽었습니다. 사실, 전부 다 죽을까 봐 좀 겁이 납니다."

루이즈가 몸을 떨었다. 이 방 안에서 도대체 무슨 일이 벌어지는 걸까?

"인터넷에서 보니, 특정 색 햄스터끼리는 교배를 시키면 안 된다는군요. 선천성 기형 때문에 새끼가 태중에서 죽거나 태어나서 얼마 안 돼 죽는 경우가 있다고 합니다. 제 생각에 가든랜드 판매원이 귀스타비아 여사를 교배시키면 안 되는 햄스터들과 같은 케이지에 두지 않았나 싶습니다. 혼혈이 항상 성공적이지는 않지요."

"하지만 아주 성공적인 경우도 있잖아요. 그러니까, 라자르 말이에요……."

루이즈가 몰상식한 이야기라도 한 것처럼 얼굴을 붉히며 말을 더듬었다.

"라자르는…… 잘생긴 아이잖아요."

"고맙습니다. 상냥한 말씀이군요."

칭찬을 받아들일 줄 아는 소뵈르가 말했다.

"잠깐 시간 괜찮으십니까?"

소뵈르가 루이즈에게 자신의 팔걸이의자를 권한 다음 긴 소파에 앉았다.

"마르티니크에서는 제 아들 같은 아이를 '구제받은 피부'라고 부릅니다."

루이즈가 의문스러운 표정을 지었다.

"피부가 구제받았다는 말이지요. 저보다 피부색이 밝으니까요. 백인이 우리보다 우월하다는 사실을 하도 잘 배워서 그런지, 우리끼리도 인종차별을 하지요. 까만 흑인은 '파란 흑인'이라고 부르는데, 인류 중에서도 최하층에 속하지요. 백인 피가 한 방울이라도 섞이면 신분이 상승합니다."

"선생님 같은 분은 그런 얘기를 안 믿겠지요?"

"물론 그렇습니다만, 제 사연은 좀 복잡합니다."

그 사연이 크라프트지 봉투 한 장에 갇혀 있었다. 어쩌면 그중에서 기억을 한두 개쯤 꺼내 볼까? 이번만은 소뵈르가 비밀을 털어놓을 차례였다.

"제 어머니의 이름은 니케즈였습니다. 니케즈 벨로즈. 팔 남매였지만 아버지는 제각각이었지요. 니케즈는 어머니의 편애를 받았습니다. '제일 나은' 아이였으니까요. 밝은 피부색에 막대기 코였죠."

"막대기 코요?"

소뵈르가 웃음을 터뜨렸다.

"네, 우리 흑인들은 코가 퍼졌지요. 부인 같은 백인들은 콧날이 날렵하고요. 생트안에 보부아 부인이라는 노인이 있었는데, 일종의 주술사였습니다. 젊은 엄마들에게 아기의 코뼈를 따라 콧구멍까지 꼬집어서 '막대기를 만드는' 법을 가르쳤지요."

소뵈르는 설명을 하는 동시에 자신의 코를 엄지와 검지로 주물렀다.

"간단히 말하자면, 니케즈는 '구제받은 피부'였지만 흑인의 아이를 임신해서 자신보다 까만 딸을 낳았습니다."

소뵈르는 잠시 망설인 다음 덧붙였다.

"제 이부 누이, 에블린입니다."

그런 다음 소뵈르는 생활력이 강하고 성게 스프나 닭고기 커리 요리에 뛰어났던 니케즈가 어떻게 해서 바쿠아에서 조리사로 일하게 되었는지 들려주었다.

"당시 두 살이었던 에블린은 어머니에게 맡기고, 일요일에 어쩌다 한 번씩 보러 갔지요. 마르티니크에서는 흔한 일입니다."

바쿠아는 미셸 생티브와 마리프랑스 생티브 부부가 운영하는, 평판 좋은 호텔 겸 레스토랑이었다. 미셸은 55세, 마리프랑스는 49세로 나이가 꽤 든 중년 부부였지만 아이가 없었고, 여생을 앤틸리스 제도의 태양 아래에서 보내기로 결심하고 10년 전 전 재산을 레스토랑에 투자했다. 사업은 순항했고, 1년 동안 함께 일한 조리사도 만족스러웠다. 그런데 니케즈가 다시 임신을 하게 되었다.

"……아버지가 누구인지 모르는 아이였지요."

소뵈르가 이렇게 말하며 그 결과물인 자신을 가리켰다.

레스토랑 주인이 아이 아버지이고, 생티브 부부가 후계자를 얻기 위해 꾀를 낸 것이라는 소문이 떠돌았다. 니케즈와 돈독한 우정을 쌓은 부부가 임신 기간에 일을 하지 않았는데도 임금을 지불하면서 소문은 더 그럴싸해졌다. 진통이 시작되자 마리프랑스가 니케즈를 포르드프랑스의 산부인과에 데려갔다. 니케즈는 운명의 장난을 피하지 못하고, 사내아이를 낳은 지 얼마 안 돼 양수색전증으로 세상을 떠났다. 마리프랑스가 죽어 가는 니케즈의 귀에 소뵈르라는 이름을 속삭였다. 튀니지에 정착한 프랑스인인 아버지의 이름이었다. 산부인과를 나온 소뵈르는 할머니에게 맡겨졌지만, 이미 너무 나이가 든 데다 병을 앓고 있던 벨로즈 부인은 아이를 다시 보모에게 맡겼다. 벨로즈 부인이 세상을 떠나자 생티브 부부는 당시 세 살이었던 아이의 입양을 신청했다.

"그렇게 해서 소뵈르 벨로즈가 소뵈르 생티브가 된 겁니다."

"미셸 생티브가 친부는 아니었을까요?"

소뵈르가 쓴웃음을 지었다.

"제 피부색을 보면 그럴 것 같지는 않습니다. 게다가 그 때문에 자라면서 곤란하기도 했지요."

"백인 부모의 흑인 아들이었으니까요."

소뵈르는 자신의 말을 바로 이해한 루이즈에게 미소로 고마움을 표했다.

"백인 아빠가 매일 아침 생트안 초등학교 교문 앞까지 데려다주는 흑인 꼬마였지요."

기억이 차차 떠오르면서 소뵈르의 입가에서 미소가 사라졌다.

"쉬는 시간이면 피부색에 따라 무리가 생겼습니다. 저는 밝은색 무리에 받아들여졌지요. 프랑스 본토에서 온 '메트로', 노예상의 후손인 크레올 '베케', 그리고 거의 백인처럼 보이는 혼혈아 '기프'가 있었지요."

소뵈르는 염소와 양의 교배종을 뜻하는 '기프' 무리에 속했다. 백인의 피 한 방울로 검은색이 조금 옅어진 '케이퍼'였지만, 생트안의 백인 부자인 바쿠아 레스토랑 아들이기도 했으니.

"저는 학교에서 흑인이나 저보다 더 까만 아이들, 그러니까 '콩고'들과 어울리지 않았습니다. 그 아이들과 어울리면 저도 물이 들 것 같았어요. 아이들은 저를 바운티라고 불렀습니다."

"바운티요?"

"바운티 초코바처럼 겉은 까맣고 속은 하얗다는 거였습니다. 친구들이 보는 제 모습이 그렇다는 거였지요. 저는 제 피부색을 부정했습니다. 스스로를 백인으로 생각했거든요."

이 결론과 함께 소뵈르가 회상에서 깨어났다.

"지루하셨을 텐데, 죄송합니다."

"아뇨, 정말 매력적이에요!"

소뵈르는 이 말을 어떻게 해석해야 할지 몰라 눈을 크게 떴다.

"이런 질문이 실례인 줄은 알지만, 원래 가족과는 계속 연락하셨나요? 예를 들면 이부 누님이라든지……."

루이즈가 대담하게 말을 이었다.

소뵈르는 상담 시간이 끝나기를 기다리는 듯 벽시계를 확인했다. 기억의 불안전 지대가 침범당하고 있었다. 아들보다 차라리 낯선 사람과 대화하는 쪽이 더 쉽기는 했다. 그렇지만 어떤 비밀은 절대 입 밖에 낼 수 없었다.

"마르티니크에 가족이 있습니다. 삼촌, 이모, 사촌…… 전부 흑인에, 수가 많지요. 저보다 네 살 위인 에블린은 불행한 결혼 생활 끝에 이혼을 했고, 아이가 둘 있습니다."

말할 수 있는 것과 말하지 말아야 할 것을 가려내느라 말이 느려졌다.

"양부모님이 제 원래 가족과 관계를 끊은 건, 인종차별 때문이 아니라 소유욕 때문이었지요. 저를 독차지하고 싶어 했어요. 그분들은……."

소뵈르가 망설였다. 생티브 부부가 잘못을 저지른 것이 사실이기는 해도 깎아내리고 싶지는 않았다.

"저를 자랑스러워했지요. 반에서 일등이었으니까요."

"키도 아주 크고, 아주 잘생겼고요."

루이즈가 눈앞의 남자가 아니라 그 옛날의 어린아이를 칭찬하듯이 덧붙였다.

소뵈르는 어떤 반응도 보이지 않으려고 뺨 안쪽을 깨물었다. 루이즈가 자꾸 그의 호기심을 자극했다.

"여느 부모들처럼 부모님은 제 성공을 바라셨습니다. 하지만 부모님이 생각하는 성공에는 다른 점이 있었습니다. 최대한 백인처럼 보이고, 백인처럼 말하고, 백인들과 함께 대학에 가야 한다는 뜻이었지요. 그래서 저를 레스토랑에서 오십 킬로미터 떨어진 포르드프랑스에 있는 쉴셰르 고등학교에 진학시켰지요. 그리고 어떤 노부인의 집에서 하숙을 하게 했습니다. 일 년 단위로 방을 빌리는 시스템이었지요. 노부인은 당연히 백인이었고요."

소뵈르가 웃기 시작했다.

"지금 생각하니 엇나가기 딱 좋은 환경이었군요! 포르드프랑스에는 예쁜 여자애들이 넘쳐나서, 매주 사랑에 빠지곤 했지요. 하지만 저는 착한 아이였으니 대학입학자격시험도 우등으로 통과했습니다. 부모님은 제가 심리학을 공부하도록 파리로 보냈습니다. 크리스마스와 여름 방학에 본토에서 집으로 돌아가면, 생트안을 떠나지 않은 친구들은 저를 '깜둥이 본토인'이라고 불렀습니다."

그 순간, 소뵈르는 환자들이 자신의 이야기를 하는 즐거움과 마음을 털어놓는 것에 대한 두려움 사이에서 갈등을 겪을 때 어떤 감정을 느끼는지 깨달았다.

"아버지가 돌아가시자 어머니는 식당을 팔았습니다. 저는 심리학 박사 학위를 받자마자 어머니와 함께 포르드프랑스로 이사해서 개업을 했습니다. 모양새는 지금 같은 상담소였지만, 실상은 조금 달랐습니다. 환자들 상당수는 '캉부아'에 걸렸다, 그러니까 저주의 피해자라고 주장했지요……. 사람들은 제가 마르티니크 출신 '흑인 의사'였기 때문에 저를 찾아왔습니다. 제가 이해할 것이라고 생각한 겁니다. 하지만 심리치료는 부두마법과 같은 게 아니지요. 물론 심리 치료가 더 낫다는 얘기도 아닙니다!"

농담을 하면서 힐긋 보니 루이즈가 입을 벌린 채로 듣고 있었다. 아니, 보고 있었다고 해야 할까. 호기심이 커져 갔다.

"그럼 부인은요?"

루이즈가 물었다.

"네?"

소뵈르가 뻣뻣하게 굴었다.

"죄송해요……. 고통스러운 주제일 텐데."

"무엇을 알고 싶으십니까?"

소뵈르는 취조라도 당하는 양 반응했다.

"백인 여자와 결혼을 했지요. 앤틸리스 제도 식으로 표현하면 '인종 세탁'을 한 겁니다."

말을 너무 많이 하고, 자신을 드러내고 나니 어색해졌다.

"자, 아무개!"

소뵈르는 화제를 자연스럽게 전환하려는 노력도 포기한 채 다짜고짜 외쳤다.

"아무개요?"

"햄스터 말입니다. 일주일 후에 젖을 뗄 겁니다. 데려가셔야지요."

소뵈르가 몸을 일으키자 루이즈도 어쩔 수 없이 일어섰다. 두 사람은 숨결이 섞일 정도로 서로 가까이에 있었다. 무엇이든 가능했지만 당분간은 아무 일도 일어나지 않으리라는 것을 둘 다 알고 있었다.

소뵈르는 루이즈를 문까지 배웅한 뒤, 아무 일도 없었던 양 휘파람을 불며 주방으로 갔다. 식탁 위에 공책과 연필이 있었지만, 정작 라자르는 없었다.

"아, 방에 있었네?"

소뵈르가 침대에 있는 아이에게 말했다.

"책을 거꾸로 읽는 게 최신 유행이야?"

사실 아무 책이나 손에 잡히는 대로 펼쳐 든 것이었는데, 급하게 서두르다 보니 거꾸로 들고 있었다.

"응, 훈련 중이야."

라자르는 거짓말 훈련 중이라는 점을 굳이 밝히지 않았다.

"음, 음."

소뵈르가 아들의 발치에 앉아 먼 곳을 응시했다.

"곧 겨울 방학이잖아. 어쩌면 며칠 뺄 수 있을지도 몰라."

소뵈르는 이렇게 말하자마자 불가능한 일이라는 것을 깨달았다. 우울증 환자, 과잉행동 환자, 공포증 환자, 자해 환자, 거식증 환자, 폭식증 환자를 모두 방치할 수는 없는 노릇이었다.

"아니면 부활절 방학 때, 그래, 부활절이 좋겠다. 그때까지 일정을 조율해 봐야지."

라자르는 아빠의 말에 딱히 반응이 없었다. 문틈으로 훔쳐 들은 루이즈와 아빠의 대화가 여전히 아이의 귓가에 맴돌고 있었다.

"마르티니크에 갈 거야."

아들이 관심을 보이기를 기대하면서 소뵈르가 덧붙였다.

"마르티니크에? 말도 안 돼! 생트안도 갈 거야?"

"당연하지. 포르드프랑스에도 갈 거야. 네가 태어난 곳이지."

"엄마 무덤에 꽃을 가져다 놓을 거야?"
라자르가 아빠의 목을 끌어안으며 물었다.
"음, 음."
소뵈르는 엘라를 떠올리며 대답했다.

그날 저녁, 라자르는 집 문틈으로 누군가 밀어 넣은 익명의 메시지를
손전등으로 다시 살펴보았다.

> 너는 인종을 세탁하려 했지
> 그래서 그 여자가 죽었어

너, 이건 아빠. 그럼 그 여자, 이건 엄마인가?

2015년 2월 16일~22일 주간

    일요일에서 월요일로 넘어가는 밤, 소뵈르는 귀스타비아 여사가 새끼 세 마리를 삼켜 버리는 악몽에 시달렸다. 자기 전에 햄스터 사이트에서 일부 어미 햄스터가 새끼를 잡아먹는다는 내용을 읽은 탓이었다. 10분 후, 불면증이 찾아오자 자신의 집에서 햄스터 존속살해가 벌어지고 있는 건 아닌지 확인하기로 마음먹었다.

    악몽 때문에 잠에서 깨지 않았더라면, 그래서 한밤중에 계단을 내려가지 않았더라면 진료실 전화가 울리는 소리를 듣지 못했을 것이다. 환자들만 아는 번호였고, 한밤중에 전화를 할 환자라면 당연히 절망적인 상태일 것이다. 소뵈르가 전력 질주를 시작했다.

"네, 여보세요?"

"마르고예요."

"마르고…… 카레?"

"네."

"무슨 일이야?"

"죽고 싶어요."

"지금 어디야?"

소뵈르가 다급히 물었다.

"아빠 집이요. 아빠가 선생님한테 못 가게 해요. 엄마한테서 양육권도 가져오겠대요."

"아빠는 어디 계셔?"

"극장에요."

"혼자 있니?"

"동생이 옆에서 자고 있어요······. 팔에다 하는 짓을 얼굴에다가도 할 거예요."

"안 돼, 하지 마."

소뵈르는 치솟는 공포감을 억누르며 아이를 말렸다.

"아빠가 봤으면 좋겠어요. 아빠 잘못이라는 걸, 내 상태가 안 좋은 게 아빠 탓이라는 걸 봤으면 좋겠어요. 엄마는 아무 잘못 없어요. 아빠가 내 머리를 썩게 만든 거예요. 다 엄마 탓이라고 믿게 만들었어요. 이젠 알게 됐어요. 제가 알게 된 건 선생님 탓이죠······."

"마르고, 잊지 마, 넌 치료 중이야. 나아지고 있어."

"네, 그런데 전 이제 죽을 거예요."

"아니야, 넌 어른이 될 거야."

소뵈르는 아이를 설득할 시간이 충분하다고 생각했다. 한편으로는 이 시각에 방해를 받았다는 사실에 속으로 화가 났다. 환자들이 다 이렇게 하면 어떻게 될까!

"팔목을 그었어요."

날벼락이었다. 마르고의 목소리가 약해지고 있다는 사실을 미처 눈치채지 못했다. 자살이 실시간으로 진행 중이었다.

"아빠 집 주소는?"

소뵈르는 마르고가 불러 주는 주소를 되뇌면서 상의 주머니에서 휴대 전화를 꺼내 15를 눌렀다.

"의료구급대입니다. 무엇을 도와드릴까요?"

차분한 여자 목소리가 들려왔다.

소뵈르는 그 순간부터 구급대 교환원에게 상황을 설명하는 동시에 양쪽 팔을 난도질한 뒤 왼쪽 팔목을 그은 마르고를 안심시켜야 했다.

"추워요. 머리가 어지러워요. 피가 흘러요……."

마르고가 속삭였다.

"피가 어떻게 흘러? 뿜어 나와?"

"아니요, 흘러요. 그냥 흘러요."

"주위를 둘러봐. 압박붕대로 쓸 천이 보여?"

"제 티셔츠요."

"좋아. 티셔츠를 잡아서 손목에 둘러. 두 번. 꽉……. 비밀번호요? 비밀번호는 없답니다. 하지만 문이 열쇠로 잠겨 있어요. 열어 줄 사람이 있는지 모르겠습니다. 압박했니? 손으로 꾹 눌러. 네, 죄송합니다, 마르고와 얘기 중이었어요. 소방서에 개문을 요청하신다고요? 좋습니다. 마르고, 내 말 듣고 있니? 여보세요? 여보세요?"

마르고가 대답하지 않았다. 의식을 잃었을까? 소뵈르는 서둘러 위층으로 올라갔다. 트레이닝복을 급히 걸치고 차 열쇠를 집은 다음 가뱅을 흔들어 깨워 "응급환자야!" 하고 외친 뒤 계단을 달려 내려가 주차장을 향해 뛰어가면서 뒤티외 부인에게 전화를 걸었다.

"자동응답기라니."

운전석에 앉으며 소뵈르가 중얼거렸다.

"예, 안녕하세요, 소뵈르 생티브입니다. 이 번호로 다시 전화 주시겠습니까? 급한 용건입니다."

10분 동안 과속으로 달린 끝에 카레 씨의 집 앞에 도착하자 다행히도 정차해 있는 구급차의 푸른 경광등이 보였다. 그보다 조금 멀리 정차한 소방관들이 출입문을 부수고 있었다. 하얀 가운을 입은 의사와 간호사가 건물 안으로 사라지고, 운전석에 앉은 구급대원이 지시를 기다리고 있었다. 소뵈르는 마르고의 방에서 진행될 응급처치를 방해하고 싶지 않았다. 문득 무력감과 함께 자신이 아무 짝에도 쓸모가 없다는 생각이 몰려왔다. 카레 씨가 말했듯이 '진짜 의사'는 아니었으니.

그때 비명 소리가 들렸다.

"아빠!"

문가에 잠옷 차림의 소녀가 맨발로 서 있었다. 집 안에 낯선 사람들이 쳐들어오는 바람에 잠에서 깬 블랑딘이었다. 아이는 다시 한번 "아빠!" 하고 외치려다가 소뵈르를 알아보고 달려왔다.

"소뵈르!"

소뵈르는 아노락을 벗어 아이에게 둘러 주고는 들어 올렸다.

"괜찮아. 구급대에서 오신 분들이야. 내가 불렀어. 언니를 응급실로 데려가 주실 거야. 위험한 상태는 아니지만 팔목을 그었단다."

아이를 차로 데려가 뒷좌석에 앉히는데 누군가가 뒤에서 다가오는 기척이 느껴졌다. 돌아서자 후드를 쓴 뒷모습이 온통 까만 밤 속으로 사라지고 있었다. 의료구급대 45라고 적힌 흰색 조끼만이 선명했다. 그때 휴대전화가 울렸다.

"생티브 박사님? 저……."

"……뒤티외 부인. 따님이 팔목을 그었습니다."

소뵈르가 응급실에서 쓸 법한 표현("자살을 기도했습니다")보다 선호하는 표현을 반복한 뒤, 가지고 있는 정보를 모두 전달했다. 아이의 아버지는 아내와 함께 극장에 갔고, 블랑딘은 자신의 차에서 추위를 피하고 있다고.

"마르고를 들것에 실어 나오고 있군요. 잠깐만요, 소식을 알아보겠습니다."

소뵈르가 간호사에게 물었다.

"연락드린 사람입니다. 좀 어떻습니까?"

"지혈했어요. 아이가 기절하면서 침대 헤드에 머리를 부딪혔습니다."

"의식이 돌아왔나요?"

"네. 하지만 혼란스러운 상태예요."

소뵈르는 질문을 하면서 들것으로 다가갔다. 방해가 될지도 모르지만 아이를 한번 살펴보고 싶었다. 두 사람의 눈이 마주쳤다.

"소뵈르."

아이가 중얼거렸다.

"이것 보세요. 아직 헛소리를 하네요."

구원자가 올 거라고 말하는 줄로 착각한 간호사가 말했다.

소뵈르에게는 해명할 시간이 없었다. 간호사가 앰뷸런스 뒷문을 통해 차량에 기어올랐기 때문이다. 차량은 주입 펌프와 간단한 수술 장비까지 갖추고 있어 작은 병원이라고 해도 될 정도였다.

"머리 부상일지도 몰라요."

간호사가 문을 닫으며 말했다.

앰뷸런스는 금박 응급담요를 덮은 마르고 카레를 태우고 떠나갔다. 소뵈르는 블랑딘의 말을 떠올렸다.

"아빠는 미다스 왕이에요. 아빠가 만지기만 하면 다 금으로 변해요. 하지만 그 금은 죽음이죠."

　　루이즈는 소뵈르가 자신의 이름을 잊은 데다가 제대로 격식도 갖추지 않고 쫓아내어 기분이 상했다. 하지만 일주일 뒤에 아무개를 데리러 오라고 하기도 했고, 무엇보다 월요일 아침이 되자 러브 스토리가 주는 환상이 절실했다. 하지만 이야기가 어떻게 끝날 것인지 도무지 그려지지 않았다. 해피엔딩이 가능할까? 모든 것이 남자 주인공에게 달려 있었다. 소뵈르 생티브, 그는 비탄에 빠진 홀아비인가, 완고한 독신주의자인가, 아니면 누군가를 만날 준비가 된 사람인가? 앤틸리스 사람들이 지조가 없다는 얘기(그런데 이건 인종차별적인 얘기 아닌가?)를 들어 본 것 같은데……. 소뵈르의 이야기 속에는 온통 미혼모, 누구인지 모를 아버지, 불행한 결혼 생활뿐이었다. 어느 하나 안심할 만한 게 없었다. 이 모든 생각에도 불구하고 루이즈의 기분은 여전히 화창했다. 오히려 'Tea for two, and two for tea(두 사람을 위한 차, 차를 위한 두 사람)'라고 흥얼거려, 알리스는 엄마가 빗속에서 노래한다고 흥얼거리는 것보다 더 위험한 상황이라고 판단했다.

　　화요일 아침, 루이즈의 휴대전화로 문자 메시지 한 통이 도착했다.

안녕, 내일 9시에 들를게.
당신이 지하 창고에 보관한 유모차하고
아기 용품 챙겨서 팽프르넬한테 주려고.
제롬

루이즈는 솟구쳐 오르는 분노의 원인을 찾기 위해 메시지 분석에 착수했다. 안녕. 누구한테 하는 안녕이지? 전남편과 전남편의 새 파트너에게는 이름이 있었지만, 루이즈의 이름은 없었다. 예의를 갖춘 표현이 들어가야 할 자리에는 미래형 동사, '들를게'가 있었고, 마치 루이즈에게 사생활이라고는 없는 양, '내일 9시에'가 있었다. '챙기다'와 '보관하다'라는 두 개의 동사는 루이즈가 자신의 것이 아닌 물건들을 점유하고 있다는 뉘앙스를 풍겼다. 그리고 '지하 창고에'라니, 얼마나 위선적인 말인가! 루이즈가 최악이라고 생각한 것은 단연 '아기 용품'이었다. 폴과 알리스의 옷가지, 장난감, 봉제 인형, 아기 운동장, 종 모양 뮤직박스, 놀이판이 달린 베이비룸, 요람에 설치하는 아기 천사 모빌 같은 것들이었다. 루이즈가 언젠가 태어날 아기를 위해 이 모든 것을 간직하고 싶을 수도 있지 않은가? 문자 메시지를 모든 각도에서 살펴본 뒤 분노는 경멸로 바뀌었다. 멍청이 같으니! 게다가 인색하기까지! 아실에게 새 유아차를 사 줄 여유도 없단 말인가? 루이즈는 다음 날 아침 9시에 꼭 그렇게 말해야겠다고 생각했다. 작은 복수였다.

수요일 아침, 루이즈는 층계참에 나타난 제롬을 보고, 전남편이 불편해하고 있다는 것을 눈치챘다. 분명 팽프르넬이 강요한 일이었다. 불평하는 소리가 들리는 것 같았다. "그 여자가 그걸 다 간직할 이유가 없잖아. 당신도 똑같이 권리가 있다고. 그 물건들을 다시 쓸 일이 있겠어? 그 여자 나이를 생각해 봐."

"내가 방해한 건 아니지?"

"빨리도 물어보네."

지적과는 달리, 늘 딱딱한 얼굴을 보이던 루이즈가 미소를 짓고 있었다.

"그래, 미안해……. 그러니까, 고마워……."

면도도 하지 않은 얼굴에 풀 죽은 강아지 같은 눈으로 루이즈를 보는 제롬의 코트에는 단추가 하나 없었다. 루이즈는 여전히 웃고 있었다. 우아하고 신비스러운, 비현실적인 미소였다. 루이즈가 손끝으로 잡고 있던 지하 창고 열쇠를 제롬의 손바닥에 떨어뜨렸다.

"자."

복수할 마음은 어느덧 사라졌다.

"어, 고마워."

조금 싫증이 났다는 이유로 이별을 고한 전처는 온데간데없었다. 루이즈가 돌아서면서 흥얼거렸다. "Tea for two(두 사람을 위한 차)……."

제롬은 지하 창고 구석구석에 여러 차례 부딪치고 얼굴에 붙은 거미줄을 겨우 다 털어 낸 뒤 루이즈가 스카치테이프로 밀봉해 둔 상자를 열다가 손가락을 베고 손톱이 들리는 수모를 겪었다. "제기랄!"과 "망할!"을 번갈아 외치면서 팽프르넬과 임신부의 변덕을 원망했다. 수 세기 전부터 지하실에 있던 젖병 소독기와 기저귀 갈이대가 정말 필요했을까? 팽프르넬은 루이즈에게서 모성의 모든 속성을 제거하고 싶어 하는 것 같았다. 팽프르넬이 전처를 질투하다니, 세상이 거꾸로 된 게 분명했다. 제롬은 등을 문지르며 몸을 일으켰다. 루이즈가 위층에 있었다. 서재에 있을까? 아니면 욕실에? 갑자기 자신이 왜 떠났는지 이해할 수가 없었다. 이곳은 제롬의 집이었다. 루이즈는 그의 아내였다. 그러자 마음에 독이 스며들었다. 루이즈가 다시 이토록 예뻐지고, 이토록 탐스러워졌다면, 그건 루이즈가 행복하기 때문 아닐까? 다른 남자와 행복하다고? 상자를 걷어차니 폴이 생후 8개월일 때 가지고 놀던 광대 오뚝이가 경쾌하게 딸랑거렸다. 제롬은 자신이 결국 이 지하 창고에 묻히고 말 것 같은, 소름끼치는 예감에 사로잡혔다. 서둘러 빛의 세계로 돌아가야 했다!

"저기, 루이즈!"

거실로 돌아온 제롬이 루이즈를 불렀다.

루이즈는 어디 있을까? 왜 대답하지 않지? 제롬은 커피와 토스트 향기가 감도는 부엌에서 루이즈를 찾았다.

"루이즈! 루이즈!"

서재에도, 욕실에도 없었다. 눈물이 차오르는 것을 느끼며 폴의 방문을 열고, 그다음에는 알리스의 방문을 열었다. 마지막으로, 감히 그들이 함께 쓰던 침실의 문을 열었다. 만일 루이즈가 침실에 있다면, 제롬은 무슨 짓을 할지 자신이 없었다…….

"루이즈?"

루이즈는 없었다. 장을 보러 나간 것이었다. 어쩌면 취재를 갔는지도 몰랐다. 어쨌든 자기 삶을 살러 간 것이었다. 제롬은 빈 집에서 잠시 이리저리 방황하다 아무것도 가져가지 않은 채 집을 나섰다. "전부 자선단체에 기부했더라고 말해야겠어."

*
*　*

케이지 안을 열심히 돌아다니는 것으로 보아 살아남은 햄스터 새끼 세 마리는 안심할 수 있는 상태 같았다. 아무개는 셋 중에서 모험심이 가장 강해서 어미가 엉덩이나 목덜미를 물어서 둥지로 끌고 간 적이 한두 번이 아니었다. 세 마리를 구별할 수 있게 된 소뵈르는 가장 차분한 녀석을 엘로디에게 보내기로 했다. 마지막 한 마리는 삶에서 무엇을 원하는지 모르는 듯, 때로는 어미에게, 때로는 케이지 창살에 매달렸다. 소뵈르는 당사자와 상의 없이 가뱅에게 이 녀석을 보내기로 결정했다.

"새끼들은 잘 지내요?"

엘라가 진료실에 들어서자마자 물었다.

"아주 잘 지내지. 너는 어때?"

"『사생아 프랑수아』를 읽고 있어요. 어쩌면 저도 주워 온 아이 아닐까요?"

소뵈르는 이 가설에 웃음을 터뜨렸다.

"농담이 아니에요. 전 부모님을 하나도 안 닮았거든요."

"그럼 자드를 닮았나?"

"언니는 그냥 평범한 여자애예요. 하루 종일 인터넷으로 화장법이나 들여다봐요. 아이섀도로 스모키 효과를 낸다 어쩐다 하는데, 그냥 판다 같아요."

언니의 험담을 늘어놓는 엘라의 말을 미소를 띤 채 듣는데 주의를 분산시키는 것이 있었다. 가리개 커튼이 움직였다. 그렇다면 문이 또다시 열렸다는 얘기였다. 의심한 적이 있었던가? 그렇지 않다. 거의 직감에 가까웠다.

"잠깐만, 엘라, 미안. 내가 지금……. 곧 오마."

진료실을 나와 어두운 복도를 걸어가다 보니 아들이 몸을 일으키고 있었다.

"거기서 뭐 해?"

"난 그냥…… 아빠를 보러 가려고."

"무슨 할 말 있어?"

"어…… 아니."

라자르는 아빠의 반응이 두려운 듯이 뒷걸음질로 멀어졌다. 소뵈르는 그저 놀라울 뿐이었다.

"이제 다시는 안 할 거야."

라자르가 아빠에게라기보다 자기 자신에게 중얼거렸다.

주방에서 모니터 속으로 빨려 들어갈 듯 앉아 있던 가뱅이 라자르를 맞이했다.

"그래서, 시아이에이 도청은 잘돼 가?"

"아빠한테 들켰어."

아연실색한 라자르가 대답했다.

"미친."

"아빠가 이제 날 미워할까?"

"당연하지."

가뱅은 라자르가 겁에 질렸다는 사실을 눈치챘다.

"농담이야. 아빠는 아들을 언제나 사랑하지."

"하지만 형네 아빠는? 형네 아빠는 형을 사랑하지 않잖아?"

라자르가 악의 없이 물었다.

"이런 미친, 내가 참아야지."

가뱅이 구시렁댔다.

라자르는 불안에 떨며 소뵈르가 진료를 마치기를 기다렸다. 무슨 일이 일어날까? 설명을 요구하고, 벌을 주고, 금지시키려나? 그런데 뭘 금지시키지? 라자르는 무서운 벌, 끔찍한 금지 같은 것을 열심히 생각해 보았지만 딱히 떠오르는 것이 없었다.

"하숙집에 보내면 어떡해?"

30분간 궁리한 끝에 라자르가 말했다. 그러자 나이트 엘프의 대답이 돌아왔다.

"아니, 그건 아니지. 비행 청소년은 소년원에 가."

20시경, 소뵈르가 주방으로 급히 들어왔다.

"미안하다, 얘들아. 늦었지. 치킨너겟 어때?"

저녁 식사 도중, 가뱅이 햄스터 몇 마리가 죽었는지 물었다.

"안 죽었어. 참, 말이 나왔으니, 라자르, 가서 케이지 좀 가져올래? 진료실 가는 길은 잘 알고 있겠지."

오후에 일어난 일에 대한 언급은 그게 전부였다. 소뵈르는 자신이 언급을 피하는 한 문제는 존재하지 않는다고 생각했다. 심리학자로서 당연한 생각이었다.

아들이 복도로 사라지자마자 소뵈르는 가뱅에게 어머니 얘기를 꺼냈다.

"월요일에 치료를 받고 퇴원하신다는구나."

그러더니 마치 좋은 소식을 전하는 양 덧붙였다.

"이제 집에 돌아가도 된다."

가뱅은 하염없이 접시만 내려다보다가 간신히 입을 열었다.

"언제요?"

"일요일이 좋지 않을까?"

가뱅은 눈에 보이지 않을 정도로 살짝 고개를 끄덕였다. 소뵈르는 기쁜 척이라도 하지 않는 모습에 기분이 상했다.

"데려왔어!"

라자르가 케이지를 식탁 위에 올리며 말했다.

"아무개가 엄청 화가 났어."

"그래, 따로 둬야겠구나."

"벌주는 거야?"

라자르가 깜짝 놀라 물었다.

"아니. 아무개에게 벌은 가족과 함께 사는 거지. 케이지를 하나 더 마련해서 따로 넣어 둬야겠다."

"저한테 필요한 거네요."

가뱅이 기운이 쭉 빠진 목소리로 말했다.

소뵈르는 그 말을 문자 그대로 해석했다.

"네 햄스터한테도 케이지를 사 주마."

"형한테 셋째를 보낼 거야?"

라자르가 기뻐했다.

"항상 도망치려는 녀석이야. 이름은 뭐라고 부를 거야?"

가뱅이 치킨너겟을 우물거리며 말했다.

"소베*."

"소베? 구원받았다고?"

라자르가 되물었다.

"구원하는 것보다는 구원받는 게 낫지."

가뱅이 반은 공격적이고 반은 절망적으로 말했다.

잠시 후, 소뵈르는 그 주의 책, 『평범해질 수 있는데 왜 행복해지려 하나』를 들고 침실로 올라갔다. 그렇지만 책이 아니라 〈라 레퓌블리크 뒤 상트르〉를 뒤적이기 시작했다. 루이즈 로슈토가 이 신문사에서 기자로 일한다는 사실은 이미 알고 있었다. 마을 축제나 잡다한 사건들을 담당하려나? 소뵈르는 사실 잡보면을 제일 좋아했다. 그때 시선을 끄는 기

---

* 소베Sauvé(e)는 동사 sauver(구원하다, 구조하다)의 과거분사 형태로, '구원받은' 또는 '구조된 사람'을 뜻한다.

'사 제목이 있었다.

이웃 고양이 독살범 자수하다

깜짝 놀란 소뵈르는 이내 당황해서 기사를 읽고 또 읽었다.

생장르블랑. 도시 전체가 충격에 휩싸여 있다. 범인은 호감형의 50대 여성으로, 생장르블랑 시청 직원이다. 지난 수개월간 여러 빌라의 정원과 출입로에서 길고양이뿐만 아니라 목걸이를 단 고양이도 독이 든 미트볼을 먹고 죽은 채로 발견되었다. 범인은 이를 고발하러 경찰서에 가서 경찰관들에게 자신의 소행임을 밝혔다고 한다.

착각의 여지가 없었다. 고양이 살해범은 바로 위그노 부인이었다. 부인이 상담 중에 자신이 저지른 일을 고백했지만, 소뵈르는 이모할머니인 로즈 파탱 이야기를 제대로 듣지 않았다. 위그노 부인은 이모할머니가 쿠션 커버에 수를 놓고 동네 고양이들에게 독을 먹이며 시간을 보냈다고 말했다. "제가 그 취미를 가지게 된 계기가 바로 이모할머니였지요" 하고 말하지 않았던가. 쿠션 커버에 수를 놓는 것이 아니라 고양이를 죽이는 취미 얘기였다! 소뵈르는 한숨을 쉬며 신문을 밀어냈다.

"난 형편없는 상담사야."

다음 날, 라자르는 운동장에서 폴을 보자마자 아무개가 개별 케이지에 있고, 떠날 준비가 되었다고 알렸다.

"그런데 귀스타비아 여사랑 헤어지면 슬퍼하지 않을까?"

폴이 걱정했다.

"오, 아니야. 걔는 자기 엄마를 안 좋아해."

라자르는 아무런 양심의 가책 없이 대답했다.

폴은 아무개의 타락에 충격을 받았다.

"난, 난 엄마를 영원히 사랑할 거야. 그리고 나중에 어른이 되면……."

그러더니 항상 옆에서 엿듣고 놀려 대는 아이들을 의식해 목소리를 낮춰 말했다.

"……집에 엄마 방을 따로 마련할 거야."

라자르는 정말 좋은 생각이라며, 자기도 아빠를 위해 똑같이 하겠다고 말했다.

"우리가 같은 집에 살면 어떨까?"

폴이 기대에 부풀어 제안했다.

"아, 그래! 엄청, 엄청 큰 집이어야겠다!"

"그래도 성처럼 크진 않겠지?"

친구가 현실 감각을 잊은 건 아닌지 걱정하며 폴이 물었다.

"아니지. 성보다는 작을 거야. 정원에는 알리스가 살 오두막집을 두자."

두 아이가 교실로 들어갈 때쯤, 이들의 공동 미래는 이미 긍정적인 방향으로 진행되고 있었다.

"오늘의 속담은 '지금 하나가 나중 둘보다 낫다'예요."

*
*　*

"저런, 새로운 구성이군요."

목요일 저녁, 소뵈르가 오가네르 가족을 맞이하며 재미있어했다.

이번에는 샤를로트, 알렉스, 엘로디가 뤼실과 함께 왔다.

"생일 축하한다."

소뵈르가 전날 열일곱 번째 생일을 맞은 뤼실의 맞은편에 앉으며 말했다.

엘로디는 긴 소파에 앉은 샤를리와 알렉스 사이에 웅크리고 누워 엄지손가락을 입에 넣고 눈을 감았다.

"오늘은 아기가 됐구나?"

아이가 엄지손가락을 빼더니 말했다.

"아기 햄스터예요. 아무것도 안 보이고, 아무것도 안 들려요."

그러더니 다시 엄지손가락을 입에 물고 눈을 꼭 감았다.

"말이 나왔으니 말인데, 네 햄스터가 기다리고 있단다. 작은 케이지에 넣어 뒀으니 갈 때 데려가렴."

엘로디는 여전히 태아처럼 누운 자세로 대답했다.

"엄마랑 샤를리가 아기를 낳을 거예요."

"그게 무슨 소리니?"

아이의 엄마가 소리를 질렀다.

"지난번에 우리끼리 말했잖아. 엘로디는 안 듣는 척하면서도 다 듣는다니까."

샤를리가 상기시켰다.

"설마 진짜 그럴 건 아니지?"

뤼실이 폭발했다.

"우선, 불가능한 일이야. 여자가 여자랑…… 뭐 어떻게 할 건데? 입양?"

"아니."

샤를로트가 단호하게 대답했다.

소뵈르는 두 사람이 이미 자신들에게 주어진 가능성을 전부 검토했다는 사실을 깨달았다. 그때 엘로디가 눈을 감은 채, 신이라도 내린 양 말하기 시작했다.

"아기 씨앗을 주사로 여자 고추에 넣어. 하지만 아프지 않아. 그리고 아기가 배 속에서 자라."

알렉상드라가 미간을 찌푸리며 파트너를 바라보았다.

"애한테 무슨 소리를 한 거야?"

"엘로디가 먼저 물어봤어."

샤를로트가 해명했다.

"다들 아이가 아무것도 이해하지 못하는 것처럼 대하지만 난 진실을 얘기해 줘."

"잘 모르는 모양인데, 자기는 이 애를 양육할 책임이 없어."

알렉상드라가 화를 냈다.

"잘 모르는 모양인데, 자기가 일하는 동안 아이는 내가 돌봐."

"말도 안 되는 소리."

뤼실이 가슴속에서 우러나오는 탄식을 내뱉었다.

"뭐가 말도 안 되는 소리라는 거지?"

소뵈르가 최대한 공감한다는 듯한 목소리로 물었다.

"전부 다요!"

"어떤 전부 다? 뤼실, 말을 고르지 말고 그냥 하렴."

"아, 네, 그렇게 말하고는 나중에 제가 동성애자를 혐오하네, 뭐 그딴 소리를 하면서 비난할 거잖아요."

"어떤 코멘트도 하지 않으마."

소뵈르가 약속했다.

"좋아요. 제일 먼저, 제 동생한테 여자 배 속에 아기 씨앗을 집어넣는다고 한 게 말이 안 돼요. 무슨 해바라기 씨앗도 아니고, 아기 씨앗 같은 게 있을 리 없잖아요! 남자의 정자가 있어야 해요. 여자랑 여자는, 아니면 여자 혼자서는 아기를 만들 수가 없어요. 이게 진실이에요. 아이들에게 이야기해야 하는 진실은 이거라고요."

"네 말이 맞아, 뤼실. 익명의 기증자에게서 받은 정자를 사용하지. 여자의 자궁에 주입해서 수정을 시킨단다."

"코멘트는 안 하겠다고 하신 줄 알았는데요."

샤를로트가 이죽거렸다.

"코멘트라기보다는 참고자료에 가깝지요."

엘로디가 소리를 지르며 벌떡 일어났다.

"무슨 얘긴지 하나도 모르겠어! 내 햄스터! 햄스터 데리고 집에 갈래!"

"어른들 이야기라는 게 참 지겹지. 햄스터 이름은 뭐라고 할까?"

소뵈르가 당황하지 않고 말했다.

"아기라고 부를 거예요."

엘로디가 살벌하게 대답했다.

"하지만 언제까지나 아기로 있지는 않을 텐데?"

소뵈르가 지적했다.

"그럼…… 그럼……."

서스펜스.

"남자애면 남자애라고 부르고, 여자애면 여자애라고 부를래요. 이제 끝!"

"엘로디가 좀 지친 모양이에요."

아이 엄마가 말했다.

"그럴 수 있지요."

"저번에 아이들은 편견이 없다고 하셨잖아요."

샤를로트가 상기시켰다.

"어쩌면 엘로디는 상황이 안정될 필요가 있는지도 모르지요."

소뵈르가 아이를 옹호하니 뤼실이 투덜거렸다.

"저도 그래요. 매주 새로운 일을 벌일 필요는 없잖아요. 어떤 때는 티브이 드라마 속에 있는 것 같다니까요! 제가 시대에 뒤처진 건지도 모르겠지만, 시험관 아기, 정자 은행, 이런 얘기는 정상이 아니에요. 제 말은…… 자연에 어긋난다고요."

"그렇지. 하지만 인간은 자연에서 벗어난 동물 아니겠니. 암소들이 운전석에 있는 경우는 보기 힘들잖아."

소뵈르가 농담했다.

남은 시간은 소뵈르가 엘로디와 그 엄마에게 햄스터를 잘 키우고 행복하게 만드는 방법에 대해 조언하는 데 소요됐다.

"코코트라고 부를래요. 샤를리가 키운 햄스터 부인처럼요."

마침내 엘로디가 결정을 내렸다.

"얘는 수컷인데?"

소뵈르가 놀렸다.

"어쩌라고요."

아이가 대꾸했다. 이 말에 두 엄마가 잔소리를 했다. "그런 말 하면 못써!" 소뵈르는 웃으며 생각했다. '순응주의가 존재하지 않는 곳이 과연 있기는 할까?' 엘로디가 탁자로 폴짝폴짝 뛰어가 그림을 그리는 동안, 알렉상드라와 샤를로트는 뤼실이 가끔 두 사람의 집에 오도록 협상을 시작했다. 결국 상담은 뤼실이 격주로 주말에 방문하기로 하면서 끝났다.

시험 삼아서.

"여기요. 가지세요."

엘로디가 소뵈르에게 종이를 건넸다. 파란 자동차 운전석에 앉은 초록 암소 그림이었다.

*
*　*

금요일, 소뵈르는 시릴 쿠르투아와 단둘이 이야기를 나눠야겠다고 생각하고 있었다. 다행히 아이와 엄마를 길게 설득할 필요가 없었다. 아이가 진료실에 들어서자마자 선언했기 때문이다.

"엄마는 늑대 놀이에 관심 없대요."

"그럼 우리 둘이서 이야기할까? 쿠르투아 부인, 잠시 대기실에 가 계시겠습니까?"

고된 하루에 지친 부인은 주저하지 않고 대기실로 가서 여성 잡지를 훑어보았다. 시릴은 소뵈르가 가리킨 커다란 안락의자에 앉기 전에 주머니에서 꼬깃꼬깃한 달력을 꺼냈다.

"엄마 집에서는 우산만 있고, 이모 집에서는 태양만 있어요."

소뵈르가 메모를 했다.

"분명히 짚어 볼 필요가 있겠구나. 이모 집에서는 편안하게……."

"브누아 방에서 자요."

"그게 누구지?"

"사촌이요."

"그럼 엄마 집에서는 방을 혼자서 쓰니?"

아이는 한동안 대답하지 않았다.

"시릴?"

제 이름을 부르는 소리에 깨어난 듯 시릴이 반응했다.

"네?"

"네 방이 따로 있니?"

"네."

때때로 아이와의 연결 상태가 끊겼다.

"전 싫어요."

아이가 내뱉듯 말했다.

"싫다고……? 누가?"

시릴이 몸을 떨었다.

"제 방이 싫어요."

"그것 참 재미있구나. 네가 누군가에 대해 말한 줄 알았거든. 보통 '난 싫어'라고 하면 방보다는 사람을 싫어하는구나, 하고 생각하게 마련이지."

시릴이 다리를 기계적으로 흔들었다.

"엄마한테 얼마 전에 남자 친구가 생겼지. 그 사람 이름이 뭐지?"

소뵈르가 최면을 걸듯 부드러운 목소리로 물었다.

"조아킴이요."

"그렇지, 조아킴."

남자의 이름은 아이의 엄마 입에서도, 아이의 입에서도 나온 적이 없었다.

"저녁 식사를 하러 집에 오겠네. 그렇지? 어쩌면 자고 가기도 하고?"

시릴의 다리가 멈췄다.

"그 사람을 별로 안 좋아하는구나."

소뵈르가 당연한 사실인 양 말했다.

시릴이 팔걸이를 꽉 움켜쥐었다.

"엄마가 언제 조아킴을 만났지? 듣기는 했는데 기억이 안 나네……."

시릴이 무슨 말을 하든 아무런 결과를 초래하지 않을 것이라고 믿었으면 하는 마음에 소뵈르는 거짓말을 했다.

"해변에 갔을 때요."

아이가 중얼거렸다.

"아, 그래! 이번 여름에 루아양에 갔을 때지?"

"네."

쿠르투아 부인은 아들이 자신의 새 남자 친구를 질투하고, 이를 야뇨증으로 표출한다고 생각했다. 어쩌면 부인의 말이 옳을 수도 있었다.

"아이들은 엄마가 어떤 아저씨를 사랑하게 되면 자기와 시간을 많이 보내지 않게 된다고 생각하지. 엄마의 사랑이 줄어들까 봐 걱정도 되고. 시릴, 너도 혹시 이런 경우는 아닌지 모르겠구나."

시릴은 고개를 숙인 채 주의 깊게 듣고 있었다. 하지만 소뵈르는 아이가 기대하던 말이 아니라는 것을 느꼈다.

"조아킴은 어떻게 만났지?"

"미키 클럽에서요."

"진행 요원이었구나?"

소뵈르가 추측을 시도했다.

시릴이 어깨를 살짝 으쓱해 보이더니 정정했다.

"미키 클럽에 아이를 데리고 왔었어요."

"아? 아들이 있구나. 네 또래니?"

"네, 그런 것 같아요. 그런데 그 사람 아들은 아니에요. 다른 아줌마네 아들이에요."

소뵈르가 머릿속에서 요약을 시작했다. 그러니까 쿠르투아 부인은 대략 9~10세 아들을 둔 어떤 여자와 커플인 남자를 만났군. 그런데 이 남자가 9~10세 아들을 둔 또 다른 젊은 엄마에게 관심을 보인 거지.

"조아킴이 집에 들어와 살게 될까?"

"아니요!"

"아니야?"

"싫어요!"

그 외침이 담고 있는 것은 질투가 아니었다. 아이는 공포 속에 살고 있었다. 조아킴은 아이의 경쟁자가 아니었다. 포식자였다. 하지만 확신이 있다 해도 신중할 필요가 있었다. 내적 확신은 증거가 될 수 없었다.

"네 문제를 도와주고 싶단다, 시릴. 네 일과도 관련이 있을 법한 디브이디가 있는데, 너도 충분히 이해할 만할 거야. 학교에서 보여 주기도 하는 다큐멘터리거든."

소뵈르가 책장으로 가서 디브이디 한 장과 교육용 소책자가 든 케이스를 꺼내 큰 소리로 제목을 읽었다.

"〈내 몸은 나의 것〉. 아이들에게 자신의 몸은 자신의 것이라고 설명해 주는 다큐멘터리. 뛰어갈 때나, 놀 때나, 운동을 할 때나, 그 누구도 아이들의 몸을 만질 권리는 없어. 아이들이 원하지 않는다면 말이야."

아이가 눈을 크게 뜬 채 귀를 기울였다. 그렇지만 여전히 고개를 숙이고, 입술을 꼭 깨문 채였다.

"만일 어떤 남자가 네가 만지지 않았으면 하는 곳을 만진다면……."

시릴이 몸을 떨었다.

"……그건 법으로 금지된 일이란다. 만일 어떤 남자가, 조아킴이라고 해 보자, 네 방에 들어간다면…… 엄마가 안 계실 때 그러겠지?"

"네."

"네가 만지지 않았으면 하는 곳, 예를 들어 성기나, 엉덩이 같은 부위 말이지, 그런 곳을 조아킴이 만진다? 그런 일은 법으로 금지돼 있어."

"하지만 조아킴은 제가 오학년 형들이랑 성적인 놀이를 했으니까 제가 나쁜 거래요. 그리고 자기가 시키는 걸 다 하지 않으면 저를 경찰에 고발할 거래요."

소뵈르는 목을 조여 오는 분노에 힘겹게 침을 삼켰다. 조아킴은 시릴을 불안하게 만들어 나이가 더 많은 아이들에게 복종하게 한 뒤, 상황을 뒤집어 스스로를 나쁜 아이라고 믿게 만든 것이다. 감히 아이의 어머니에게 '변태'라고 말하기까지 했다.

"조아킴이 경찰서에 가도 시릴 네가 아니라 조아킴이 체포될 거야. 성범죄자로서, 소아성애자로서."

이제 아이가 이미 텔레비전, 라디오, 혹은 대화를 통해 들었을 단어를 정확히 말할 때였다.

"자, 시릴, 이제 엄마에게 알려야 해."

"안 돼요! 그 사람이 엄마를 떠날 거예요."

"네가 입을 다물도록 한 말이야. 하지만 그 남자가 엄마를 떠나는 게 아니야. 엄마가 그 남자를 쫓아내는 거지. 그리고 엄마가 경찰에 신고할 거야."

성급한 생각인지는 몰라도 쿠르투아 부인이 사실을 인정하고 아들의 편에 설 것이라고 믿어야 했다.

"엄마랑 이야기하는 동안 대기실에 가 있으렴."

"듣고 싶지 않아, 안 들을래요."

아이가 귀를 막았다.

소뵈르는 『달나라에 간 땡땡』이라는 아주 재미있는 만화책이 대기실 탁자에 있다고 말하면서 아이를 데려간 뒤 쿠르투아 부인에게 진료실로 오라는 손짓을 했다.

"달력을 보여 드리던가요? 시원치 않죠?"

부인이 자리에 앉으며 말했다.

"이모 집에서는 괜찮더군요."

"그래서 제가 저번에 저보다 이모를 더 좋아한다고 한 거예요."

"꼭 그런 건 아닙니다. 이모 집에 있는 것을 더 좋아하는 거지요. 요즘 집에서는 어떻습니까?"

"침대에 실수하는 것 빼고요? 괜찮아요."

"괜찮다고요?"

부인은 아들에게서 멀리, 아주 멀리 떨어져 있었다. 아이가 살고 있는 지옥에서 아주 멀리. 부인은 소뵈르에게 일 때문에 피곤하고, 아이의 공부를 봐 주려고 노력은 하지만, 특히 주말에는 아이를 혼자 보기가 쉽지 않다고 설명했다.

"제가 제대로 이해했다면, 이제 부인은 더 이상 완전히 혼자는 아니시지요. 조아킴이 있잖습니까."

남자의 이름이 언급되리라고 예상하지 못한 부인이 말을 더듬었다.

"그건…… 그건 얼마 안 된 일이에요."

"이번 여름, 루아양 미키 클럽에서부터지요."

"아, 시릴이 말했군요?"

부인은 조금 화가 난 것 같았다.

"부인께서 시릴이 새 남자 친구를 질투한다고 하셔서 제가 아이에게

258

질문을 했습니다."

쿠르투아 부인이 발끈했다.

"'새 남자 친구'요? 누가 들으면 제가 남자를 끊임없이 갈아 치우는 줄 알겠네요! 게다가 제가 남자 친구를 찾아다닌 것도 아니라고요. 그냥 그렇게 됐어요. 우연히요. 아이들을 기다리다가 만났거든요. 그 사람은 제레미를, 저는 시릴을 기다리고 있었지요. 그러다 우리 둘 다 오를레앙에 산다는 걸 알게 됐어요."

"제레미는 조아킴의 아들입니까?"

소뵈르는 쿠르투아 부인이 혹시 자신의 판단이 잘못되었다고 알려 줄까 기대했다.

"아니요. 그 사람 파트너의 아들이에요. 아니, 이제 전 파트너지요."

"부인 때문에 그 파트너를 떠난 겁니까?"

부인이 다시 발끈했다.

"아뇨, 아뇨, 전 그런 사람 아니에요. 다른 사람의 남자를 빼앗고 그러지 않아요. 조아킴은 이미 별거 중이었어요. 파트너와의 상황이 잘 풀리지 않았거든요."

"왜인지 아십니까?"

"글쎄요, 제 생각에는…… 그러니까…… 파트너가 아들을 제대로 양육하지 못한다고 생각했나 봐요. 그러다 보니 커플 사이에 문제가 생겼겠지요. 그 사람이 교육 면에서 꽤…… 꽤 엄격한 편이거든요. 아시겠지만 규율에 익숙한 사람이에요. 소방관인 데다가, 아버지는 헌병이셨어요. 그래서 항상 올바르게 처신해야 한다고 말하지요."

"부인이 아들을 잘못 키우고 있다는 말도 하지 않나요?"

쿠르투아 부인이 뾰로통한 표정을 지었다.

"그건 그 사람하고는 상관없는 일이라고 말했어요. 그 사람이 시릴한 테 손을 들었을 때 이 주제로 이야기를 했거든요. 저번에 말씀드린 일 때 문이었죠. 학교에서 있었던 일이요."

전화로 사건에 대해 이야기했을 때는 자신이 시릴을 때렸다고 하면서 남자 친구의 폭력적인 행동을 자신의 행동으로 돌렸었다.

"조아킴은 부인의 아들이 변태라고 했지요."

"네, 그게……."

부인이 눈가를 닦았다.

"그 말에 동요하신 겁니다. 부인은 시릴이 나쁘고, 그게 부인 잘못이 라고 생각하셨지요. 자신이 잘못했다고 생각하는 습관이 있기 때문입니 다."

"시릴이 착한 아이라는 걸 알아요. 끌려다닌 것뿐이지요. 하지만 선생 님이 도와주실 거잖아요. 조아킴은 이게 다 시간 낭비, 돈 낭비라고 하지 만, 이건 제 일이라고 그 사람한테도 말했어요."

부인은 소뵈르가 건넨 화장지를 잘게 찢으면서 점점 더 흥분하며 말 했다.

"쿠르투아 부인, 조아킴과 새출발하실 생각인가요?"

"아직은 너무 일러요……. 그 사람은 시험 삼아 같이 살아 보자고 하 는데, 시릴이 문제예요."

"무슨 문제 말씀이시지요?"

"잘 아시잖아요. 질투가 심해요."

"아이가 표현을 합니까? 제 말은, 침대에 실수하는 것 말고 다른 방식 으로 표현합니까?"

"조아킴이 있을 때는 말이 없어요. 감정을 안 털어놓아요. 뿌루퉁해 있고요. 토라지는 거지요!"

"정말 그런가요?"

"그럼 뭐가 또 있겠어요?"

침묵. 그리고 또 침묵. 소뵈르는 쿠르투아 부인 스스로 진실을 향한 여정을 떠나기를 기다렸다. 다짜고짜 상습적인 소아성애자라고 조아킴을 비난하는 것은 부질없는 일이었다. 마침내 부인이 입을 열었다.

"시릴이 조금 겁을 먹었을 수도 있겠네요. 저번에 뺨을 맞았으니까요. 어쨌든 서두를 이유가 없어요. 그 사람이 제 열쇠를 갖고 있지만, 아직 자기 아파트 열쇠도 그대로 가지고 있어요."

"그 사람이 부인의 열쇠를 가지고 있다고요."

소뵈르가 지적했다.

"네, 그게 더 실용적이니까요."

"더 실용적이다?"

"가끔 제가 너무 바쁘면 그 사람이 장을 봐서 저녁을 준비하기도 해요. 퇴근하고 집에 와서 바로 식탁에 앉으면 되니 좋아요."

부인은 일반화와 보편화를 통해 모든 것이 만족스럽고 정상적이라고 스스로를 설득하려 했다.

"시릴이 학교에서 돌아오면 조아킴이 숙제를 봐 주기도 하겠군요."

소뵈르가 말했다.

"많이 관여하지 않는 편이 좋긴 해요. 말씀드렸다시피, 너무 엄격하거든요."

"어쩌면 지난번에 시릴이 집에 돌아오지 않고 도망친 것도 그 사람이 너무 '엄격'했기 때문은 아닐까요?"

"어쩌면요."

부인이 마지못해 대답했다.

"그럼 시릴이 이모 집에서 자고 싶어 하는 것은요? 그것도 그 사람이 너무 '엄격'하기 때문입니까?"

쿠르투아 부인은 이제 질투 이야기를 또 한 번 꺼낼 힘조차 없었다. 다시 침묵이 흐른 뒤, 부인이 공격적인 어조로 도대체 무엇을 원하는지 물었다. 아들 마음에 들기 위해서 조아킴과 헤어져야 한다는 말인가요? 네? 해결책이라는 게 고작 그건가요?

부인은 눈물 때문에 더듬더듬 크리넥스 상자를 찾으며 말했다.

"어쨌든, 두 사람이 잘 맞지 않는다는 건 저도 느끼고 있어요. 사실 그 사람은 아이들과 항상 문제가 있어요. 어떻게 다뤄야 할지 모르더라고요. 지난번 그 아이와도 마찬가지였어요. 제레미 말이에요."

스스로 무슨 말을 하는지 알고 있을까? 마침내 이해할 것인가?

"그런데…… 이제 끝날 시간 아닌가요?"

"신경 쓰지 마세요, 쿠르투아 부인. 루아양 해변에서 조아킴을 만났을 때를 생각해 봅시다. 그 사람이 바로 부인에게 접근했나요? 어떻게 사귀게 되었지요?"

"기억이 잘 안 나요……. 아! 시릴이 트램폴린을 타고 땀범벅이 돼서 나오니까, 조아킴이 배스타올이 있다면서 아이를 닦아 주라고 하더라고요."

"열 살쯤 된 아들을 둔 젊은 엄마인 데다가 혼자라는 것을 파악한 거지요."

"제가 비참한 상태라는 걸 알아봤다는 건가요? 지금 그 말씀이세요?"

"그 사람은 그런 상황을 잘 알거든요. 열 살 된 아들을 홀로 키우는 젊은 엄마와 연애 중이었으니까요."

이제 분계선이 코앞이었다. 고집스럽게 실상을 외면한 채 조아킴이 자신을 쉬운 먹잇감으로 봤다고 생각하거나 그 먹잇감이 자신이 아니라 아들이었다는 사실을 깨닫거나.

"시간 다 됐지요?"

소뵈르는 대답하지 않았다. 그때 부인이 손을 입에 갖다 댔다.

"떠오르는 대로 말씀해 보세요, 쿠르투아 부인. 검열하지 마십시오."

부인은 손을 떼고 놀란 듯 잠시 멍하게 있었다. 그러더니 속삭였다.

"제 착각일 거예요. 말도 안 돼요."

"뭐가 말이 안 되지요?"

부인이 고개를 저었다. 자신의 인생에서 그런 일이 일어날 수 있다는 사실을 인정할 수 없었다. 티브이에서, 신문에서나 일어나는 일이다. 하지만 그녀의 인생에서는 안 될 일이다!

"혹시……."

"음, 음."

소뵈르가 격려를 보냈다.

"혹시…… 조아킴이……."

이미 부인은 조아킴이라는 이름을 발음하는 것조차 거부감을 느끼는 것 같았다.

"혹시 그 사람이…… 나쁜 사람이 아닐까……."

그리고 깨달음이 찾아왔다.

"변태는 그 사람이에요!"

부인이 의심, 죄책감, 두려움, 분노로 일그러진 얼굴을 소뵈르 쪽으로 돌렸다. 소뵈르는 고개를 끄덕였다. 그 즉시 일이 일사천리로 진행되었다. 소뵈르는 쿠르투아 부인에게 아들과 나눈 이야기를 전하고, 두 사람이 포식자로부터 안전할 수 있도록 부인과 함께 대책을 세웠다. 고소장을 접수하고, 임시로 부인의 동생 집으로 거처를 옮기고, 아파트 자물쇠를 교체해야 한다. 그런 다음 부인은 대기실로 달려가 아들을 품에 안고 귓가에 속삭였다. 이제 아무도 너를 괴롭히지 못할 거야, 엄마가 지켜줄게, 세상에서 제일 사랑해……. 모자를 배웅한 뒤, 소뵈르는 어쩌면 자신이 그렇게 형편없는 심리학자는 아닐지도 모른다고 생각했다.

시릴과 어머니의 상담 시간에 라자르는 주방에 남아 있었다. 아버지와 아들 사이에서 반쯤 열려 있던 문은 닫혀 있었다. 아이는 혼자라는 기분을 느끼기 싫어서 주방의 불을 전부 켜 두었다. 가뱅이 저녁 식사를 하러 올 때 이 불들이 안내해 줄 것이었다. 라자르는 도화지 위로 기울인 자신의 작은 실루엣이 정원에서도 선명하게 보인다는 사실, 그리고 누군가가 자기를 지켜보고 있다는 사실을 알지 못했다. 남자였다. 하지만 정말 남자라고 할 수 있을까? 남자의 몸은 이미 어둠과 하나가 되어 가고 있었고, 그의 하얀 머리는 달처럼 떠 있었다. 그는 베란다를 향해 팔을 뻗어 볼품없이 검지와 중지로 아이를 겨냥했다. 그리고 입술을 오므려 거의 들리지 않을 정도로 작게 빵, 하고 소리를 냈다. 아이를 죽이고 싶었을 것이다. 집에 불을 지르고 싶었을 것이다. 그러나 그는 겁쟁이였고, 그래서 겁쟁이의 무기를 사용했다. 증오. 증오로 주문을 만들고, 익명의 편지를 보냈다. 때로는 해가 진 뒤, 때로는 새벽에 집 주변을 배회하고, 벽에 양손을 붙인 채 불운의 기운을 불어넣으려 했다. 캥부아를 믿어서 그랬을까? 교육받은 사람들조차 어느 정도 캥부아를 믿는 섬에서 태어난 남자였다. 불운이 남자, 위그 투르빌, 그리고 그의 가족을 악착스럽게도 따라다니지 않았던가? 어머니는 정신병원에 갇혔고, 누나는 계곡 밑바닥에서 삶을 마감했고, 아버지는 파산 후에 세상을 떠났다. 불행은 소뵈르 생티브라는 위선적인 이름을 가진 흑인과 동시에 투르빌 가문에 찾아왔다. 플뢰리 병원에서 당직 중이던 어느 날 저녁, 위그 투르빌은 우연한 기회(그런데 정말 우연이었을까?)에 이 길로 들어서게 되었다. 푸퐁 부인이라던가 푸파르 부인이라던가 하는 미친 사람과 함께 안내 데스크에 있던 소뵈르를 본 것이다. 자신을 알아보지 못하도록 후드를 깊게 눌러쓰고 멀찍이 떨어졌다. 그 뒤로 위그 투르빌은 한시도 쉬지 않았다. 안내 데스크에서 그 멍청한 마르티니크 여자를 통해 정보를 수집해 소뵈르가 탄탄한 평판과 많은 고객을 보유하고 있다는 사실을 알게 되었다. 그런 다음 라자르를 보았다. 투르빌 가문의 피와 흑인의 피가 섞인 아이였다.

아직은 행동을 개시할 때가 아니었다. 소뵈르가 집에 있었다. 포르드프랑스에 있을 때와 마찬가지로 여전히 소뵈르가 두려웠다. 밤에 뒤에서 접근해서 80킬로그램짜리 거대한 근육덩어리를 쓰러뜨리려 한 적도 있었다. 하지만 두려움에 온몸이 마비되어 버렸다. 위그는 소뵈르를 증오하는 만큼이나 자신의 두려움을 증오했다. 천천히 뒷걸음질로 정원에서 물러나 골목길로 사라졌다. 소뵈르에게 어떤 해를 끼칠 수 있을까? 그는 오직 이 생각에만 집착했다. 어떤 해를 끼칠 수 있을까? 한 발 한 발 땅을 내딛을 때마다 질문을 반복했다. 어떤 해? 무슨 해를 끼치지?

*
*   *

가든랜드 판매원이 소뵈르에게 아는 척을 했다.

"이번에도 케이지를 찾으시나요?"

"어쩔 도리가 없네요. 새끼를 밴 암컷을 파셨잖아요."

2월 21일 토요일, 귀스타비아 여사가 무덤덤하게 막내와 이별했다. 소베

(결국 이 이름이 되었다)는 새로운 철창 뒤에 있게 되자 당황하는 것 같더니, 사이사이로 주둥이를 찔러 넣으며 알아 가는 시간을 가졌다.

"진정해, 소베, 진정하렴."

소뵈르가 최면술사 같은 목소리로 말했다.

가뱅이 이 바보 같은 이름을 왜 선택했는지 정당화하기 위해 한 말이 떠올랐다. "구원하는 것보다는 구원받는 게 낫지." 예전에 읽었거나 들었던 복음서의 유명한 구절이 생각나는 말이었다. 뭐라고 했더라? "자칭 구원자라 하는 네가 스스로를 구원하지는 못하느냐?" 그런 말이었던 것 같은데……. 문장을 뒤죽박죽으로 만들 것 같은 느낌에 구글에서 찾아보니 "다른 이들은 구원하였으면서 자신은 구원하지 못하는군"이었다. 소뵈르는 예수님이 임상심리전문가는 아니었는지 궁금해졌다.

일요일, 가뱅은 최대한 늦게 일어나서 점심시간까지 무기력하게 이 방 저 방을 돌아다녔다. 소뵈르가 집 안에 흩어진 물건들을 챙기라고 열 번째로 말했을 때, 가뱅은 〈니스의 브리스〉라는 영화에 등장하는 유명한 말을 인용했다.

"살살해야죠. 휴가니까요."

실제로 2월 방학이 시작되기는 했다. 점심 식사 후 소뵈르가 안락의자에 앉아 책을 읽는데 라자르가 살금살금 다가오더니 속삭였다.

"아빠. 가뱅 형 말인데, 떠나기 싫은가 봐."

"아빠 눈에도 그렇게 보이는구나."

소뵈르가 똑같이 속삭임으로 대답했다.

소뵈르는 책을 덮고, 조용한 오후를 보낼 계획을 포기했다.

"병원에 가서 푸파르 부인이 월요일에 확실히 퇴원을 하는지, 가뱅을 돌볼 수 있는 상태인지 확인해야겠다."

"형이 엄마를 돌봐야 하지 않을까?"

부자는 생각하는 듯한 시선을 교환했다. 결국 소뵈르는 아들의 머리카락을 흐트러뜨리며 한숨을 쉬었다.

플뢰리 병원에 가 보니 브리지트가 안내 데스크에 돌아와 있었다.

"그래, 휴가 잘 보냈어요?"

소뵈르가 물었다.

"아, 벌써 옛날 일 같네요. 일주일 전에 복귀했어요."

소뵈르가 몸을 기울이며 비밀 이야기라도 하듯이 물었다.

"저번에 얘기한 사람 말인데, 콜송 출신 말이에요……."

"아, 어제도 봤어요. 왜요?"

소뵈르는 긴장으로 몸이 움찔하는 것을 참았다.

"아직도 정신과에 있어요?"

"딱히 그렇지는 않아요. 구급대 쪽이랑 일하거든요."

소뵈르는 혼란스러웠다. 문제의 마르티니크 사람이 콜송 정신병원에서 이송된 환자가 아니라 플뢰리 병원 소속 직원이었다.

"의사예요?"

"아니요, 구급대원이요. 그런데 그건 왜……?"

"아, 별일 아니에요."

소뵈르가 걸어가면서 말했다.

구급대원. 등 뒤로 다가왔다가 운동복 후드로 얼굴을 숨긴 채 슬쩍 빠져나간 그 사람이 떠올랐다.

푸파르 부인의 병실로 가는 복도에서 소뵈르는 자신을 부르는 소리에 뒤를 돌아보았다. 마르고의 어머니였다. 두 사람은 서로를 껴안기 직전에 멈칫하고는 미소를 지었다. 결국 뒤티외 부인이 먼저 나서서 소뵈르와 볼 키스를 했다.

"마르고는 어떻습니까?"

볼 키스가 마르고에 대한 공통된 관심에서 비롯된 것임을 분명히 하듯 소뵈르가 물었다.

"방금 보고 나오는 길이에요. 머리에 외상은 없어요. 혹만 하나 크게 났죠. 자살 시도 환자 한 명과 같은 병실에 있어요. 정말 죽으려던 건 아니었어요. 박사님이 구급대에 신고하실 줄 알고 전화를 한 거지요."

소뵈르의 얼굴이 굳어지자 부인이 재빨리 덧붙였다.

"아이의 행동을 가볍게 여기는 게 아니에요. 설령 아이가 심한 말을 해도 아이 곁을 지킬 거예요. 저도 제가 완벽한 엄마가 아니라는 건 알아요……."

"스스로 완벽한 아빠라고 생각하는 아버지를 둔 것만으로도 아이로서는 버거운 일입니다."

"저를 도와주실 거죠? 그러니까, 치료 말이에요."

소뵈르는 속지 않았다. 뒤티외 부인은 그를 좋아했다.

"저는 마르고의 상담사입니다. 심리 치료에서 어떤 일들은…… 바람직하지 않지요."

부인이 이해하기에 충분한 말이었다.

"물론이에요. 유감이네요. 하지만 마르고가 제일 중요하니까요."

다음 날 마르고를 만나러 오겠다고 약속한 뒤, 두 사람은 악수를 나누고 헤어졌다.

그런 다음 소뵈르는 멍한 상태로 푸파르 부인을 방문했다. 정신은 다른 곳에 있었다. 부인에게 "내일 뵙지요" 하고 간단한 인사를 남기고 병실을 나서며 가뱅에게 무슨 말을 할지 생각했다. 어머니가 열성적으로 정상적인 반응을 보여 주었다고 해야 하나? 그런데 플뢰리 병원 주변에 너무 오래 머무른 게 아닐까 하는 예감에 사로잡혀 주차장을 향해 갑자기 뛰기 시작한 것은 정상이었을까?

*

* *

뮈를랭가 12번지, 모든 것이 평온해 보였다. 가뱅은 위층에서 번쩍이는 모니터에 열중함으로써 나이트 엘프가 생티브 가정에서 찾은 평화로운 안식처를 곧 떠나야 한다는 사실을 잊으려고 노력 중이었다. 주방에서는 라자르가 가뱅 문제를 머릿속으로 해결(가뱅의 어머니가 여전히 정신이 나간 상태이므로 소베와 함께 이 집에 머물 것이라는 결론을 내린 뒤였다)한 뒤, 마침내 뒤마예 선생님이 지난번 수업 시간에 단체로 내린 벌을 수행하기 위해 연습장을 꺼냈다.

그 남자가 정원에 있었다. 소뵈르가 차를 몰고 떠나는 것을 본 이상, 그 무엇도 그를 막을 수 없었다. 무슨 말을 할지, 무슨 일을 할지 이미 알고 있었다. 그 순간이 왔을 때 움찔하지 않기 위해 머릿속에서 그 장면을 수백 번 그려 보았다. 하지만 남자의 핏속에는 두려움이 흘렀다. 그는 무력함, 비겁함, 나약함 그 자체였다. 고작 여덟 살 난 아이를 공격하려는데도 온몸이 떨렸다. 남자는 전날 병원 복도에 무분별하게 방치된 카트에서 온갖 종류의 알약, 진통제, 항우울제, 모르핀 정제에 디기탈리스까지 슬쩍했다. 치명적인 약물 칵테일을 만들기에 충분한 양이었다. 이제 라자르는 자기 엄마처럼 약물 과다 복용으로 죽을 것이었다. 상징적인 복수에 완전 범죄가 될 예정이었다.

남자는 주머니에 손을 넣은 채, 땀 때문에 자꾸 피부에 들러붙는 캡슐들을 만지작거렸다. 마침내 빛 속에서 행동할 용기를 낼 수 있을까? 떨림을 멈출 수 있을까? 남자는 자신의 증오를 마음껏 표현하고 싶었던 이 순간만큼 자신을 증오한 적이 없었다. 정원 철문도 베란다 문도 열쇠로 잠기지 않았음은 이미 확인했다. 소뵈르는 일종의 부주의 혹은 무관심 속에 살고 있었다. 그리고 후회하게 되겠지. 죽는 날까지 후회하게 될 것이었다.

라자르가 공책 위로 몸을 숙인 채 다섯 번째로 '웅변은 은이요, 침묵은 금이다'라고 쓰는데 이상한 일이 일어났다. 아빠가 너무 늦는다 싶었던 아이는 몇 분 전부터 뮈를랭가 정문이 닫히는 소리를 기대하며 귀를 쫑긋 세우고 있었다. 그런데 갑자기 베란다 문이 닫히는 소리가 들렸다. 아빠가 정원으로 들어왔나?

"아빠?"

대답이 없었다.

남자는 베란다 벽에 붙어 있었다. 두려움에 떨며 아이의 코밑에 들이댈 잭나이프를 꽉 쥐었다. 수도 없이 그려 보고 준비한 광경이지만, 벽에서 몸을 뗄 수가 없었다. 그래서 눈을 감고 복수의 신에게 일종의 기도, 사악한 기도를 올렸다. 남자는 공기가 더 이상 폐에 닿지 않는 양 헐떡거렸다. 더 기다린다면 두려움으로 죽고 말 것이었다. 마침내 작은 체구를 곧게 펴면서 빛을 향해 나아갔다.

남자는 이제 베란다와 주방을 가르는 출입구에 있었다. 후드와 선글라스를 벗으니 젊은 얼굴과 대비되는 흰 머리카락과 흰 속눈썹, 흰 눈썹, 핏발이 선 옅은 색 눈동자가 드러났다. 겁에 질린 라자르는 펜을 떨어뜨리고, 비명조차 지르지 못하고 입을 벌렸다.

"내가 누군지 모르겠어?"

남자가 말했다.

"나는 불행이야."

(모든 일이 잘 진행된다는 전제하에)이론상 이 문장은 엄청난 효과를 가져와야 했다. 하지만 남자의 목소리가 떨리고 있었다.

"네 엄마가 기다리고 있다."

남자가 덧붙였지만, 자신의 말에 별로 확신이 없어 보였다.

남자는 두려움을 떨치려는 듯 잭나이프를 꺼내더니, 자동 버튼을 눌러 칼날이 펼쳐지자 뛰어올랐다. 그런 다음 식탁 위에 알약, 캡슐, 정제 더미를 뒤죽박죽 올려놓았다.

"넌 이걸 삼킬 거야."

남자는 다칠 위험을 무릅쓰고 칼을 흔들며 말했다.

문득 물이 없으면 약을 삼킬 수 없다는 생각이 들었다. 시나리오에서 누락된 사항이었다. 남자는 칼로 라자르를 위협하면서 싱크대에 접근해 식기건조대에서 유리잔을 집었다. 잔을 거의 떨어뜨릴 뻔하는 바람에 정신이 없었는지 뜨거운 물을 채운 다음 아이 앞에 놓았다.

"빨리 삼켜!"

남자가 명령을 내렸다.

"그런데 왜요?"

손을 뻗어 약을 집을 수도, 유리잔을 잡을 수도 없는 라자르가 말을 더듬었다.

모르핀 정제 한 알과 디기탈리스 정제 한 알이면 아이가 죽기에 충분하다는 사실이 아니었더라면 우스꽝스러운 장면이었을 것이다.

"말 꺼내지 마. 목을 따 버린다!"

아이의 공포 앞에서 약간 평정을 찾은 남자가 말했다.

라자르는 눈물 때문에 앞을 제대로 볼 수 없어 손에 잡히는 대로 커다란 흰색 알약을 집어 흐느끼면서 입에 넣었다. 하지만 아무리 해도 삼킬 수가 없었다.

"물! 물이랑 같이 삼켜!"

남자가 화를 냈다.

라자르가 집은 것은 모르핀이었다. 팔이 떨려서 물이 조금 쏟아지는 통에 뜨겁다는 것을 알아차렸지만, 항의해 봤자 소용없는 일이었다. 남자가 분노에 가득 차 있었다. 그래서 아이는 입을 벌리고 뜨거운 물 한 모금을 삼켜 알약이 목구멍으로 미끄러지게 하려 했다. 알약은 쓴맛을 남기면서 입천장 뒤쪽으로 들어갔지만, 목구멍에 걸린 것인지 아니면 기도로 들어간 것인지 기침이 터졌다. 격렬한 기침이 계속되자, 무슨 일이 일어나고 있는지 이해할 만한 의학적 지식을 가지고 있던 남자가 소리를 질러 댔다.

"삼켜! 삼키라고! 물을 더 마셔!"

"이게 다 무슨 난리야?"

그때 하늘에서 뚝 떨어진 목소리가 들렸다.

소란스러운 소리에 내려온 가뱅의 목소리였다. 놀란 남자는 칼을 가뱅 쪽으로 돌렸다. 골목길에서 가뱅을 딱 한 번 본 터라, 그 집에서 함께 지내고 있다는 사실을 알지 못했다. 라자르가 눈앞에서 질식해 가고 있었고, 자신도 잭나이프의 위협을 받고 있었지만, 가뱅은 태연했다. 감정을 차단하는 습관 덕분에 상황을 분석할 수 있었던 것이다. 식기건조대에서 무기로 쓸 만한 것을 집어 들기 위해 옆으로 한 걸음 물러섰다. 문제는, 그게 국자였다는 것이다. 가뱅은 국자가 식칼이라도 되는 듯이 마구 휘둘렀다.

"꺼져!"

남자가 한 걸음 뒤로 물러섰다. 남자보다 머리 하나쯤 더 큰 가뱅이 거친 표정과 단호한 몸짓으로 국자로 허공을 갈랐다. 남자는 뒤돌아 베란다를 통해 달아났다. 이제 또 다른 긴급 상황이 발생했다. 눈물과 땀으로 범벅이 된 라자르가 딸꾹질을 하고 숨을 쉬지 못했다. 뺨은 보라색이 되어 가고 있었고 입술 가장자리는 이미 파랗게 변해 있었다.

가뱅은 학교에서 '생명을 구하는 행동'이라는 응급처치 수업을 들은 적이 있었다. 그 당시에는 아무것도 듣고 있지 않는 것 같았지만 수업 내용을 무의식에 저장해 두었다. 라자르의 뒤에 서서 아이의 몸을 앞으로 굽히면서 등을 세게 두드렸다. 아이가 알약을 잘못 삼키는 바람에 기관이 막혔으니 질식으로 죽을 수도 있었다. 몇 분, 어쩌면 몇 초에 달려 있었다. 하지만 가뱅은 냉정하고 체계적인 태도를 유지했다. 등을 두드리는 것으로 충분치 않자 다음 동작으로 넘어갔다. 여전히 아이의 뒤에 자리 잡은 채, 명치를 주먹으로 누르고 위로 끌어당겼다. 한 번, 두 번, 세 번. 네 번의 시도 끝에, 끔찍한 캑, 소리와 함께 라자르가 알약을 뱉어 내더니 망가진 꼭두각시처럼 쓰러졌다. 가뱅이 라자르를 안은 채 타일 바닥에 앉았다. 2~3초 후, 아이가 쌕쌕거리며 호흡을 시작했다.

"미친."

가뱅이 마침내 입을 열었다.

"너 진짜, 네 이름대로 다시 살아났구나."

15분 뒤, 소뵈르가 정문을 통해 집에 들어갔더니 아이들이 주방에서 소곤거리고 있었다. 가뱅은 보상을 받을 자격이 있다고 생각했는지 손에 작은 술잔을 들고 있었고, 식탁 위에는 라모니 럼주 한 병이 놓여 있었다.

"이게 무슨 일이지?"

소뵈르가 어안이 벙벙해 말했다.

"아빠, 가뱅 형은 영웅이야."

라자르가 이상하리만큼 쉰 목소리로 선언했다.

"이게 무슨 일이지?"

소뵈르가 같은 말을 반복했다.

두 아이는 주방에 들이닥친 남자에 대해 동시에 말하기 시작했다.

"이렇게 큰 칼을 갖고 있었어."

"정원으로 들어왔어요."

"나더러 약을 다 삼키라고 했어."

"제가 국자로 겁을 줬어요!"

어리둥절한 소뵈르는 식탁 위에 놓인 약들을 만지작거리면서 아이들의 말을 들었다. 디기탈리스 정제를 보자 등골이 오싹했다.

"어떻게 생긴 남자였지?"

소뵈르는 흑인 남자, 전형적인 앤틸리스 제도 캥부아 주술사의 몽타주를 기대했다.

"유령처럼 하얘. 살아 있는 시체 같아."

"알비노예요."

가뱅이 조금 더 전문적으로 말했다.

소뵈르의 얼굴에 공포와 낙담이 차례로 떠올랐다.

"결혼식 사진에 있었어요. 누군지 아세요?"

가뱅이 덧붙였다.

"위그 투르빌."

"투르빌! 엄마 성이잖아!"

라자르가 놀랐다.

"위그는 네 엄마의 동생이야."

"그런데 나를 죽이려고 했어? 엄마 동생인데?"

"제가 국자로 겁을 줬어요!"

가뱅이 자랑했다.

여태 일어난 모든 일 가운데 가뱅에게는 그게 가장 기억에 남는 일이
었던 것이다.

2015년 2월 23일~3월 1일 주간

　월요일, 루이즈가 아무개를 데리러 와 보니 라자르네 집이 온통 뒤죽박죽이었다. 인부들이 뮈를랭가 쪽 입구에 강철 보안문을, 정원 쪽 문에 감시 카메라를 설치 중이었다.

　화요일, 생티브 박사는 집안 문제로 마르티니크에 가야 해서 다음 주에 자리를 비운다고 환자들에게 통보했다. 오가네르 가족, 마르고, 엘라와 시릴에게는 긴급 상황에 연락할 수 있는 휴대전화 번호를 남겼다. 그런 다음 다이어리를 펴 두 페이지에 걸쳐 단숨에 선을 그었다.

2015년 3월 2일~3월 8일 주간

방학 2주차, 루이즈가 아이들을 집으로 데려왔다. 여전히 라자르네 집에서 무슨 일이 일어났는지 알 수가 없었다. 폴은 가방이 국자로 쫓아낸 것으로 추정되는 '살인자'에 대한 이야기를 늘어놓아 루이즈의 혼란을 가중시켰다. 단 하나 확실한 것은 소뵈르가 마르티니크로 떠나면서 귀스타비아 여사를 맡겼고, 소뵈르의 부탁이라면 집을 온통 햄스터로 채울 용의가 있다는 사실이었다.

"안녕하세요, 루이즈."

소뵈르가 인사를 하며 루이즈의 양 볼에 입을 맞췄다.

두 사람 사이에서 겉치레 인사는 끝난 지 오래였다.

"아무개는 어떤가요? 길들이기 쉬운 녀석은 아닐 것 같은데요."

소뵈르가 물었다.

"아, 시간 문제지요. 기다릴 수 있어요."

"분명히 좋은 성과를 거두실 겁니다."

차로 돌아와 귀스타비아 여사를 뒷좌석에 태운 뒤, 루이즈는 어쩌면 소뵈르가 특유의 장난스러운 방식으로 마음을 연 게 아닐까 생각했다. '아무개'를 '소뵈르'로 바꿔도 '길들이기 쉬운 녀석은 아닐 것 같은데…… 분명

좋은 성과를 거두실 것이다'라는 말에 아무런 어색함이 없었다. 루이즈
는 이 러브 스토리의 해피 엔딩을 상상하기 시작했다. 그때 누군가의 목
소리(아쉽게도 어머니의 목소리였다)가 귓가에 속삭였다. "그 사람한테 알
리스에 대해 말은 했니? 설마 '아, 그런데 집에 짜증나는 십대가 있어요.
괜찮으시죠?' 이렇게 말한 건 아니지?"

한편 진료실로 돌아온 소뵈르는 루이즈가 남긴 은은한 향수 냄새를 포
착했다. 또 금발이라니. 똑같은 실수를 저지르고, 똑같은 불행을 반복하
게 될까 봐 두려웠다. 인간의 마음이 쳐 둔 함정이라는 사실을 알고 있
었기 때문이다.

*
*　*

라자르는 세 살 때 섬을 떠나면서 딱 한 번 비행기를 타 봤다. 잠에서
깨니 사람들이 박수를 쳐 준 기억이 났다.

"착륙했다고 박수를 친 거야."

소뵈르가 안전벨트를 매며 정정해 주었다.

"무사히 도착하게 해 준 승무원들과…… 하느님에게 감사하는 거지."

주변에는 돌아다니고, 서로 부르고, 자기 자리를 찾아다니거나 자리를
바꿔 달라고 요구하는 사람들로 가득했다. 라자르는 포르드프랑스행 에
어버스 일반석이라는 좁은 공간에 그렇게 많은 흑인이 모여 있어 놀랐다.

승무원이 확성기를 통해 말했다.

"승객 여러분 중에 의사 선생님 계십니까? 열이 많이 나는 어린이가
있습니다."

라자르가 아빠를 바라보았다.

"아빠는 의사가 아니야. 의학 박사가 아니라 심리학 박사라고."

짜증이 난 소뵈르가 상기시켰다.

"하지만 아빠도 치료를 하잖아."

라자르가 위로하듯 말했다.

기장 가르시아 씨(라자르는 기장의 이름에 큰 관심을 보였다)가 5분 뒤 이륙할 것이라고 알렸다. 비행기는 격렬한 요동 끝에 활주로를 달리더니, 이내 조금도 흔들리지 않고 하늘로 올라갔다. 창가 자리에 앉은 라자르는 프랑스가 들판과 숲이 만들어 낸 갈색과 녹색 사각형, 보드게임에 나오는 것 같은 빨간색 큐브 집, 그리고 트랙을 달리는 작은 자동차로 구성된 어린이 놀이 매트로 변하는 것을 지켜보았다. 그다음에는 둥근 창이 온통 파란 하늘로 가득 차, 끝없이 하얀 물결이 치는 구름바다만 보였다. 아이는 잔뜩 흥분해서 '솜사탕 같아', '저 위에서 굴러 보고 싶어'라고 하더니 곧 지루해서 몸을 비틀었다.

"우리 출발한 지 오래됐어, 아빠?"

"라자르."

소뵈르가 질책하는 말투로 아들의 이름을 불렀다.

"알았어. 앞으로도 한참, 한참 걸리겠지."

"왜냐하면⋯⋯?"

"아주, 아주 멀리 가야 하니까."

라자르가 한숨을 쉬며 자신의 서식지를 탐구하기 시작했다. 독서등, 발판, 팔걸이, 터치 스크린⋯⋯.

상냥한 앤틸리스 흑인 승무원이 아이에게 때때로 안대, 목 쿠션, 양말, 헤드폰, 향기 나는 물티슈, 기압 변화에 적응하게 도와주는 사탕, 저녁 식사용 트레이, 잠을 돕는 담요 등을 제안해 지루함을 덜어 주었다. 라자르는 손을 씻고, 물을 마시고, 볼일을 보기 위해 몇 차례 왔다 갔다 한 다음 〈겨울왕국〉을 절반쯤 보고 나서 꾸벅꾸벅 졸다가 아빠의 팔에 기댔다. 소뵈르는 크게 안도했다.

소뵈르가 아침 식사 트레이를 라자르의 앞으로 밀자 아이가 한쪽 눈을 떴다.

"아침이야?"

"그렇다고도 할 수 있지."

소뵈르는 차분하게 대답했다. 손목시계가 1시를 가리키고 있었다.

"이제 도착해?"

라자르가 창을 올리더니 다시 물었다.

"그런데 아빠, 밖이 어두워. 왜 아침이라고 했어?"

그때 확성기를 통해 가르시아 씨의 목소리가 울려 퍼졌다.

"승객 여러분, 저는 기장입니다. 우리 비행기는 착륙을 위해 하강을 시작할 예정입니다. 목적지인 포르드프랑스에 이십 시 삼십 분에 도착하겠습니다. 현재 지상 온도는 이십칠 도입니다."

항의를 하기에는 너무 피곤했지만, 라자르의 생각에 저녁과 아침이 동시에 될 수는 없는 일이었다. 가르시아 씨는 머리가 좀 이상한 모양이었다. 해가 없는데 어떻게 기온이 27도란 말인가?

"멀미 나."

라자르가 투덜거리며 오렌지 주스를 밀어냈다.

사실 아이는 폴, 가뱅, 귀스타비아 여사와 함께 오를레앙에서 방학을 보내고 싶었다. 짐을 찾고 렌터카 열쇠를 찾는 절차에 이미 기분이 상한 데다가, 에어컨으로 시원한 공항에서 나가자마자 열대야의 한증막에 들어간 것 같았다. 갑작스러운 무더위에 현실 감각을 잃은 아이가 물었다.

"왜 난방을 튼 거야?"

소뵈르는 대답 대신 웃음을 터뜨리고는 아들의 목 뒤를 잡아 차에 밀어 넣었다.

"너무 많이 생각하지 마. 내일이 올 거니까."

소뵈르는 에어컨을 켜고 라디오를 틀고, 혼잡한 공항 외곽을 떠나 섬 남쪽을 향해 차를 몰면서 경쾌한 비긴 댄스 리듬에 맞춰 운전대를 두드렸다. "피부, 치즈 빛깔 피부, 남자들은 지나가세요, 특히 유부남들은……"

"아빠, 나 자잖아."

라자르가 꿍얼거렸다.

"아, 미안, 미안……."

소뵈르는 소리를 낮추고 계속 흥얼거렸다. 기쁨, 그곳에 있다는 기쁨이 밀려왔다. 내 나라, 내 나라에 왔어, 하고 생각했다.

숙소에 도착해 소뵈르는 잠이 든 라자르를 안아서 침대로 옮겼다. 아이는 몇 시간 뒤, 귓가에 들리는 건조한 웃음소리에 몸을 일으켰다.

"누구야?"

아이는 몽유병과도 같은 상태에 빠져들면서 물었다.

팔을 뻗어 축축한 공기를 더듬다 무엇인가에 손가락 끝이 닿았다. 거미줄 같았다. 아이는 몸을 움츠리고 잠에서 완전히 깨 아빠를 불렀다. 웃음소리가 대답했다.

"아빠! 아빠!"

밤이 아이의 눈에 들러붙었다. 아무것도 보이지 않았지만, 누군가 거기 있었다. 누군가 아이의 말을 듣고 있었다. 아이를 따라 방까지 들어

온 것이었다.

"쉿……. 어서 자."

바로 곁에서 목소리가 들렸다.

자기가 어디에 있는지 몰랐던 라자르는 아빠가 자기 옆에 누워 있는데도 놀라지 않았다.

"누가 들어왔어."

아이가 속삭이자 소뵈르가 꺼져 들어가는 목소리로 대답했다.

"아니야……. 밖에서 나는 소리야."

웃음소리가 다시 터졌다.

"그만하라고 해."

라자르가 징징거렸다.

"불가능해. 곤충이거든."

침대에 몸을 웅크리고 팔로 다리를 감싼 채, 라자르는 마르티니크의 밤에 귀를 기울였다. 개구리의 휘파람 소리, 토종 메뚜기의 낄낄거리는 소리, 야자 잎이 바람에 나부끼며 바스락거리는 소리가 끊임없이 들리는 가운데, 이따금 저 멀리서 집 없는 개들이 짖는 소리, 해와 달을 분간하지 못하는 수탉의 노랫소리가 울려 퍼졌다. 그때 옆에서 자고 있는 아빠의 숨결이 느껴졌다. 라자르는 다시 자리에 누웠다. 갑자기 쏟아지기 시작한 폭우가 양철 지붕을 두드리며 다른 소음을 잠재우자 아이는 꿈 없는 잠에 빠졌다. 카리브해 시간으로 오전 7시에 잠에서 깨어나고서야 천장에 고정된 모기장으로 둘러싸인 커다란 침대에 혼자 누워 있다는 사실을 알아차렸다. 라자르는 고운 망 아래로 미끄러지듯 내려가 아직 달궈지지 않은 타일에 발을 올렸다.

"아빠!"

아이는 방 두 개로 구성된 집을 가로지르며 아빠를 불렀다. 벌거벗다 시피 한 소뵈르는 이미 뜨거운 태양 아래, 테라스에 차려진 식탁에 앉아 있었다. 소뵈르가 제집에 있는 것처럼 자연스럽게 말했다.

"이거 봐. 점심에 필요한 건 다 있어. 우유, 빵, 바나나잼. 미랑다가 전부 준비했지."

라자르는 아빠가 질문을 지긋지긋해한다는 것을 알고 있었다. 살살해야지. 휴가니까……. 하지만 미랑다가 도대체 누구인지는 묻지 않을 수가 없었다.

"네 보모였어. 네가 항상 '다'라고 불렀었는데, 기억 안 나?"

라자르가 아쉬운 듯 고개를 저었다.

"마르티니크에 대해서는 기억상실이야."

진단을 내리듯 암울하게 말한 아이는 자신이 벌거벗은 상태임을 깨닫고 성기를 손으로 가렸다.

"속옷 입고 올게."

라자르는 다시 오두막을 가로질렀다. 집 안에는 가구라 할 것이 거의 없었다. 냉장고, 다리가 짧은 찬장, 큰 침대, 간이 옷장이 전부였다.

라자르는 활짝 열린 여행 가방 앞에 웅크리고 앉아 수영복을 집어 들었다. 습한 공기 속에서 헤엄치는 기분이었기 때문이다.

"딱이네."

수영복을 걸친 라자르는 만족스럽게 말하자마자 공포의 비명을 질렀다. 아빠의 여행 가방 밑에서 괴물이 나타났다!

"아빠, 아빠, 방에 짐승이 있어!"

라자르는 집게손가락을 치켜들어 더듬이 두 개를 흉내 냈다.

"수수께끼야? 그렇다면, 그것은 수소이거나 바퀴입니다."

"바퀴?"

"바퀴벌레 말이야. 여기 바퀴는 아주 크지. 이제 소란 좀 그만 피워. 덩 달아서 흥분하게 되잖아."

소뵈르는 리듬감 있는 크레올 억양을 되찾았다. 라자르는 아빠의 새로 운 모습을 발견했다. 섬에서 아빠는 평소와 달랐다. 아이는 잼 바른 빵 을 베어 물면서 주위를 둘러보았다. 빨랫줄이 걸린 작은 정원은 타오르 는 듯한 붉은 히비스커스 울타리로 둘러싸여 있었다.

"우리밖에 없어?"

"음, 음."

하늘과 땅, 그리고 저 멀리 반짝이는 바다 사이에서 가만히 있는 것, 바로 이것이 소뵈르가 계획한 첫 만남이었다.

"준비 다 하면 묘지에 가자."

도착 다음 날 둘이서 이자벨의 무덤에 가자던 약속대로 두 사람은 손 을 잡고 생트안 해안 묘지로 향했다. 그곳에는 욕실처럼 흰색 타일로 둘 린 무덤들이 햇살 아래 반짝이고 있었다. 소뵈르가 아내의 무덤을 찾 았다.

이자벨 생티브, 결혼 전 성 투르빌
1979~2010

꽃병이 없었기 때문에 소뵈르는 땅바닥에 열대 꽃다발, 커다란 붉은 혀를 내밀고 있는 아룸 세 송이, 그리고 섬세한 도자기 장미 한 송이를 내려놓았다. 묘지 앞에 펼쳐진 카리브해의 반짝임에 눈이 부신 소뵈르는 손을 들어 감은 눈꺼풀에 갖다 댔다. 아니, 울고 있는 것은 아니다. 울 수가 없었다.

라자르도 눈을 감은 채, 암산을 하는 중이었다.

"이천십에서 천구백칠십구를 빼면 이십일이야, 아빠?"

"삼십일."

"늙은 거야, 안 늙은 거야?"

"안 늙은 거."

"아빠는 몇 살이야?"

"너도 알잖아. 서른아홉 살."

서른아홉이면 벌써 마흔에 가깝긴 하지만 아직은 오래 살 수 있겠지. 아이는 안심했다.

"아빠, 기도하고 싶은데 어떻게 하는지 모르겠어."

"엄마가 여기 있다고 생각해. 엄마한테 말을 걸어 봐."

"음……. 알겠어. 엄마, 잘 기억은 안 나지만, 사진을 봤는데 예쁘더라. 엄마랑 똑같은 눈을 갖고 싶어. 엄마가 식탁 위로 플라스틱 기린을 뛰어다니게 했던 게 기억나. 내가 그거 보고 웃었잖아."

소뵈르는 아들이 한 번도 말한 적 없는 기억을 떠올리는 것을 듣고 움찔했다.

"엄마가 죽었을 때 내가 울지 않은 건, 내가 엄마를 사랑하지 않아서가 아니라, 내가 아빠처럼 씩씩하기 때문이야."

"아멘."

소뵈르가 엘라와 있었던 일을 재현했다.

눈에서 손을 떼자, 손이 젖어 있었다.

"아기 때 너를 돌봐 준 보모를 만나 볼래?"

"여기 살아?"

미랑다는 생트안의 작은 집에 살고 있었다. 아버지로부터 물려받은 이 집은 어부의 오두막보다 편안해서, 까다롭지 않은 휴가객들에게 빌려 주기도 했다.

"똑똑."

소뵈르가 문을 겸한 창문 앞에서 도착을 알렸다.

"닥터 소뵈르! 우리 박사님이 돌아왔어!"

문장 하나하나에 웃음이 배어 있는 듯한 목소리가 외쳤다.

"아니, 내가 기억하는 것보다 훨씬 크잖아요! 꼬마 라자르까지! 세상에, 이렇게 변하다니! 이제 아주 다 컸네! 뽀뽀해도 괜찮지? 내가 네 보모였단다. 나를 '다'라고 불렀잖아, 기억나?"

"네."

라자르가 거짓말을 했다.

아빠와 아들이 거실에 들어섰다. 야자 섬유 매트 위에 기저귀를 찬 어린아이 셋이 장난감 자동차 두 대와 플라스틱 갈퀴를 놓고 다투고 있었다.

"아직도 아이들을 돌보세요?"

"그럼요. 하지만 여기 이 꼬마는 내 아들이죠. 그레고리."

소뵈르는 아이 아빠가 어디에 있는지 묻지 않았다. 섬의 많은 여성이 그러하듯, 미랑다도 남편 없이 생활하고 있었다.

"찬물로 씻기 힘들지 않아?"

미랑다가 장난치듯 라자르에게 물었다.

"제가 맘에 안 드는 건 박하벌레예요."

"박하벌레?"

"바퀴벌레."

소뵈르가 정정했다.

세 번의 손뼉과 웃음을 동반한 미랑다의 열정적인 반응에 아이들이 깜짝 놀랐다. 소뵈르가 미랑다를 라자르의 보모로 선택한 것도 이렇게 낙천적인 성격 때문이었다.

아이들의 점심시간이 다가오자 세 사람은 다시 만나자고 약속하고 헤어졌다. 라자르는 가정교육이 허락하는 선에서 집 안을 살피고 다녔을 뿐, 내내 매우 조용했다.

라자르는 차에 타고 나서야 입을 열었다.

"아빠, 나 나쁜 짓 했어."

"뭐라고?"

시동을 걸던 소뵈르가 깜짝 놀라 동작을 멈췄다. 라자르가 셔츠 속에서 뭔가를 꺼냈다.

"내 거야. 내가 알아봤어."

라자르는 소피라는 이름으로 알려진 기린 모양의 작은 플라스틱 아기 장난감을 아빠에게 보여 주었다.

"아니…… 미랑다에게 허락도 안 받고 가져왔다고?"

"내 거잖아!"

라자르가 눈물을 글썽이며 항의했다.

"엄마가 나한테 준 거야."

정말 그랬을 거라는 생각은 들지 않았지만, 소뵈르는 모두가 자신의 삶을 다시 쓴다는 사실을 쓰라린 경험을 통해 알고 있었다.

"미랑다한테 사과하는 편지를 써."

라자르는 베란다 아래 테이블에 앉아 다리를 흔들면서, 직접 고른 예쁜 엽서에 이렇게 썼다.

    치내하는 미랑다 아줌마, 아줌마네 집에서 기린 소피를 가져와서 미안

해요. 하지만 엄마가 저한테 준 기린이니까, 그래서 도둑지른 아닌 거 같아.

기념품 가튼 거지. 그리고 제가 어렸을 때 보살펴주셔서 고맙씁니다.

라자르

*

*   *

    나흘. 소뵈르는 나흘 동안 아들에게 마르티니크를 보여 주고 사랑하
게 만들 작정이었다. 화요일부터 무역풍이 불어와 향기로운 숨결을 공기
에 불어넣었다.

    “오늘은 뭐 해?”

    아침 햇살 아래, 라자르가 활기차게 물었다.

    소뵈르는 묵주알처럼 엮인, 카파르만, 다를레만 등 작은 만들을 따라
자리 잡은 어촌 마을들, 그리고 묵주에서 떨어져 바다 한복판에 솟아
있는 디아망 바위로 아들을 데려갔다. 다음 행선지는 시장이었다. 시장
에서는 여자 상인들이 나무고추, 별 모양 꽹이밥 열매, 고구마, 차요테,
안스리움을 팔고 있었다. 한 명은 목에 버들가지 쟁반을 끈으로 매달고
종을 흔들며 “잘 구운 피스타치오! 피스타치오 사세요!” 하고 외쳤다. 옆
자리 상인은 손님이 주문을 하면 가마솥에서 부댕 누아르*를 꺼내주었

---

* 프랑스 전통 음식으로, 돼지의 피를 주재료로 하여 만든 검은 소시지를 뜻한다.

다. "생선 사세요!" 하고 외치는 사람도 있었다. 지붕 덮인 시장 문을 빠져나온 카레, 후추, 계피, 육두구, 베이럼, 정향 등 향신료 냄새가 거리를 물들였다.

소뵈르와 아들은 잠자리와 하얀 나비가 날아다니는 청록색 바다를 마주하고 야자수 그늘 아래에서 생선튀김과 토마토로 점심을 먹었다. 더할 나위 없이 행복한 소뵈르가 자신을 로빈슨 크루소에 비유했다.

"아빠 아는 사람이야?"

아들이 물었다.

하루 중 가장 더운 시간, 소뵈르는 조금이라도 그늘진 곳을 찾아 육지 깊이 들어갔다. 길이 오르락내리락하기 시작했다. 땅이 끝없이 굽이치고, 미니어처 언덕, 일본식 정원의 언덕처럼 등을 동그랗게 구부렸다. 양철과 나무 오두막집들이 초목 아래 파묻혀 있고, 피부가 주름지고 등에 혹이 달린 베이지색 암소들이 끈에 묶인 채 되새김질을 하고, 분홍색과 검은색이 섞인 사랑스러운 작은 돼지들이 차 앞을 지나갔다.

"이제 다른 사람들은 보기 힘든 걸 보게 될 거야, 라자르."

리비에르 필로트에 가까워지자 소뵈르가 말했다.

소뵈르가 손을 뻗어 반쯤 베어진 들판을 가리켰다. 사람들이 사탕수수 줄기를 잘라 노새에 싣고 있었다.

"이제는 노인들만 이 노예 노동을 받아들이지."

소뵈르가 덧붙였다.

"그럼 이제 설탕은 못 먹어?"

라자르가 걱정했다.

아빠가 보기에 아들의 반응은 때때로 못마땅했다.

"먹지. 작업이 기계화되잖아!"

소뵈르가 투덜댔다.

그런 다음 갓길에 차를 세우고, 어릴 때 하던 것처럼 수레에서 떨어진 사탕수수 조각을 길에서 주워 주머니칼로 껍질을 벗기고, 속살을 우물우물 씹어서 단물이 나오게 하는 법을 아들에게 알려 주었다.

다음 이틀 동안, 소뵈르는 아들에게 모든 것을 보여 주려 했다. 벌새가 히비스커스 꽃 속으로 흰 부리를 집어넣는 것, 플레산의 붉은 흙, 염소 새끼가 뛰어오르듯 군데군데 솟아 있는 구릉, 카르베의 검은 모래 해변, 타르탄의 금빛 모래 해변. '성령'이라는 이름을 가진 어선에 등을 기댄 두 사람……. 소뵈르가 영감을 받은 듯, 기억에서 지워지지 않은, 초등학교 시절 배운 시를 낭송했다.

"나는 바람을 사랑하는 섬에서 태어났지/공기에서 설탕과 바닐라 냄새가 나는 곳,/물결치는 열대의 태양 아래,/카리브해의 따뜻하고 푸른 물결에 흔들리는 곳."

"응, 그렇기는 한데……."

라자르가 한숨을 쉬었다.

"응? 뭐가?"

"아냐. 아무것도 아니야."

"뭐든 다 말해도 돼, 라자르. 화 안 낼게."

"폴 그리워."

이 서투른 말에 소뵈르는 가슴을 찔린 듯했다. 마르티니크에 대한 사랑을 아들과 공유하려던 시도가 실패한 것일까?

"폴한테 전화하고 싶어? 이제 곧 자러 갈 시간일 텐데……."

말이 떨어지기 무섭게 친구와의 거리가 1킬로미터 멀어질 때마다 시간이 10배로 경과하기라도 한 듯 라자르가 반색했다. 어린 소뵈르가 조개

껍데기를 귀에 대고 바닷소리를 듣던 것처럼 아이는 휴대전화를 귀에 꼭 붙이고 아빠에게서 멀어지더니 2분 뒤 돌아와 환하게 웃으면서 전화를 내밀었다. 아빠의 허락을 남용하지는 않은 것이다.

"잘 지낸대?"

아마도 루이즈를 생각하면서 소뵈르가 물었다.

"응. 그렇기는 한데……."

또 한숨.

"뭐가?"

"가뱅 형 그리워."

이번에는 소뵈르가 '칩' 소리를 낼 차례였다. 모든 변덕을 다 들어줄 수는 없는 노릇이었다.

"편지 쓰면 되지."

두 사람은 금빛과 보랏빛 황혼 속으로 돌아갔다. 18시 15분, 오두막에 도착하자마자 밤이 드리웠다. 라자르는 테라스에 앉아 개구리 울음소리를 들으며 투명한 바다 위로 드리운 야자수와 황금 모래 해변으로 이상적인 마르티니크의 풍경을 그려 넣은 엽서를 꺼냈다. 그런 다음 편지를 쓰기 시작했다.

> 치내하는 가뱅 소베 잘지내지 난 여기서 엄청 재미께지내 여긴 너무 덥꼬 이상한거만 머거. 보고시퍼. 형은 영웅이야 라자르

"시상에! 맞춤법이 이게 뭐란 말이야!"

어깨 너머로 읽고 있던 소뵈르가 소리쳤다.

"아빠는 말을 이상하게 하잖아!"

"구석에 뭔가 추가해도 될까?"

소뵈르는 라자르에게서 건네받은 펜으로 작은 그림을 그렸다.

"우와, 국자 엄청 잘 그린다, 아빠!"

그날 밤, 라자르는 밤이 되자마자 쓰러져 잠들었다. 소뵈르는 몇 시간 동안 아이의 숨소리에 귀를 기울였다. 다음 날은 두 사람 모두에게 견디기 힘든 날이 될 것이었다.

*

*　　*

"포드프왕스에 가야지!"

소뵈르는 아침 식탁에 나타난 아들을 크레올어로 맞이했다.

"어렸을 때, 아빠는 포드프랑스에 가고 싶어 했어. 대도시에, 세련된 가게들, 영화관, 미국 관광객들이 있는 도시였거든! 하지만 부모님이 레스토랑 때문에 바빠서 자주 갈 수가 없었지. 이제 보게 되겠지만, 포드프랑스의 거리를 다니는 사람들은 다 멋지단다. 그리고 피부 색깔이 다양하지. 열다섯 살 때 아빠는 몇 걸음마다 사랑에 빠졌어."

소뵈르는 숟가락과 나이프를 집더니 주크 음악 리듬에 맞춰 난간을 두드리며 흥얼거렸다. "뜨거워, 뜨거워, 이건 너무 뜨거워!" 불안을 해소하려는 시도였다. 여덟 살 난 아이에게는 매력적이지 않을 포드프랑스 방문은 둘 사이에 놓인 비밀의 일부를 해제하기 위한 구실일 뿐이었다. 두 시간 동안 차를 달려 갈리에니가 12번지에 도착했다. 소뵈르는 황토색과 분홍색의 빛바랜 집을 보여 주며 관광 가이드 같은 말투로 말했다.

"이곳은 레옹스 투르빌 부인의 집이었습니다."

"엄마처럼 투르빌이네?"

"엄마의 고모할머니였지. 그래서 어떤 일이 있었는지 말해 줄게. 아빠가 중학교 때 좋은 성적을 받아 오니까, 부모님이 아빠를 좋은 고등학교에 보내기로 했어. 이 근방에 있는 쇨셰르 고등학교 말이지. 그런데 레스토랑에서는 오십 킬로미터나 떨어져 있어서 아빠를 하숙생으로 받아 줄 집을 찾은 거야. 그게 바로 레옹스 투르빌 부인이었지. 그렇게 해서 아빠가 이자벨을 만났단다. 이자벨이 어느 날 고모할머니 집에 차를 마시러 왔거든."

"사랑에 빠졌어?"

"그렇지는 않아. 이자벨은 그때 어렸는데, 아빠가 말했잖아, 항상 사랑에 빠졌다고! 본토에서 공부를 마친 뒤에 네 엄마를 제대로 알게 됐어."

카페 테라스에 앉아 코코넛 아이스크림을 앞에 두고, 소뵈르는 아들에게 베케가 누구인지 설명해 주었다. 베케는 본토에서 온 사람들의 후손으로, 그중에는 17세기부터 정착한 투르빌 같은 가문도 있었다. 베케는 수백 년 동안 자기들끼리 결혼을 했다. 이제 노예 무역이라는 까다로운 이야기를 꺼낼 차례였다.

"엄마한테 노예가 있었구나!"

라자르가 소리쳤다. 할아버지가 나폴레옹과 아는 사이였는지 궁금해할 나이이긴 했다.

"무슨 소리를 하는 거야. 노예 제도는 천팔백사십팔 년에 폐지됐다고."

"휴, 다행이야!"

주인과 노예 사이의 이야기가 한두 세대 만에 사라지지 않았다는 걸 아이가 과연 이해할 수 있을까?

"전에 바운티에 대해 아빠가 한 말 기억나? 바운티가 사막에 산 적은 없지만 기억을 간직하고 있다고 한 말?"

라자르가 눈살을 찌푸렸다. 아빠가 무슨 말을 하려는지 알 것 같았다.

"아빠는 노예로 태어나지 않았지만 조상의 기억을 간직하고 있어. 아빠의 조상은 아프리카 땅에서 쫓겨나서 사랑하는 사람들과 헤어져서 이곳에 끌려와 베케에게 팔렸지. 사탕수수 농장에 일손이 필요했거든. 생각할 때마다 마음이 아파. 아빠는 노예의 고손자니까."

"그리고 엄마는 베케였고."

노예상의 고손녀.

"맞아. 자, 이제 차로 돌아가서 투르빌 하우스 투어를 시작하실까요?"

저택은 포르드프랑스 바로 외곽에 있는 디디에가에 자리하고 있었다. 분홍빛 기와를 얹은, 섬세한 곡선을 자랑하는 기둥이 있는 회랑으로 장식된 아름다운 흰색 저택들이 두 줄로 늘어서 있는 곳, 〈바람과 함께 사라지다〉를 촬영한 저택들이 있는 곳에 섬에서 가장 부유한 베케들이 모여 살았다.

"여기야? 어디야?"

아빠가 옆길에 차를 주차하자 신이 난 라자르가 물었다.

소뵈르는 차에서 내려 입구로 다가가야 할지 잠시 고민했다. 안 될 이유가 무엇이란 말인가? 이미 2년 전부터 집이 매물로 나와 있었고, 본토와 마찬가지로 섬에 닥친 경제 위기 때문에 살 사람이 나서지 않았다는 사실을 알고 있었다. 방치된 정원 뒤로 집이 보이자 소뵈르는 실망을 넘어 슬픔을 느꼈다. 덤불 사이로 대왕야자 두 그루가 여전히 위세를 떨치고 있었지만, 하얀 외벽은 칠이 벗겨지고 있었다.

"잠자는 숲속의 미녀에 나오는 성 같아."

라자르가 중얼거렸다.

"본토에서 돌아와서 이자벨을 봤을 때 아빠도 그렇게 생각했어. 공주님이로군! 아빠의 부모님이 백인인 덕에 이 집에 들어올 수 있었어. 투르빌 씨는 흑인들을 가리켜 '깜둥이'라고 했지. 입으로 그렇게 모욕적인 말을 하면서, 그것도 아빠 눈을 똑바로 보면서 말했어. 아빠는 거기에 속하지 않는다고 생각한다는 걸 보여 주려는 거였겠지. 반응을 했어야 하는데, 아빠는 아무 말도 안 했어. 사랑에 빠졌으니까. 이자벨의 가족이 아빠가 흑인이 아니라고 믿는 척하면서라도 아빠를 받아들이기를 바랐어."

"아빠, 그냥 딱 봐도 아빠는 흑인이잖아."

소뵈르는 아들의 말에 웃었다.

"맞아, 딱 봐도 그렇지. 특히나 결혼식 사진을 보면, 눈에 확 띄지…….그런데 눈에 확 띄는 게 또 하나 있었지?"

소뵈르는 아들의 나이에 맞춰 설명을 시작했다. 많은 베케들이 흑인들과 피가 섞이는 것을 거부해서 여러 세대에 걸쳐 서로 결혼을 하는 바람에 근친혼과 관련된 문제가 늘어났다. 투르빌 가족 중 레옹스는 콜송 정신병원에서 최후를 맞이했고, 이자벨의 어머니는 주술에 걸렸다고 생각해 캉부아 주술사들을 찾아다니며 평생을 보냈고, 알코올 중독자인 이자벨의 아버지는 가족을 파산으로 이끌었다. 그리고 이자벨의 동생인 위그는 아동 살해 미수 혐의로 오를레앙 경찰에 체포되지 않았는가.

"그런데 도대체 왜 그랬대? 이해가 안 돼."

아직도 위그 때문에 악몽을 꾸는 라자르가 중얼거렸다.

"왜냐하면, 그 사람은 아빠가 자기 가족에게 불행을 가져왔다고 생각하거든."

가뱅과 라자르가 공격자에 대해 묘사했던 그날 저녁처럼, 소뵈르는 갑작스러운 공포에 몸이 얼어붙었다.

"여기를 떠나자, 라자르. 해가 지기 전에 갈 길이 멀어."

두 사람은 다시 차를 타고 섬 북쪽을 향해 출발했다. 생트마리, 르마리고, 르로랭…… 이자벨이 생의 마지막 날에 택한 길이었다.

소뵈르는 묵묵히 운전에 집중하며 열대 우림을 가로지르는 아스팔트 도로를 달렸다. 바스푸앵트, 마쿠바. 길 양쪽에는 커다란 대나무들이 부자의 머리 위로 긴 이파리를 드리웠다. 두 사람이 탄 차는 가파른 비탈길을 오르고, 협곡으로 내려가고, 두 개의 철교를 건넜다. 능선 위에 도달할 때마다 저 멀리 거친 언덕과 구름 속으로 잠겨 드는 봉우리가 보였고, 능선 아래로 내려갈 때는 검은 모래 해변과 절벽에 부딪는 파도가 보였다.

두 사람은 도미니카 운하 맞은편, 그랑리비에르에서 차를 세웠다. 앤틸리스 사람들에게는 세상의 끝과 다름없는 곳이었다. 멀리 어부의 돛단배가 대서양과 앤틸리스해가 만나 일으키는 거센 물결과 싸우고 있었다.

"네 엄마는 죽던 날 여기에 들렀어. 엄마를 본 사람들이 있었지."

소뵈르가 말했다.

"나도 엄마랑 같이 있었어?"

소뵈르는 바다를 바라보며 숨을 들이쉬었다.

"널 본 사람은 없었어."

아직 진실을 말할 때가 아니었다. 몇 분 더 침묵하고, 조금만 더 유예한 뒤에.

소뵈르 부자는 말 한 마디 없이 반대 방향으로 걸었다. 그랑리비에르에서 마쿠바로 가는 방향이었다. 두 번째 다리를 지나, 소뵈르는 협곡을 가리켰다.

"사람들이 저 아래에서 차를 발견했어. 이 장소에서."

아이에게는 사고였다고 믿게 할 수도 있었다. 거짓을 말하는 것이 아니었다. 단지 말하지 않고 지나갈 뿐이었다.

"아빠?"

작은 목소리가 들렸다.

"응……. 생각을 좀 하느라. 있지, 라자르, 이제 너도 다 컸으니까 아빠가 하는 얘기를 이해할 수 있을 거야……. 사고가 난 이유는, 사실 엄마가…… 약을 너무 많이 삼켰기 때문이야. 아마 의식을 잃었거나 심장마비를 겪었겠지."

투르빌 가족은 약물에 중독되어 있었다. 가족이 다니는 약국에서는 처방전이 있어야만 구할 수 있는 항우울제, 항불안제, 모르핀 등을 비축해 두었다. 사고 차량에서 빈 약상자 몇 개가 발견되었다.

"그런데 엄마는 왜 그랬어?"

라자르도, 소뵈르도, '자살'이라는 단어는 입 밖으로 꺼내지 않았다.

"엄마는 아팠어. 사람을 슬프게 만드는 병이 있단다. 그 병에 걸리면 더 이상 살고 싶어 하지 않는 사람들이 있어."

"하지만 아빠는 우울증에 걸린 사람들을 치료하잖아."

라자르의 지적에 허를 찔린 소뵈르는 살짝 방향을 틀었다. 사실을 숨기려 해 봤자 소용없는 일이었다. 아이는 이미 진실을 이해할 만한 충분한 지식을 갖추고 있었다.

"처음 이자벨을 봤을 때, 성에 사는 공주님 같았지. 슬픈 공주님이었어. 아빠는 이자벨이 가족과 함께 있어서 불행한 것이라고 생각했어. 결혼하면 행복하게 해 줄 수 있을 거라고 믿었지. 이제 막 심리학 공부를 마친 데다가, 사랑에 빠져 있었고, 내 이름이 구원자라는 뜻이었으니 스스로 매우 강하다고 생각했거든. 구해 줄 수 있을 거라고 믿었어."

"그런데 성공하지 못했어?"

라자르가 동정 어린 목소리로 물었다.

"못했지. 사람을 자기 자신으로부터 구해 줄 수는 없거든, 라자르. 사랑하고, 함께하고, 격려하고, 지지할 수는 있어. 하지만 스스로 원해야, 스스로 할 수 있어야 자기를 구할 수 있어. 라자르, 너는 다른 사람들을 도와줄 수 있어. 그렇다고 해서 네가 전능한 존재가 될 수는 없지. 아빠도 그랬어."

그것이 바로 심리상담사로서 첫발을 내딛은 소뵈르가 가장 잔인한 방식으로 배운 것이었다.

"죄책감을 많이 느꼈어. 때로는 이자벨에게 화가 났지. 나와 살면서 행복하지 않았다는 이유로 원망을 했어."

이자벨의 부모가 자신에게 아내의 우울증에 책임이 있다고 주장했다는 사실은 말하지 않았다. 심지어 위그는 소뵈르가 아내를 구타하고 자살로 몰아갔다는 소문까지 퍼뜨렸다.

밤이 되자 길이 위험해졌다. 감정에 사로잡힌 소뵈르는 때때로 운전에 집중하지 못했다.

"나도 마찬가지야. 엄마를 행복하게 해 주지 못했어."

옆에 있던 아이가 말했다.

"차를 세워야겠다."

소뵈르가 속삭였다.

눈물 때문에 시야가 흐려지고, 슬픔 때문에 숨이 막혔다. 거대한 나무 고사리와 반짝이는 폭포, 절벽, 협곡이 어우러진 기묘한 풍경 위로 달이 떠올라 있었다. 두 사람 모두 눈앞에 닥친 긴급함에 사로잡혀 침묵했다. 안전한 장소를 찾아야 했다.

"저기."

소뵈르가 불쑥 말하더니 핸들을 한 바퀴 돌렸다. 차는 몇 번 덜컥거린 끝에 풀이 무성한 평지에 멈춰 섰다. 개울 가장자리, 나무 테이블과 벤치가 있는 피크닉 공간이었다. 심장이 쿵쿵거리고 귀가 윙윙거렸다. 방금 너무나 두려웠다.

"괜찮아?"

라자르가 걱정했다.

"괜찮아……. 여기서 좀 있다가 가자. 그래도 되지?"

"응."

라자르는 안전벨트를 풀더니 팔로 다리를 감싸고 좌석에 웅크렸다. 어둠 속에서 문틈으로 들려오는 이야기에 귀를 기울일 때 취하던 자세였다. 아빠의 목소리가 어둠 속에서 올라왔다.

"라자르, 너한테 다 말해야 할지 모르겠구나."

당신을 둘러싼 수많은 비밀들이 당신의 삶과 성장, 사랑을 방해합니까? 소뵈르는 자신의 환자들인 엘라, 마르고, 블랑딘, 시릴, 뤼실, 마리옹, 엘로디, 가뱅에게 마음속으로 질문을 던졌다. 그들이, 우리가, 모든 것을 알아야 할까?

"말해도 돼, 아빠. 아빠한테 아무 일도 일어나지 않을 거야."

"라자르, 너도 차 안에 있었어. 뒷좌석, 어린이용 시트에 있었지. 구조대가 사고 현장에 도착했을 때, 다들 네가 죽은 줄 알았어. 그런데 너는…… 자고 있었어."

엄마가 젖병에 담긴 우유에 수면제를 넣었다는 사실을 덧붙일 필요가 있을까?

"운이 좋았네."

라자르가 겨우 목소리를 내어 말했다.

"음, 음."

다시 살아난 라자르. 몇 초, 몇 분이 흘렀다. 밤이 두 사람을 삼켜 가고 있었다.

"아빠?"

"응, 생각을 좀 하느라……."

"또?"

라자르가 항의했다.

아이는 지쳤고, 아이의 아빠도 마찬가지였다. 하지만 이런 순간은 다시 오지 않을 것이었다. 다시는.

"네가 태어났을 때 무슨 일이 있었는지 말해 주고 싶어."

어쩌면 혼자서 하는 말이 될지도 모르지만, 소뵈르는 이야기를 시작했다. 출산 당일, 포르드프랑스 병원 산부인과 의사는 태아가 심부전 징후를 보인다면서 서둘러 제왕절개를 결정했다. 소뵈르는 분만실을 떠나야 했고, 이자벨은 전신 마취에 들어갔다. 산모가 마취에서 깨자 조산사가 아들을 데려왔다.

"이자벨은…… 조산사가 착각…… 착각했다고 했지."

소뵈르가 말을 더듬었다.

"자기 아기가 아니라고, 병원 측의 실수라고 했어. 의료진이 아빠더러 이야기를 해 보라고 했어. 그런데 아빠를 알아보지도 못하는 거야. 당직을 서던 정신과 의사를 불렀는데…… 이 의사는 평생 잊지 못할 거야. 자기는 본토 출신 의사이고, 나는 앤틸리스 출신 어린 심리학자라는 거지. 나한테 이러더라고. '그래서 지금 산후 정신병이 뭔지 모른다고요?' 수업을 빼먹은 대학생한테 하듯이!"

"그게 뭔데?"

라자르의 목소리에 소뵈르는 그 순간 현실로 돌아왔다. 여덟 살짜리 아이에게 의학 서적에 등재된 광증에 시달리는 엄마가 태어나자마자 아이를 거부했다고 말하는 중이었다. 자신이 하는 말 한 마디 한 마디를 주워 담고 싶었다.

"어, 그래서, 그게…… 그게…… 병 같은 건데 말이지…… 출산으로 인해…… 그…… 출산의 충격으로 인해 생기는 병이야."

의학 용어를 쓰지 않으려다 보니 갈피를 잡을 수가 없었다.

"백인이었으니까, 자기가 낳은 아기가 흑인이라는 사실을 믿지 않은 거구나."

오세안의 불신을 기억한 라자르가 요약했다.

"엄마는 인종차별주의자가 아니었어, 라자르. 그건 확실해. 엄마는 아빠를 사랑했고, 널 사랑했어. 사흘 뒤에 정신을 차리고 나서, 지난 일을 부끄러워했지."

"바운티 같았네."

"뭐라고?"

"조상들의 기억을 간직한 거야. 엄마는 인종차별주의자는 아니었지만, 엄마의 조상들이면, 십칠 세기부터 계속해서 인종차별주의자들이 쌓인 거잖아! 그래서 충격 때문에 진심이 아닌 말을 한 거야. 엄마가 아니라 조상들이 그렇게 생각한 거지. 이제 알겠어?"

소뵈르는 아들의 말에 깜짝 놀랐다. 본토 출신 정신과 의사는 이자벨의 증상을 '트라우마 이후에 나타나는 억압된 것의 회귀'라고 진단했었다.

"나중에 크면 심리학자가 될 거야."

라자르가 의기양양하게 말했다.

"정말 좋은 생각이네. 하지만 꼭 기억해야 해."

"뭘?"

"네가 정말 똑똑하기는 하지만, 그렇다고 해도 전능한 존재는 아니라는 것 말이야."

라자르가 작은 곱슬머리를 아빠의 든든한 어깨에 기대며 말했다.

"내 이름은 소뵈르가 아니잖아."

*
*   *

"지금 누구를 만나러 간다고?"

라자르가 다시 물었다.

토요일 아침, 마르티니크에서 보내는 마지막 날이었다.

"에블린, 아빠의 누나야. 아빠하고 어머니는 같지만 아버지가 다르지. 에블린의 딸 카퓌신, 카퓌신의 딸도 보게 될 거야. 네 또래라는 것 같더라."

"전부 여자네?"

라자르가 불쾌한 듯이 지적했다.

"에블린이 티조 삼촌도 초대한 것 같긴 해. 하지만 그분은 팔십대 노인이니까, 너랑 축구를 할 수는 없을 거야."

에블린은 남동생의 전화를 받고 기뻐서 비명을 지르더니 토요일 점심 식사에 초대했다. 에블린은 태어날 때부터 살았던 생트안 집에, 같은 이웃들 곁에 살며 함께 늙어 가고 있었다. 이혼 후에 어머니의 성인 벨로즈를 되찾았다고 했다. 어머니가 소뵈르를 낳다가 세상을 떠났을 때 네 살이었던 에블린은 몸이 아픈 할머니를 떠나 니케즈의 오빠인 티조 삼촌에게 맡겨졌다. 티조는 본처와의 사이에서 네 명의 자녀를 뒀고, 정부에게서 낳은 아이 셋이 더 있었다. 에블린은 부부간의 말다툼과 아이들이 꽥꽥거리는 소리 속에서 자랐고, 아이들은 자라는 동안 자주 따귀를 맞았다. 소뵈르는 네 살 때 생티브 부부에게 입양되면서부터 미사 시간에만 성당에서 멀찍이서 누나를 볼 수밖에 없었기 때문에, 두 사람이 공유하는 어린 시절의 추억은 많지 않았다.

이 정보들로 무장한 채, 라자르는 장작불, 향신료, 고소한 기름 냄새가 풍기는 정원이 있는 작은 건물에 도착했다. 아이들의 울음소리와 여자들의 웃음소리가 히비스커스 울타리 너머로 들려왔다. 에블린이 약속한 가족 점심은 꼭 가든 파티처럼 보였다. 소뵈르는 누나가 친척, 친구, 지인을 모두 초대해 '닥터 생티브'를 자랑하려 한 게 아닐까 의심했다.

"들어갈 거야, 안 들어갈 거야?"

라자르가 물었다. 집 반대편으로 아빠의 팔을 잡아당기는 것으로 보아 두 번째 선택지를 선호한다는 것을 알 수 있었다.

소뵈르가 한숨을 쉬었다.

"가족이니까. 싫어도 금방 지나갈 거야."

거실 문 앞에 이르자 반바지와 하와이안 셔츠를 리넨 재킷과 밝은색 바지로 바꿔 입기를 잘했다는 생각이 들었다. 카니발 때처럼 붉은 악마 변장을 한 어린아이 한 명을 빼면 모두가 잘 차려입고 있었기 때문이다.

"똑똑."

소뵈르가 마르티니크식으로 도착을 알렸다.

거실과 정원에 스무 명쯤 되는 어른들이 모여 있었다. 아이들은 포함하지도 않은 숫자였다. 라자르가 다시 소뵈르의 팔을 잡아당겼다.

"아빠, 저 사람들이 나랑 같은 말을 안 쓰면 어떡해?"

"아니야, 괜찮을 거야."

아빠가 안심시켰다. 하지만 소뵈르도 확신할 수 없었다. 적대적이지도, 환영하는 것 같지도 않은 얼굴 몇 개가 두 사람을 향했다. 아무도 그들을 몰랐고, 그들도 아무도 몰랐다. 내 가족인데 나는 이방인이로구나, 하고 소뵈르가 생각했다. 190센티미터의 큰 키를 이용해 사람들 속에서 누나를 찾았다. 에블린은 정원 바비큐 그릴 근처에서 커다란 포크를 손에 들고 소시지를 뒤집으려고 대기 중이었다.

"가서 고모한테 인사해."

소뵈르가 아들에게 말했다.

에블린은 두 사람을 보고 놀라 포크를 떨어뜨렸다.

"시상에, 소뵈르! 라자르! 육 년, 거의 육 년 만에 보는구나!"

에블린이 두 사람을 마지막으로 본 것은 생트안 묘지에서 열린 이자벨의 장례식 때였다. 주변 온도가 26도였고, 바비큐 그릴 가까이에 있었음에도 불구하고, 소뵈르는 몸이 얼어붙는 것 같았다. 에블린은 첫마디부터 여태 이들이 떨어져 있을 수밖에 없었던 사연을 죄다 언급할 작정인가? 동생이 생티브 부부에게 입양이 되고, 투르빌 가문 여자와 결혼을 하고, 본토로 떠났다고? 주변의 대화는 거의 중단되었다. 젊은이들은 펀치를 마시며 아이러니를 담은 눈빛으로 소뵈르를 바라보면서 크레올어 농담을 작은 목소리로 주고받았다. 임상심리전문가래. 그것도 본토에서. 동시에 소뵈르의 탄탄한 몸을 평가하고, 남자답다면서, 존경할 만하다는 결론을 내렸다.

"한 명씩 짧게 소개해 줄게. 티조 삼촌 기억나?"

에블린이 멋진 양복 차림에 허리를 꼿꼿하게 펴고 앉은 80대 노인을 가리켰다. 턱수염과 머리카락은 잿빛이었다. 젊은 시절 지조 없는 남편에 물러터진 아버지였던 그는 이제 훌륭한 할아버지가 되어 마리즈, 리아, 다미앵, 잔, 외젠, 두스, 미카엘 등등 수많은 손주들에게 둘러싸여 있었다. 그다음으로는 티조의 합법적이고 합법적이지 않은 일곱 자녀들, 안, 베르나르, 콜레트, 디디에, 에르네스틴, 파비올라, 제라르가 있었다. 티조가 꽤나 진지하게 소뵈르에게 설명했다.

"외우기 힘들어서 알파벳 순서로 이름을 지어야 하나 했다니까. 어쨌든 막내 이름은 오르탕스야."

막내는 최근에 추가된 열두 살 난 껑다리였다. 아이의 엄마는 티조의 세 번째 아내였다.

계속 이어지던 소개는 거실 한구석에서 끝이 났다. 숄과 담요를 두르고 파이프 담배를 피우는 노파였다.

"보부아 부인이야."

에블린이 동생의 귀에 대고 말했다.

"그 늙은 마녀? 아직 살아 있다고?"

"쉿⋯⋯. 우리 친척이야. 사실은 티조 삼촌의 정부 쪽 친척이지만. 보부아 부인!"

에블린이 100세 노인을 향해 몸을 기울이고 소리쳤다.

"소뵈르가 왔어요! 침대에 오줌 싸던 꼬마 소뵈르요! 아들 라자르도 같이 왔어요!"

노인이 거북이 부리처럼 오그라든 입술에서 파이프를 빼내더니 파이프로 라자르를 가리키면서 믿을 수 없을 만큼 낮은 목소리로 말했다.

"몇 살이지?"

"여덟 살이요!"

"참 잘생겼어. 구제받은 피부로구나."

늙은 캥부아 주술사는 이 말을 끝으로 파이프를 다시 물었다. 에블린은 소뵈르를 조금 떨어진 곳으로 끌더니 보부아 부인의 말을 설명해 주려 했다.

"그럴 필요 없어. 이해했거든. 내가 '인종을 세탁'했다는 거지."

본인의 가치관에 충실한 보부아 부인은 라자르의 피부가 제 아빠의 피부보다 밝은색이기 때문에 칭찬을 한 것이었다.

"너도 알잖아. 옛날 분이라 그래."

에블린이 보부아 부인을 변호했다. 그런 다음 그때까지 판단을 유보하려는 듯이 침묵을 지키고 있던 라자르를 보았다.

"너 먹으라고 감자칩을 사 뒀단다. 뭐를 잘 먹는지 모르겠구나."

"다 잘 먹어."

아빠가 아들 대신 대답했다.

"잘 키웠네. 하긴, 당연하지. 심리학자의 아들이니까."

에블린의 말에 소뵈르가 대꾸했다.

"세상에, 도대체 뭐가 당연하다는 거야, 에블린? 심리학자의 아들인데, 그래서 뭐? 피부색이 밝은데, 그래서 뭐? 라자르는 신기한 짐승이 아니야. 나도 마찬가지고."

사람들이 지켜보고 있다는 것을 알았기 때문에 소뵈르는 어조를 조절하려고 노력했다.

"저 감자칩 먹고 싶어요."

두 사람의 대화에서 흥미를 끌 만한 것을 감지한 라자르가 말했다.

"그럼 코카콜라도 같이 마시고 싶겠지?"

라자르가 아빠를 향해 얼굴을 살짝 찡그렸다. 미안, 아빠, 거절은 예의 없는 행동이잖아, 하고 말하는 듯한 표정이었다. 그러더니 코카콜라와 감자칩이 건강에는 독이라는 것을 모르는 듯한 고모를 만족스럽게 뒤따라갔다.

"여, 바운티! 옛날 친구들하고는 인사도 안 해?"

그때 막 도착한 누군가가 말을 꺼냈다.

쉬는 시간마다 소뵈르를 괴롭히던, 문제의 별명을 붙인 아이들 가운데 한 명이었다.

"재킷 멋지네. 유명한 브랜드야? 프랑스에서 상담사면 꽤 잘 벌긴 하겠어. 거긴 미친 사람투성이잖아! 하! 하! 그래서, 본토 여자는 안 데려왔어? 파리 출신 여자 말이야! 하! 하!"

고향에 돌아와 칭송받으려고 하는 깜둥이 본토인의 이미지를 입히려는 수작이었다. 소뵈르는 오래 참기는 어려우리라 생각하면서 '브랜드' 재킷 아래에서 어깨를 들썩였다.

"지금도 금발을 좋아해?"

소뵈르가 도발자를 향해 위협적으로 두 걸음 나아갔다. 베케와 결혼하면서 많은 험담을 들었고, 이자벨의 '사고' 이후에 악의적인 소문이 너무 많이 돌아서 섬을 떠나야 했다. 그런데 이제 다시 주먹 하나만 가지고 비방을 상대해야 한다니! 그때 티조가 중재에 나섰다.

"쓸데없는 소리 그만해라. 소뵈르, 넌 이리 와서 노인네랑 술이나 한잔해."

라임과 설탕을 넣은 럼주 칵테일과 대구 튀김으로 마음의 평화가 찾아왔다. 소뵈르를 중심으로 가까운 가족들이 모여들었다. 대화는 놀리는 듯 장난스럽게 시작되었다.

"소뵈르, 어디 심리학 박사님 의견 좀 들어 보자. 앤틸리스 남편들에 대해서 어떻게 생각해?"

파비올라(34세, 세 자녀, 미혼모)가 물었다.

웃음이 터져 나왔다.

"여기 모인 사람들 절반이 화내는 걸 보고 싶어? 어쨌든, 심리학자는 대답하는 법이 없어. 질문을 돌려보내지. 그래, 파비올라, 앤틸리스 남편들에 대해 어떻게 생각해?"

"글쎄, 다리가 세 개뿐인 말 같달까……. 다들 있다고는 하는데, 정작 본 사람은 없잖아."

다시 웃음이 터져 나왔다. 특히나 여자들이 신나게 웃어 댔다. 이번에는 콜레트(54세, 다섯 자녀, 이혼)가 말했다.

"내 남편은 말이야, 손가락 하나 까딱하지를 않았어. 거리에서 친구들을 마주칠까 봐 무서워서 장도 못 보러 갔다니까!"

"우우!" 숙녀들의 야유에 신사들이 항의했다. "그래, 그렇지만 우린 세차를 한다고!"

콜레트가 다시 말을 이었다.

"그래서 내가 말했지. '여보, 애 만드는 거 빼고 할 줄 아는 게 없으면, 이미 애는 충분하니까 잘 가! 고마웠어!'"

숙녀들은 박수를 보냈고, 신사들은 칵테일로 다시 목을 축였다. 물론 소뵈르에게도 잊지 않고 한 잔을 따라 주었다. 소뵈르는 아들이 어디로 갔는지 확인하려고 주위를 둘러보았다. 라자르는 붉은 악마와 한창 토론 중이었다.

"이뱅이야. 에르네스틴네 막내아들."

에블린이 말했다.

"그 집도 알파벳 순서로 이름을 지을까 생각할 정도로 많이 낳은 건 아니겠지? ……내가 너무 직접적으로 말하는 건지도 모르겠지만, 에블린, 남편들에 대한 질문 때문에 생각난 건데, 누나는 아버지가 누군지 알아? 만난 적 있어?"

"오, 그럼!"

에블린은 대수롭지 않다는 듯이 대답했다.

"어느 날 디용에 있는 모노프리 슈퍼마켓에서 우연히 만났지. 장난으로 '아빠'라고 불러 봤어. 애가 열일곱 명이라더라고. 한 명도 자기 손으로 키우진 않았지만……."

소뵈르는 에블린의 말에는 별로 관심을 두지 않고 계속 말했다.

"예전에는 아버지가 누구인지 모른다는 사실 때문에 힘들었어. 그리고 지금도……. 모계 혈통밖에 모르니까 균형을 잃은 기분이야. 파비올라가 얘기한, 다리가 세 개뿐인 말 같은 느낌이 들어."

에블린은 꿈꾸는 듯 먼 곳을 응시하며 소뵈르의 이야기를 들었다.

"내 아버지는 그로모른에서 일했어. 사탕수수 베는 일을 했지."

"음, 음."

"이름은 펠릭스였어. 펠릭스 파사부아르. 미남 페페라고들 불렀지."

소뵈르는 조바심에 한숨을 쉬었다. 그렇게 자세한 내용은 필요하지 않았다.

"페페가 미남이긴 했어. 게다가 키도 컸지. 딱 네 키였어……. 목소리가 낮고 참 듣기 좋았지…… 꼭 너처럼."

소뵈르가 숨을 참았다.

"삼 년 전에 사망했어."

에블린이 마지막으로 말했다. 말줄임표에 들어갈 이야기를 채우는 것은 동생의 몫이었다.

새로운 감정들을 맞이하며 소뵈르는 칵테일을 다시 한 잔 마셨다. 양

부모님은 펠릭스 파사부아르에 대한 진실을 알고 있었음에 틀림없다. 하지만 소뵈르에게 아버지가 없는 편을 택한 것이었다. 파사부아르, '알지 못한다'는 뜻의 성은 예전에 백인들이 흑인들에게 붙인, 업신여기는 의미가 담긴 성 가운데 하나였다. 소뵈르는 본래 그 성을 따랐어야 했다. 잔을 들고 주위를 둘러보며, 자신이 빼앗겼던 이 가족, 피부색이 제각기 다른 아이들이 라자르를 둘러싸고 함께 놀자고 하는 모습을 바라보았다. 술 때문에 감상적이 된 소뵈르는 에블린을 품에 안고 말했다. 말이 잘 나오지 않았다.

"나…… 나 오늘 오기 정말 잘했어. 나…… 나한테 온전한 진짜 누나가 생겼어! 한잔해야지!"

"아이고, 이 젊은 것들아, 조용히 좀 해라!"

유행하는 음악을 좋아하지 않는 티조가 소리쳤다.

"에블린, 괜찮은 옛날 노래 없냐?"

노인은 어느 집에 가든 집의 주인이었다. 에블린이 서둘러 노인의 말에 따랐다.

"〈치즈빛 피부〉 괜찮으세요, 삼촌?"

마르티니크 땅을 밟은 뒤로 소뵈르는 혼자서든, 파트너와 꼭 붙어서든 춤을 추고 싶었다. 하지만 수줍음 때문인지 망설였다. 아니면 '진짜' 앤틸리스 사람들 사이에서 우스꽝스럽게 보이지 않을까 두려웠던 탓이다. 맞은편에는 영롱하게 빛나는 원피스를 입은 파비올라가 푸짐한 몸을 흔들고 있었다. 그리고 안, 콜레트, 에르네스틴이 동생을 흉내 내며 웃음을 터뜨리고 있었다. 에블린까지도.

피부, 피부, 치즈빛 피부.

남자들은 지나가세요,
특히 유부남들,
남자들은 지나가세요!

2분도 지나지 않아 모두가 춤을 추면서 후렴을 따라 했다. 아가씨들, 청년들, 나쁜 남편들, 입담 좋은 부인들, 젊은이들, 늙은이들, 아이들, 꼬마 붉은 악마, 라자르…… 그리고 소뵈르까지. 소뵈르는 크레올어로 노래하고 농담하기 시작했다. 크레올어를 이해하고, 말할 수 있으니까, 이제 그 사실을 숨길 필요가 없었으니까! "여기 오면 정말 편해요. 정말 제가 될 수 있어요." 엘라가 속삭였다.

"소뵈르, 소뵈르."

누군가 소뵈르의 팔에 손을 올렸다.

"음?"

"비행기 타야지."

에블린이 말했다.

숙취로 흐릿해진 눈에 공포의 빛이 스치고 지나갔다.

"이런 젠장!"

"문제없어! 하지만 지금 출발해야 해."

"내 상태가 어떤지 봤잖아."

"나는 안 마셨거든. 운전은 내가 해. 가서 물속에 머리나 담그고 와."

반박할 엄두도 나지 않게 만드는, 누나다운 말투였다.

*

* *

열두 시간 뒤, 루아시 공항, 소뵈르 부자는 수화물이 컨베이어 벨트에 나타나기를 기다리고 있었다. 라자르는 카트에 앉아 '피부, 피부······' 하고 흥얼거렸다. 5분 뒤, 소뵈르는 잠을 제대로 자지 못한 탓에 우울해진 뇌 속에서 똑같은 질문들이 마치 컨베이어 벨트를 돌듯 계속해서 지나가고 있음을 깨달았다. 내가 왜 돌아왔지? 난 여기서 뭐 하지? 내일이 월요일인가?

마음을 다스리기 위해 비행 중에 꺼 두었던 휴대전화를 바지 뒷주머니에서 꺼내 다시 켰다. SFR 통신사가 서비스를 재개하는 순간, 문자 메시지가 끊임없이 화면을 가득 채웠다.

몇 시에 도착해요?

가뱅

—

저 퇴원했어요. 우리 내일 보는 거죠?

마르고

—

임상심리전문가 생티브 선생님 귀하:
선생님의 환자였던 위그노 부인의 변호를 맡은 변호사입니다.
연락 부탁드립니다.

변호사 오렐리 타바르

—

화요일에 만나요!!!

엘리오트

—

로슈토 부인(폴의 어머니)을 통해 번호를 받았습니다.

수요일 오후에 잠깐 시간 괜찮으신지요?

의사에게 처방받은 알약들 때문에 몸이 좋지 않아서요.

뒤마예 부인

—

좋은 사람을 만났습니다. 목요일에 같이 가도 될까요?

니콜라 A.

—

질문: 두 남자랑 동시에 데이트해도 돼요?

마리옹 오가녜르

—

살려주세요! 엄마랑 샤를로트가 결혼한대요!

뤼실

—

동성결혼에 찬성하시나요, 반대하시나요, 상담사 양반?

알렉스와 샤를리

—

태양만 있어요

시릴

'난 여기서 뭐 하지?'라는 질문에 대한 답이 놀랍게도 소뵈르의 눈앞에 펼쳐졌다. 하지만 루이즈로부터는 한 통의 메시지도 없어 조금 실망스러웠다. 가뱅에게 답장을 보내려는데, 라자르가 소리를 질렀다.

"아빠, 폴이야! 저기 폴이 있어!"

카트에서 균형을 잡으며 일어선 라자르가 가장 좋아하는 수 부족의 춤을 추기 시작했다.

"그럴 리가. 다른 애랑 착각했겠지."

소뵈르가 반박했다.

그래도 혹시 모른다는 생각에, 비행기에서 내린 여행객들을 맞이하러 온 친척들과 친구들이 기다리고 있는 큰 창문 쪽으로 몸을 돌렸다. 다채로운 군중 가운데, 거의 창문에 붙다시피 한 어린 소년이 표지판을 들고 서 있었다. 환영합니다.

"폴이네. 그런데 저기서 뭘 하는 거지?"

소뵈르가 인정했다.

"내가 알려 줬어! 전화로!"

라자르가 기쁨에 가득 차 말했다.

라자르는 폴에게 비행기가 도착하는 시간을 말해 주었다. 폴이 혼자서 왔을 리가 없으니 소뵈르는 눈으로 루이즈를 찾았다. 루이즈는 조금 떨어져 서서 그들을 향해 손을 흔들고 있었다. 소뵈르가 인사에 답한 뒤 아들을 향해 몸을 기울였다.

"루이즈 옆에서 입 내밀고 있는 건 누구야?"

"'저거'? 알리스야. 폴네 누나. 짜증 나."

"그렇구나."

소뵈르가 몸을 일으키며 말했다.

짜증 나는 청소년이라, 그의 영업 밑천이었다. 문제없지!

"아빠, 우리 가방, 우리 가방 나왔어!"

고삐 풀린 라자르가 소리를 질렀다.

기념품을 가득 담은 커다란 여행 가방 두 개가 컨베이어 벨트를 타고 덜커덩거리며 도착하고 있었다. 소뵈르는 가방을 가로채서 마치 깃털이라도 되는 양 가볍게 카트에 실었다.

"아빠 힘 정말 세다."

라자르가 자랑스럽게 말했다.

"그럼."

소뵈르가 아이를 땅에서 들어 올려 가방 위에 앉혔다.

그런 다음 두 사람은 출구로 향했다. 이제 몇 초 후면 만나게 될 루이즈, 폴, 알리스가 창 너머에 있었다. 소뵈르는 돌아서면서 '피부, 피부, 치즈빛 피부, 남자들은 지나가세요……'라고 흥얼거렸다. 이제 왜 돌아왔는지뿐만 아니라 누구를 위해 돌아왔는지에 대한 대답도 분명했다.

옮긴이의 말

　전 세계를 충격에 빠뜨린 '샤를리 에브도' 테러 사건이 일어나고 고작 열흘 남짓 지난 2015년 1월 중순, 프랑스 오를레앙. 임상심리학자 소뵈르 생티브는 이 중소도시에 위치한 개인 주택에서 여덟 살 난 아들 라자르를 홀로 키우며 심리상담소를 운영한다. "직장 생활과 사생활의 경계가 되는 문"을 중심으로 두 세계가 나뉘는 이 집처럼, 내담자들의 문제를 해결하기 위한 소뵈르의 고군분투가 이야기의 한 축을, 소뵈르의 개인사와 관련된 일련의 사건들이 또 다른 축을 이루고 있다. 독자들은 소뵈르의 주별 상담 일정을 따라서 내담자들의 아픔과 그 뒤에 숨겨진 진실을 알아 가게 되며, 이야기가 진행됨에 따라 서서히 밝혀지는 소뵈르의 비밀을 발견하게 된다.

　사실 소뵈르라는 이름부터 심상치 않다. 프랑스어로 '구원자' 혹은 '구세주'를 뜻하는 소뵈르는 일반적으로 사람에게 붙일 만한 이름은 아니지만, 옛 프랑스 식민국이나 본토 밖에 위치한 해외 영토에서는 갓 태어난 아이에게 이렇듯 거창한 이름을 지어 주는 관습이 최근까지도 이어져 왔다. 그런데 또 생티브는 매우 전형적인 프랑스 성씨다. 소뵈르 생티브라는 어울리지 않는 조합에서 나오는 생경함이 바로 이 인물의 이중적 정체성을 상징한다. 소뵈르는 프랑스의 해외 영토 마르티니크 원주민 흑인 미혼모에게서 태어나 프랑스인 백인 부부에게 입양되어 풍족한 환경에서 철저히 프랑스식 교육을 받고 자란 뒤 백인 여성과 결혼해 아들까지 낳고 스스로를 프랑스인으로 여기며 살아간다. 하지만 오를레앙의 이웃과 내담자 들은 그를 온전한 프랑스인으로 받아들이지 않고, 고향 친구들마저 두 개의 정체성을 끊임없이 환기시키며 소뵈르를 그 어디에도 완전하게 속하지 못한 존재로 만드는 데 한몫한다.

이야기의 두 축이 교차하는 지점이자 소뵈르의 두 정체성이 맞물리는 지점에 라자르가 있다. 라자르의 이름은 신약 성경에 나오는, 죽은 지 나흘 만에 예수가 다시 살려낸 라자로(개신교에서는 나사로)의 프랑스식 표기로, 파리의 주요 기차역 중 하나인 생라자르역도 성 라자로의 이름에서 따온 것이다. 그래서 라자르는 소뵈르와 마찬가지로 이름 때문에 놀림감이 되기도 한다. 아이는 매일 학교에서 돌아와 아빠와 내담자의 상담을 엿들으며 오후 시간을 보낸다. 상담 도중 들려오는 단어를 검색해 '위험한' 정보들을 습득하면서 자기만의 비밀을 키워 가고, 나이에 걸맞지 않게 조숙한 모습으로 담임 선생님을 걱정시키기도 한다. 그와 함께 이전에는 크게 문제 삼지 않았던 엄마의 부재, 흑백 혼혈아로서 겪게 되는 인종차별 문제 등에 눈을 뜨기도 한다.

전작들에서도 꾸준히 사회 문제를 다뤄 온 마리 오드 뮈라이유는 〈소뵈르〉 시리즈에서 작정이라도 한 듯 현대 프랑스 사회의 축도를 그려 보인다. 프랑스는 '자유, 평등, 우애'라는 표어로 널리 알려진 대외적인 이미지와는 달리 여러 분야에서 차별이 뿌리 깊게 박혀 있다는 지적을 종종 받는 나라이기도 하다. 시리즈를 여는 서막인 이 책은 '소뵈르 부자'(책의 원제이기도 하다)의 존재 자체에 기인하는 인종차별뿐만 아니라 제국주의

식민 지배의 실상, 성적 지향, 한부모 가족, 재혼 가족, 이슬람 극단주의 테러, 청년 실업, 소아 성애, 정서적 아동 학대 등 민감한 주제들을 총망라하고 있다. 그럼에도 불구하고 결코 과하거나 산만하게 느껴지지 않는 것은 생생하게 살아 숨 쉬는 여러 등장인물들의 사연이 촘촘하고 탄탄하게 엮여 있기 때문이다. 뿐만 아니라 경쾌하고 익살스러운 문체, 아이들의 악의 없이 순수한 모습, 소뵈르와 라자르가 주고받는 실없는 농담과 말장난 등이 민감한 주제들을 무겁게 느껴지지 않도록 해 준다.

피부에 상처를 내 불안을 달래는 중학생 마르고, 어느 날부터 밤마다 침대에서 실수를 하게 된 초등학생 시릴, 자기도 모르는 사이 아들 가뱅을 바꿔치기 당했다고 주장하며 테러 공포에 시달리는 음모론자 푸파르 부인, 등교를 거부하는 중학생 엘라, 부모의 갑작스러운 결별로 혼란스러운 상황에서 여자 친구와 새 가정을 이루겠다는 엄마 때문에 불만 가득한 뤼실과 동생들, 언젠가부터 누군가가 집 앞에 두고 가는 부두교 저주가 걸린 물건과 이상한 쪽지 때문에 고민하는 소뵈르와 라자르……. 각기 다른 사연들이지만 모두 결국 하나의 종착점을 향해 달려가고 있는지도 모른다. 내가 누구인지, 나의 문제가 무엇인지 아는 것. 이 과정에서 누군가는 과거에 잠식되어 미래로 나아가기를 거부하고, 또 다른 누군가는 과거를 돌아봄으로써 현재를 인정하고 극복하려는 적극적인 움직임을 보인다.

그렇다면 우리의 주인공은 이 두 유형 가운데 어디에 속할까? 소뵈르는 내담자가 좀처럼 차도를 보이지 않거나 상담을 거부하는 경우가 발생할 때마다 상담사로서 자괴감을 느끼지만, 갑작스럽게 상태가 악화된 푸파르 부인이 정신병원에 입원하자 고등학생인 가뱅을 보호자 없이 혼자 둘 수 없다는 이유로 집에 데려와 함께 생활하는 등 매 순간 최선을 다

한다. 그러나 역설적이게도 자신의 문제 앞에서는 "언급을 피하는 한 문제는 존재하지 않는다"고 생각하는 '전형적인 심리학자'이기도 하다. 그에게도 구원이 찾아올까? 이야기 전체를 관통하는 두 문장이 해답의 실마리가 될 것이다. 첫머리에 등장하는 아프리카 속담 "어디로 가는지 모르겠거든 어디서 왔는지 돌아보라", 그리고 "여기 오면 정말 편해요. 정말 제가 될 수 있어요"라는 엘라의 고백이다.

소뵈르가 상담을 진행하거나 다른 인물들과 대화를 나누는 과정에서 등장하는 직접적이고 적나라한 표현들이 때로는 불편하게 느껴질 수 있다. 그렇지만 내담자가 외면하고 싶어 하는 불편한 진실에 눈을 뜨게 하는 것이 바로 상담사의 역할 아니겠는가(마르고는 자신이 문제를 깨닫게 된 것을 소뵈르의 '탓'으로 돌리기도 한다). 이 책을 읽는 독자들이 세상을 보는 새로운 눈을 뜨기를, 그것이 소뵈르의 '탓'이 아닌 '덕'이기를 바란다.

2025년 겨울, 모두에게 새봄이 찾아오기를 기다리며
윤예니

소뵈르 박사의 상담 일지
—햄스터와 저주 인형

초판 1쇄 발행 | 2025년 2월 15일
지은이 | 마리 오드 뮈라이유
옮긴이 | 윤예니
펴낸이 | 최윤정
만든이 | 김민령 안의진 유수진
펴낸곳 | 바람의아이들
등록 | 2003년 7월 11일 (제312-2003-38호)
주소 | 03035 서울특별시 종로구 필운대로 116 (신교동) 신우빌딩 501호
전화 | (02) 3142-0495   팩스 | (02) 3142-0494
이메일 | barambooks@daum.net
인스타그램 | @baramkids.kr
제조국 | 한국

www.barambooks.net

Sauveur et fils. Saison 1
By Marie-Aude Murail
© 2016, l'école des loisirs, Paris
Korean translation copyright: © 2025 by barambooks